U0109811

霓裳曲

扶風／著

獻給爸爸、媽媽、哥哥及姐姐們

目錄

變的故事

清晨，時鐘剛剛敲過五點，達生便焦灼不安撲著翅膀在門前嘎嘎叫起來。樓上的母親被他吵醒，趕忙下來為他開門。達生出了門便飛到芒果樹上憩著，開始漫長的一天。

達生變成一隻烏鴉已經有半年了。半年前的那一個早晨，母親見他遲遲沒有下樓吃早餐，便去敲門，聽到房裏有鳥類撲翅的聲音。及至父親撞開了門，發現達生不見了，只有一隻烏鴉驚慌失措地撲著翅膀跌跌撞撞地在房裏亂闖。父親每叫一聲達生，烏鴉便嘎的回應，這時父母親才明白兒子已經變成了烏鴉。於是張惶無助，求神拜佛，四處求醫。可是一個變成鳥的人，要怎樣醫呢？

達生躲在房裏不吃不喝，嘎嘎悲鳴，叫得母親心碎。開始時向達生的工作單位說他病了，請了假。時日一久，再也蒙騙不了，只好代他辭職。本來希望他吃了求神的符水就會變回人，等了幾個月也冷了心。達生自己似乎也放棄了希望，天天只待在房裏，靜靜等著母親給他端來一日三餐。

達生的女朋友麗雲知道這件事後哭了好一陣，天天下了班都來看他。漸漸的，每天坐著陪一隻烏鴉日子一久也會厭倦，麗雲開始懷疑達生究竟聽不聽得懂她說的人話。本來已經在醞釀著的婚事，這下只好不了了之。只要達生一天不能變回人，這頭婚事就不能成立。漸漸的，麗雲來得越來越疏，最後再也不見她到來。達生父母知道她是沒辦法耗下去了，只能歎了歎對達生說看開它。達生是聽得懂人話的，卻說不出心裏的話。他想叫麗雲另覓對象，一開口盡是嘎嘎聲。他感到惶恐，無奈，彷徨，心裏焦灼得不得了。

　　達生的父親因為經濟不景氣被革了職，全家只靠達生的薪水維持。在這個節骨眼上達生竟變成了烏鴉，全家頓時陷入危機。達生深知此事，因此在驚駭於自己的蛻變的同時也萬分擔憂家人的生計。他的憂慮和惶恐無處訴說，只能化作嘎嘎的一聲聲。

　　對於麗雲，達生雖要她另覓對象，其實心底下是希望著她堅貞不移，等他一年半載，甚至三年五年。起初還抱著希望，希望自己吃了神符過幾天會變回人。可日子一久，他開始慌張，怕從此再也變不回人，從此再無法和麗雲共結連理。他吃睡不得，只急躁地撲著翅膀。他不會飛，他的變形並沒有賜與他現成的飛行能力，他必需從頭學起。局限在室內，他總是東碰西撞，有時撞傷了頭或翅膀。也只有母親沒有放棄他，給他吃的喝的，給他敷藥療傷，在他排泄後擦拭乾淨。她忠心地照顧著他，時時和他說話，從不厭煩。麗雲不再來陪他的日子，他頹喪失神，失落得飛都飛不起來。也只有母親好像知道他的心意，苦口婆心開導他。漸漸的他放棄了希望，開始空白著渡日。

　　達生變成烏鴉後也不需要房間了，母親找來一個水果箱讓他住著。他日夜都躲在箱子裏，混混沌沌地過了一段日子。他幾次想到死。既然變不回，活著還有甚麼意思。於是故意飛撞牆壁想撞死自己，但總只撞傷死不去。試了幾回漸漸的自己意興闌珊，再也提不起勁來。

　　達生一日日過，慢慢也適應了鳥的身軀以及翅膀的拍動。母親的話語他卻越聽越不耐煩起來。他開始感到局限在屋子裏的沉悶，想到外面舒展舒展。雖然他不能表達自己，母親卻是越發瞭解他的身體語言。當他在門前躑躅了一兩天，母親便開了鐵門放他出去。他先是在小院子裏繞圈子，過了一陣膽子放大了就嘗試飛到芒果樹上。從此他白天便出來棲在芒果樹上，偶爾下到地上溜達幾圈，然後又回到他的樹上，俯視地上的一切。

　　達生早上聽著巷子裏各家各戶的活動。上班的上課的一陣車聲腳車聲，然後巷子裏平靜下來。不一會兒母親出門去買菜，父親出來在庭院裏澆花拔草。他俯視父親，心裏想著家裏的生計，不知怎樣解決。父親澆完花總朝他望，卻不跟他說話，只是歎息。他總嘎嘎地向父親示意。父親會問他甚麼事，他說不出心裏的焦慮，只能更無奈地再叫幾下，然後不出聲，父親不比母親善解他叫聲裏的涵意，總是搖頭，然後進屋。

　　巷子裏有些小孩知道這鎮日棲在芒果樹上的是達生，開始時探頭探腦好奇地觀望，漸漸膽子大了起來，頑皮性起，就有兩個拿小石子丟他。達生先是錯愕，跳閃著。他越閃小孩子越興奮地丟石子，打得他痛得想叫，卻不得不拼命忍耐，心中是無限的羞恥氣忿。羞的是自己的無能，連小孩子都拿他來玩弄，氣的是連小孩子都欺人太甚。一連幾天都這樣，達生避無可避，索性由他們丟去，不閃不躲，打中了他跌下樹，又拍拍翅膀飛回樹上。一次投來的石子太大了，打傷了翅膀，好多天都飛不起來。他躲在自己的箱子裏養傷時悲從中來，委屈無從投訴，只能懨懨地睜著眼瞪著虛空。他是完全絕了望，知道自己再也不能做回人了。做不回人，這烏鴉的身軀該怎樣生活下去呢？難道就永遠窩在芒果樹上任由小孩子欺負嗎？傷癒後達生仍舊回到芒果樹上。儘管母親吆喝驅趕，小孩子們仍舊來耍弄。但由於他老僧入定不躲閃，久了他們便感到無趣，就忘了他，找別的耍子去。從此達生總算又有了安寧。

　　榴槤季節到了，父親替人守榴槤園，母親則幫人帶小孩，又把達生的房間租出去，一家的生計也就勉強熬得過去。達生見了便也放下心中一塊石。又過了一些日子，家人各司其職，日子過得快，並且也都接受了達生變烏鴉這回事，因此不再對著他歎息或樣樣向他訴說，只例行公事早上放他出去晚上放他進屋，一日給他飯食飲水。以前家人依賴他，現在則是他依賴家人。達生便盡可能不

囂張，盡可能不麻煩家人，總是靜不作聲，安安份份過完一天又一天。可內心裏卻似有似無的充塞了失落感。他感到自己在這個家庭裏的份量已經等於零，父母親在生活上跟他已經沒有關係，他的存在就像家庭寵物，一隻貓或一隻狗，或者一籠的鳥。貓狗還會纏繞著人跟人溝通，鳥不是羽色豔麗討人愛就是有著婉轉的歌喉。達生甚麼都不是，只是自慚形穢的黑烏鴉，連偶爾禁不住的叫聲都帶著羞愧。

白天達生棲在樹枝上打瞌睡，時常被哪家人收音機或錄音機傳來的歌曲催醒。他會癡癡地聽歌，聽到他和麗雲平時喜愛的歌，觸著了深心裏的痛楚處，一陣心酸，是人的話也許淚盈滿眶。但現在是鳥流不出淚來，胸口哽著傷痛，只能噎著。他細聽歌詞：

> 因為有愛，我們一起走長遠的路
> 因為有愛，我們不懷疑肩上的重擔
> ⋯⋯

聽著聽著，他想：當他身負重擔的時候，一家人是有愛的，現在他再也無擔可負，似乎這愛也不在了。到底人生是有了愛才負重擔還是有了擔子有了責任才會有愛？沒了責任也就沒了關係，愛，也消淡了。

下雨的時候偶爾飛來兩隻烏鴉，跟達生排作一排避雨。達生有點恐慌，怕烏鴉們把他當同類，一方面又怕被識破自己原來是人。烏鴉們似乎不在意他，站了一會兒就飛走。達生卻若有所失起來，很想也學它們飛出去，在雨中盤旋一圈，不知是甚麼滋味。烏鴉們多在附近覓食，不常靠近住宅，早上傍晚人們出門回家，鳥兒們也是早出晚歸。傍晚時分斜對面的那棵大雨樹上聚滿了烏鴉，準備休息。達生想到自己至少還有個水果箱棲身，免受風吹雨打，卻又有

點羨慕烏鴉們的自由。他又想，倘若自己早上也學烏鴉飛出去，傍晚回到自己的箱子呢？想多了竟有點興致勃勃，只是他仍拿不出勇氣飛出去，心中總是怕自己「真」的已經是烏鴉。心底下仍然在排拒著變成烏鴉這個事實。

這一天當達生在芒果樹下進食時，竟有烏鴉闖來搶食。達生一驚，撲翅就躲到樹上。這烏鴉明目張膽吃達生的食物，達生想趕走它，但怎樣趕呢？他是一點辦法都沒有。試著又飛下樹去，怎知那烏鴉伸了頸子就啄，嚇得達生跟蹌後退。幾次向前，總被兇神惡煞唬退。吃完了，那烏鴉頭也不回飛開去，達生從葉縫望著它飛去，心情由驚慌轉成惆悵。是的，自己千真萬確是只烏鴉，再由不得否認了！悲愴之餘他整個脫力似的搭在枝椏上，連站都站不起來。是不是一輩子就得這樣過下去呢？這一輩子又有多長呢？十年？二十年？如此一想，他失神落魄了好久好久。早上提不起勁出去，傍晚又提不起勁從樹上飛回他的水果箱。白天裏那只搶食的烏鴉食髓知味，時常來吃達生的食物。達生由它去，只無精打采地窩在芒果枝椏間，日復一日。

雨季過去了，天上萬里無雲，烈日如一團火逼射大地。鴉群的叫聲更沙啞了，嘎嘎聲從乾渴的咽喉逼出來，顯得更猥瑣更煩人。達生熱昏昏地棲在樹上，那芒果樹乾得直掉葉，達生因此就暴露在烈日下曬著，情緒跟著被曬到暴躁起來。他不勝煩躁地在枯槁的枝椏間跳來跳去，控制不住的叫聲跟著上下起伏，吵得母親都煩起來，頻頻出去看他。

達生看著母親，感到虛無，似是熟悉卻又陌生，似乎母親再也不是母親，而只是人類，跟他再無相干。他的煩躁焦慮皆因被禁在這小院禿樹不能舒羽展翅而起。此刻，他最渴望的是飛向藍天，飛向自由。他再也不需要家人再也不需要那避風雨的箱子，如今他身心都已經是一隻烏鴉了。他躊躇了片刻，對母親叫了幾聲，撲了撲

翅膀，算是告別，然後他昂首望向碧空，一展翅就飛起來，飛離半禿的芒果樹，飛出小庭院，飛向鳥的生涯。

然而達生的鳥類的生活並不容易適應。他必須學習覓食爭地盤，連佔據晚間棲息的地方都得學習。他羞澀且不屑於和其他的烏鴉搶食，所以總是餓著肚子挨日子。他既想打進烏鴉的圈子，使自己更像烏鴉，又有些許遲疑，感到這個圈子容不下他。做一隻烏鴉他是太斯文太怯懦。看似自由無拘的飛翔，原來竟是這麼辛勞和缺乏安全感。他每天必須飛，因為他必須覓食。不飛便沒有人像母親那樣天天餵養他。他總忍不住接近人煙，因他知道有人就有吃食，所以也經常被人驅逐。然而轆轆饑腸激發了勇氣，他漸漸地練了耐性，罵不去打不走，看准了目標總要千方百計去攫取。有時他餓得實在慌了，就下意識地飛回他的芒果樹，只是再也不見母親把吃食擺出來，母親似乎已經放棄了他。起初她還會出來張望或放點食物，久了她把心思全放在小孩子身上，似乎把達生遺忘了。

達生飛厭了想放棄，卻再也放棄不了。回不去人寰做人，做鳥又不順遂，兩頭不到岸。他告苦無門，只能繼續撐持下去，得過且過，每天為了肚子四處飛，晴也好雨也好，他不能不活不能不吃不能不飛。過了一些日子，他學會明搶暗偷。想依附鴉群，卻總得不到認同，因此他總是單飛的多。

市政府接到太多投訴：鴉群猖獗，煩不勝煩。它們翻垃圾桶，拖扯得滿地汙穢，當局實在必須採取肅鳥行動。於是舉辦了一次別開生面的獵鴉競賽。分了隊際賽，個人賽等，射殺最多烏鴉的有獎。就在一個星期天，各方神射手聚集市內大操場，展開一天浩浩蕩蕩的射鴉運動。到了下午時分，一個個竹簍裏收集了不少鴉屍。全市的人都知道這次的行動，只有烏鴉們完全不知危難近在眉睫，在槍管的砰砰聲中疾落一隻又一隻，當它們察覺危機時早已中了彈，逃不了了。

　　達生也中了彈，但他沒有立刻死去，他帶了傷仍舊奮力飛離射程。他沒了意識，沒了方向，撲到一棵繁茂的樹上躲災。傷口的劇痛並沒有讓他明白究竟發生了甚麼事。他沒弄清楚為甚麼人們會射殺他，唯一清楚的是身上的血濕了羽毛，唯一感覺到的是痛楚，唯一的意念是逃，逃離一切苦難。在昏厥和清醒之間，他意識到自己就要死了，而在那最後的一刻他想到家：他要回家去。

　　達生的母親在屋裏聽到撲撞聲，到門前察看。只見鐵門外躺著一隻烏鴉，已經氣絕。她知道那就是達生，撫著鳥屍痛哭失聲。傍晚父親回來，兩人商量了很久，不知該怎樣處置達生。末了終於在院子外葬了達生。母親給他燒了香，喃喃禱告，求他安息。

　　不遠處一群烏鴉繞著一具鳥屍悲鳴不已，那是又一隻逃不過一死的烏鴉。在射鴉競賽圓滿結束的時刻，好幾處有鴉群悲鳴，不知是哀悼同伴還是哭訴鴉族的無辜。只有豔陽，在走成斜陽的時刻，仍舊帶著熱氣，繼續照耀人間。

唐詩三百首

　　華文老師說，熟讀唐詩三百首，不會寫詩也會湊。我想寫詩給她，就天天捧著唐詩三百首唸，想唸個滾瓜爛熟。我平時都不注意華文，甚麼之乎者也，沒有興趣。但為了要給她寄詩，我這幾天專心一意上華文課。可是上的都是文言文，先秦諸子的課文，我沒聽懂，真無聊。翻到有詩的那兩課，老師已經講解過了，那時還沒想到要寫詩，沒注意聽，也沒有抄下語譯，現在唸唸有詞，有好些字不知道讀音，又有些字不懂意思，唸來唸去怪拗口的，就有點後悔沒用心聽課。但是我有一本唐詩三百首，甚麼難題統統迎刃而解，每首詩後面都有翻譯，也有注音。不過我沒學會注音符號，還是不懂讀音。管它甚麼他媽的讀音，我又不用對著她讀詩，只要寫了寄給她就夠了。

　　我又怎麼會有這本唐詩三百首呢？那是媽媽給錢我買的。我跟她說學校裏老師要求我們一定要有這本課外讀物，才考得好SPM。媽媽根本不知道圓的扁的，一聽是為了SPM，就給我錢了。也並不是馬上就有錢，媽媽湊了三個月才湊到錢給我的。所以這是寶，我一地定要好好利用它。不是說不會寫詩也會湊嗎？我就來湊詩。

　　至於我怎麼會想到要寫詩的呢？那是因為她喜歡文藝。我看到她常常閱讀學報。妹妹也有學報，女孩子都喜歡文藝，詩啊文啊，沒完沒了。我借了妹妹的學報來看，大約知道她在讀的是甚麼，那些詩我也會寫，有甚麼難。「淡淡閒愁，抽刀斷愁愁更愁。」哈，這不就是一句詩了嗎？

　　第一次寫信給她就夾一首詩，壯壯聲勢，一來就打動她的心。絕對不能被她發現是我，應該用假名字。就用一個筆名，「若晨」不賴，「若晨，若晨」，我真的變成詩人若晨了！

　　我一向對女孩子沒甚麼特別感覺，不知道怎麼的竟對她動了凡心。她並不算美麗，個子小小的，一副營養不良的模樣。但她很白，留了披肩的黑亮黑亮的長髮，加上動作斯文，有一種說不出的悠閒，看起來永遠白白淨淨，不會流汗的樣子。我忘了甚麼時候起開始注意她的，那時隔一兩天就看到她在她家的雜貨店裏幫忙，有時她蹲著剝蒜頭，有時挑馬鈴薯，有人來買東西她就起身賣東西。有時沒事，她就坐在門前的小凳子上看學報。

　　她讀學報的樣子才好看哩！半垂著頭，長髮就落下來遮了半邊臉，她時不時用手去撥，那動作優美極了，我想我就是被她的這個動作打動的。我坐在冰水攤後，靠著冰水桶的遮掩，偷偷窺她。她家的雜貨店就在我家的冰水攤斜對面，我站著賣冰水時她會看得見我，但我坐下來時她就看不見我了。而我從冰水桶後卻看得見她。以前都不大願意到冰水攤來幫忙，總讓媽媽罵。現在我天天放學後自動來幫忙。反而媽媽不要我來，她說SPM近了，要我在家溫習功課。我就假裝帶了課本來坐在冰水攤後溫習。假裝要媽媽多多休息。媽媽說我反常了，我只嘻嘻笑。

　　我趁她沒有出來店裏時偷看她家的門牌，25 Pekan Cina，地址有了，就是不知道她的名字。也不知道她在哪間學校唸書。寄長髮女孩收。寄十六歲的女孩收。只是猜她十六歲，跟妹妹同年。碰碰運氣，等詩寫出來了就寄給長髮女孩收，除了她，都沒有看到有別個長頭髮的女孩子進出她家。

　　「我在一片白茫茫的霧裏尋覓，
　　看不見閃爍的燈光。

也許燈光處有溫暖的爐火，

給我暫時的安平。

但我終須繼續邁步，因為我追尋的

是你眸裏的星光，

我最完美的導航，

試問星光何處尋？

落葉蕭蕭下，

白雲悠悠流。」

　　我的詩終於湊好了，自己讀覺得還蠻有詩情的，希望她會欣賞。如果她欣賞了一定會回信。我又再多寫幾首給她，討她歡心。

　　我看哥哥追女孩子好像很容易，也不必費煞腦筋寫甚麼詩。他說只要臉皮厚，不愁沒有女朋友。他現在有個美麗的女朋友，在超級市場工作。哥哥中三考LCE考不上，就沒有再上學。他到工地學鋪雲石，沒多久就會做，日薪20零吉，工錢比爸爸還要高。爸爸做建築散工，日薪15零吉，要負擔一家的生活。媽媽賣冰水幫補家用。哥哥有了工作也每個月幫補一點。等我考完SPM我也要去學鋪雲石，學會後工錢也20零吉。就學哥哥買一輛摩托車，每天載她上學放學。媽媽希望我用功考好SPM，上大學先修班，有機會進師訓，將來做老師。媽媽總是說做先生好呀，大伯的阿強不也是做先生麼，多麼有頭有臉吶。媽媽就是這樣，大字不識，卻知道當老師的途徑。我可不想當甚麼老師，斯斯文文的，不夠帥勁。話又說回來，其實當老師並不是不好，只是我懶惰唸書，叫我唸完中五再多唸兩年，唸完兩年先修班再唸師訓，真會要了我的命。何況我的成績平平，也不知道考不考得上SPM。只有一件事最重要：SPM之前一定要寄出我的詩！

　　我思前想後，沒有她的名字，不能寄信給她，怎麼辦？碰碰運氣就寄給長髮女孩吧！於是我寫了一封信，自我介紹，卻沒有說出我賣冰水看到她，只告訴她我在哪一間學校唸哪一級，很想跟她做朋友云云。慎重地附上我的詩，就去郵局把信寄了。

　　信寄出去後一天、兩天、三天。三天過去了，我知道信一定已經寄到，心裏緊張得不得了。她收到信了嗎？說不定她爸爸看到寄長髮女孩收就把信丟掉了呢？我在冰水攤上坐立不安，她還是像往常一樣幫忙做生意，看報，好像完全沒甚麼變化。我想鼓起勇氣走過去問她信收到了嗎？可是我就是不敢。我很懊惱自己，為甚麼那樣膽怯。真沒出息！只好等她回信。

　　我等呀等，等了一個月都沒收到她的回信。是不是她嫌我那首詩寫得不夠好呢？還是她根本沒收到信呢？等的滋味真不好受呀！我每天一放學就趕回家查看有沒有信。然後急不急待的趕去冰水攤偷看她。

　　有一天媽媽說家裏沒糖了，我趕忙自願去買糖。我越過馬路去她的雜貨店，鼓起勇氣跟她買糖。我緊張得說不出話來，結結巴巴，窘得臉上一陣熱。我吶吶地看她秤糖，一向來都在遠距離看她，現在近距離，我反而不敢正視她，只看她的腳和手。它們也是白白淨淨的，我看癡了。糖包好了，她說兩塊半，我第一次聽到她的聲音，輕輕的真好聽，以往看她都是無聲的，今後變成有聲音的了。看她就能聯想到她的聲音，把我弄得神魂顛倒。

　　於是我再寫一封信，還是給長髮女孩收。那是SPM考期逼在眉梢的時候。信寄出去後我就暫時沒到冰水攤去，在家唸書，最後的衝刺。糊裏糊塗考試，每天不忘查郵件。還是沒有回信。我很失望，但是正在考試，也不能想得太多。等到好不容易考完了，我又到冰水攤上。奇怪的是，現在卻很少看到她了。不知她因何不常出來幫忙了？又過了一陣，她竟完全沒了蹤影，很久都不見她出來了。

我望穿秋水，天天失魂落魄，不知道她怎麼了！我因為中學已經唸完，每天閒著沒事，就整天守在冰水攤上。只是，每天期望，每天都失望。我又寫了三首詩，寄了三封信給她，還是長髮女孩收。仍舊沒有回音。我氣餒不過，幾次走過她的雜貨店去探看，想看看她有沒有在裏進。看不到她，真是日月無光，我幾乎要爆炸了！後來想一想，不是在放假嗎？說不定她到甚麼地方渡假去了。說不定她去外婆家，說不定她去阿姨家，我必須等到開學才看得見她了呢？

爸爸說不要再賣冰水了，去學學手藝，不然去找工作。我說等SPM成績出來再說。媽媽也贊成我暫時不工作。我便耐心等，等到開學了，以為又能看見她了，可是卻仍舊不見她出現。我慌了，是不是永遠也見不到她了？那可怎麼辦呢？

但是皇天不負苦心人，我又看見她了。我有一天去超級市場逛，忽然看見她！原來她在這裏工作，在食品部做售貨員。以後我隔一兩天就去買東西，假裝看貨品，總蘑菇個半鐘頭才快快離開。這樣的日子真是太美妙了。我看了她回家時心裏滿滿的，像喝醉了酒，暈陀陀輕飄飄的，感到世界太美好了！這樣的日子我希望一直持續下去，只要讓我去到超級市場看到她我就心滿意足，我又開始讀唐詩三百首，又開始寫詩。寫了詩想拿去親手交給她，又膽怯，結果還是用寄的。但是我不再寄長髮女孩收了，我已經看到她戴的名牌上的名字了。Siew Kuan就是她的名字，所以我寄信就寄Siew Kuan收，她一定收到。只是她都不回信，令我焦急。三番幾次我想上前去說我就是若晨，總是沒有勇氣。

SPM成績出來了，我沒有考上。沒考上也沒甚麼，反正我也沒甚麼興趣唸書，考不上就去做工好了。只是感到有點對不起媽媽，她那麼希望我能當老師。爸爸帶我到工地去學工，一天五零吉，好過沒有。我天天去做工，很用心，因為希望將來能夠買摩托車。有了摩托車我就敢向她表明心意。

　　我每天放了工就趕去超級市場看她，有時感到她已經知道我在注意她了，因為看到我來她就躲開，使我很尷尬。但是，好景不常，過不久她又消失了。我到超級市場好多次都沒看見她，整整兩個星期都不見她時我忍不住了，就問她的同事，她回答說Siew Kuan不做了，她準備出國深造吶。我一聽就僵掉，她要出國？她一走我就甚麼都完了。摩托車都還沒來得及買呢！我去她家門前徘徊，想問她要去多少年，想告訴她我願意等她，我已經亂了方寸，我怎能讓她離開呢？但是我也知道，我只是打工仔，她出國讀大學，高高在上，我配不上她。我只能讓她去，只能把一腔的愛慕往肚裏吞。

　　我放工回來就蒙頭睡，在被窩裏我想Siew Kuan Siew Kuan Siew Kuan……

　　媽媽問我是不是病了，我說頭痛。媽媽拿止痛藥給我，我吃了六粒。媽媽說要死呀，一次不能吃那麼多的。我就是想死，吃多多吃死掉最好。可是我死不掉，我每天要去學工，而她已經飛得遠遠的，我失戀了，我的生活沒有了彩虹，昏天暗地！而媽媽說要死呀，要死呀……

　　　「曾是寂寥金爐暗，斷無消息石榴紅。班騅只繫垂楊岸，何處西南任好風？」

童年

　　大街上飛繞著無數的燕子，人和車行在路上，燕子便環繞在他們的頭上，吱吱的叫聲和車聲時而互相撞擊，時而融彙為一。這是燕子城阿羅士打的掌燈時分。人們習慣地任燕子們囂鬧，走在路上習慣地躲避鳥糞。到了夜幕完全籠罩著大地時，燕子們一隻隻排在電線上，算是安定下來，準備酣睡一宵。在這暫靜下來的時刻，橫街上擺上了桌椅，大排檔剛剛要開檔，一天的營生才正開始。逐漸地大排檔聚集了吃晚餐的人，燦亮的煤油燈照亮了幾條橫街，電線上的燕子已經息聲，有的已經入睡，有的偏頭看下面人頭攢動的街景。大排檔上忙過了晚飯的時段，稍歇一會兒，趁空喝杯水抽根煙，立刻又要抖擻精神忙一晚的高潮：吃宵夜的時段。生意好的檔口上總聚著顧客，老闆忙得揩汗的功夫都沒有。

　　晚上九點鐘，另一條橫街上開始有了車聲人聲。燕城卡拉OK就在橫街上，九點開門，先是駐唱樂隊唱兩首歌，接著駐唱歌手亮了大螢幕，伴著畫面唱起來。一晚的節目算是開了序幕。客人開始時只是稀落的幾個，唱了一個鐘頭，人來得慢慢的密了。三五成群的也有，形單影隻的也不少，大家總在十點到十一點之間不約而同地到來，而在這個時間裏，總有人點「童年」這首歌。

　　「童年」唱起來了，有人順著節拍拍手，有人跟著唱。唱到第三段，跟唱的人不唱了，專注地期待著，原來唱到第三段，主唱的女聲變成了童聲，非常可愛天真地唱了兩段。這時大家都鼓掌叫好。在這首歌裏插入了童音，的確引人入勝，大受歡迎。唱歌的是一位年輕圓胖的女孩子。剪一頭短髮，露著雙耳。一雙狹而短的眼

晴透著神采，清純如童的神采。這與她的身材不怎麼諧調。她的身軀粗而大，寬鬆的上衣掩隱不了肥胖的體型。但她的歌聲很甜美，光聽聲音會以為唱者是苗條婀娜清秀脫俗的少女。她唱卡拉OK，坐在角落裏不露相，任人們去想像他們要想像的。有第一次聽到「童年」的人，對唱者起了敬仰之心，想看看廬山真面目，繞到角落裏看到時，總是失望。這麼嬌甜的歌聲，怎麼竟配上這麼粗線條的女子，真是沒有道理。從此人們就儘量忘記她，只望螢幕跟唱，讓那清歌妙音娛樂他們。

曉玲在卡拉OK已經唱了快兩年。剛開始時規規距距地唱，唱了一段時期跟其他的工作人員熟絡了，跟環境也熟絡了，她便活潑起來，挑許多快樂輕鬆的歌曲唱。一晚心血來潮在唱「童年」時裝著童聲唱了兩段，沒想立刻引起共鳴，掌聲不絕。自此每晚都有人點「童年」，就為了等這兩段童聲部份。曉玲的名聲也因「童年」在小城裏響了起來。她自己也感到寬慰。由於體型的關係，她有點自卑，唱卡拉OK不用露相，現在唱出了一點成績，於她是值得欣喜的。

曉玲本名小玲，肥胖的人父母卻讓她的名字裏有個「小」字，她覺得這個名字彆扭，就把「小」字改成「曉」。她平時很注重飲食，從不暴飲暴食，小心地少吃多動，然而天生的體型，任她竭盡心思仍無法稍微改變。私底下她總希望自己的形體和歌聲能互相配合，互相協調，這樣的話說不定對歌唱事業會更有幫助。

樂隊鼓手邁克在吉隆玻有聯絡，經常安排歌手或樂隊到吉隆玻去闖天下，從中抽取傭金。曉玲看到同行的有人到吉隆玻灌唱碟，當了歌星，十分嚮往。本來是安心唱歌，享有一點點名氣，私底下自我陶醉，也相當滿足。但她雖對自己的外型自卑，對自己的歌喉卻非常自負，她覺得那位當了歌星的同行歌藝其實比自己遜色得多，她灌得了唱碟，自己也應該沒問題。只是，只在心裏想，並沒

有表示出來。她希望邁克會主動來向她提出建議，不好毛遂自薦。但是，邁克似乎對她的歌藝無動於衷，一點跡象都沒有。曉玲每晚唱歌，每晚期待著邁克的注意。好幾次想鼓起勇氣主動請求邁克為她安排，終究沒敢說出口。原本是一個模糊的念頭，擺在心頭上過了一段時日，竟越來越清晰，越來越量重，最後變成生活的重心，進出都緊緊籠在心上。就連睡夢中也常常夢見自己成了紅歌星。無奈仍然不敢向邁克開口，只好天天期待。

　　終於，當邁克又介紹了一個人到吉隆玻後，曉玲再也沉不住氣了。這晚趁兩人都有空檔，她便問邁克：「你覺得我歌唱得怎樣？」

　　「有實力。」邁克毫不思索地回答。

　　「想出去闖闖，你看行得通嗎？」

　　邁克支吾，他不能告訴她娛樂圈姿色比實力重要，不能告訴她她的外型是個障礙。

　　「只不過想出去見見世面，成不成功沒關係，試一試，不成功就回來。」曉玲心意已決，見邁克猶疑，便更進一步說。

　　邁克想了片刻，「也好。我試試看，但不能保證一定辦得成。」

　　「是的，試試看，辦不成沒關係。」

　　就這樣定下來。曉玲心裏落實了。至少邁克答應下來，剩下來的就要看自己的運氣了。

　　邁克果然不負所托，不久便安排曉玲去試音。試過音滿懷希望等，誰知一個月過去了沒有音訊。邁克熟知規則，知道不被錄用了。曉玲大失所望，十分難過。但邁克仍不放棄，決心再試別的公司。他如此熱心，一則是受人所托，更大的原因是同情曉玲。他是欣賞她的歌聲的，外型造成的阻礙，他為她感到不平。於是安排她再去另一家唱片公司試音時邁克說盡好話遊說，一股只許成功之

勢。終於，努力沒有白費，曉玲被錄取了。她準備南下，另一方面邁克為她安排住處和一份卡拉OK的工作。就這樣帶著萬丈雄心到吉隆玻闖去了。

她依邁克的安排和另兩位同鄉同住，每人各住一間房。兩位屋友都是舞小姐，在吉隆玻已經多年，正好當曉玲的響導。工作地點交通方便，卡拉OK她駕輕就熟，一切很快便安頓下來。

接下來是到唱片公司領新歌，練新歌。生活忙碌而充滿希望。公司替她取了個藝名叫李憶玲。曉玲覺得名字平常沒有詩意，但公司決定以一個平凡的名字去宣傳一個紮實的歌手，說這是新招，市面上詩意的名字太多了，取一個平凡的藝名會有新鮮感。曉玲沒話說，一切由公司決定。她只要專注於歌唱。她知道自己有實力，只要歌好，她有把握唱碟暢銷。暢銷最最重要，要是一炮大響，她就有希望一直唱下去。她憧憬著旗開得勝，紅成家聞戶曉的歌星的風光。

曉玲的兩位屋友秀桃和梅花都挺隨和，不過可能因為工作的性質，耳薰目濡，兩人都流露著一股慵懶的流氣。秀桃年紀不過二十二三歲，正值青春加生理成熟的鏢梅的時候，打扮穿著領著時髦，並且大膽暴露，時常總嘻嘻哈哈，一派把生命把握在手心裏的姿態。曉玲跟她一起逛街時，她總極力慫恿曉玲買時髦衣服，曉玲也總笑著拒絕。曉玲覺得秀桃除了品味舉止和自己大相逕庭外，其他方面還算相處得融洽。不過有一件事令她十分尷尬，怎樣都適應不來。秀桃有個男朋友彼得，三天兩頭都會來，一來兩人親熱並不避嫌，這使曉玲臉紅不好意思。所以彼得在時曉玲總儘量躲在自己房裏，避開他們。

梅花則穩重得多了，或許是年齡較大的關係吧。曉玲跟她很快便處得融洽，能無所不談。雖然梅花也經常跟不同的男人交遊，也有些風塵味，曉玲覺得這並不妨礙他們的相處。

　　其實曉玲灌唱碟並不需要住到吉隆坡來。但她想趁這樁事出來見見大都市的世面。一方面跟唱片公司就近方便交流。她白天裏練唱，晚上上班，假日裏跟梅花或秀桃出去逛街看電影，覺得日子過得挺充實寫意。尤其是在練著的新歌，給她很大的希望，給她無限的充實感。她躊躇滿志地等待正式灌錄的日子。

　　在籌備錄音的同時，公司給曉玲拍造型照。可是照出來的總不滿意。攝影師總要重來又重來。全身照不能用，因為把她最大的弱點全暴露出來了。面部特寫左一個角度右一個角度也總不合格。然後有一天經理小聲地跟她商量：去割一割雙眼皮吧。曉玲回家對著鏡子難過了幾天，最後妥協地請梅花幫忙找整容師給割了雙眼皮。然後總算把造型照拍妥，現在就只等錄音了。

　　這天早晨曉玲起身，看到秀桃已經坐在沙發上發呆。她問秀桃吃過早餐沒，秀桃說：「不想吃」。

　　「怎麼啦？」曉玲覺察到異樣，聽得出她心情不好。

　　秀桃抬起頭來，曉玲一看嚇呆了。秀桃半邊臉浮腫，眼下青瘀一大片，顯然是被人毆打過。

　　秀桃淚盈滿眶「彼得和我拉倒了」。說完淚就決堤般撲簌簌落了下來。

　　彼得平時小白臉那樣嘻哈逢迎秀桃，竟然會打人，而且出手那麼重，不知到底在他們之間發生了甚麼重大的事了。曉玲一時也不知道要怎樣安慰她，只好在旁邊陪著她。一直等到她哭過稍為平息下來時才說「吵了架不至於就此絕斷吧？」

　　秀桃答非所問地說：「我懷孕了。怎麼辦？」

　　曉玲嚇呆了。一向秀桃狂野不羈，凡事都很有辦法的樣子，和彼得親熱十分放誕。總以為她知道如何處理這種事。如今懷了孩子，彼得顯然是不認賬，不顧而去了。

這時梅花也起了床，問清楚來龍去脈。原來彼得要秀桃把孩子打掉，秀桃不肯，彼得就和她攤牌了。

梅花深深地歎了一口氣問：「你打算怎麼辦呢？」

「不知道！」秀桃六神無主，癡眼望著虛空。

梅花說「你還是得打掉它，除非你不想再混下去。」

秀桃呆了良久，又抽抽噎噎哭起來。

秀桃請了假，等臉上的青瘀消退後才回去上班。這期間梅花陪她到一間婦女暗病診療所打了胎。自此秀桃沉寂了下來，總是唉聲歎氣，提不起勁。

這邊曉玲的唱碟出爐了。請了假上電臺電視打歌。為了上臺亮相，她著實向秀桃梅花囫圇學了幾招儀態化裝術，懷著忐忑又興奮的心情打歌接受訪問等等。所有報章雜誌上有關她的報導她都用心剪貼保存。憧憬著唱碟暢銷，她的歌曲成功流行起來。想像著自己一炮而紅的情景，無時不陶醉在白日夢裏。

兩個月過去了，甚麼都沒有發生。像微風吹過水面，淺淺起了點波紋，連漣漪都沒有挑上來。曉玲的第一炮沒響起來，她的綺麗的夢開始摻進了那微微的擔憂。在公司裏開會檢討，不是宣傳不夠也不是歌曲不好，甚麼原因沒人願意說卻都心照不宣。曉玲回家悶悶地在房裏自己思量，知道外型不夠俏美，體態過於富泰是失敗的原因。

她每天照鏡自鑑，不禁黯然神傷。要怨誰呢？該怨父母的遺傳嗎？還是要怨自己生來這副模樣這個身材呢？父母無辜怨懟不得，只能自怨自艾，怪自己差勁的運氣。她無奈，洩氣，憂怨。排遣不去，吞咽不下，除了偷偷灑淚，也別無他法。工作仍強打精神做，在家時就跟秀桃一樣，終日若有所失，尋尋覓覓，好似失落了甚麼，生活一時失去了重心。

　　這晚有位卡拉OK顧客來請曉玲談談。這還是頭一遭有人請求見她，她並不想拋頭露面，何況是在情緒低落時。但她終於還是出去見這個人，自己也不知道為甚麼。那是一個富泰的男士，五十歲上下，兩道濃眉使他乍看之下顯得氣宇軒昂。這個人雖趨向胖型，卻胖得輕鬆，一點也不笨重，反而添了幾分穩重。他自我介紹，名叫林進德，請曉玲見面主要是欣賞她的歌藝，想結識她。曉玲第一次聽到有人稱讚她的歌，又適逢她正失意，當下很是受用，感動得不得了。何況他還對她唱碟上的歌瞭若指掌，更使她激動得噎淚。短短十幾分鐘的交談，林進德給了曉玲非常好的印象。

　　自此，林進德每週都會來兩三晚，來了總找曉玲談。漸漸的，兩人談熟了，曉玲也大約知道林進德的背景：做進出口生意，有家庭有房子，經濟穩固。曉玲自己也和他透露了背景，在吉隆坡除了梅花，就只有他能夠深談的了。

　　但是梅花就對林進德不以為然，依她的經驗，一個已經有家室的男人找歌星，其中必有目的。曉玲自己卻想，如果另有目的，也會去找有姿容的，她曉玲既無利更無色，林進德犯不著找上她。可是，為甚麼他偏來找她呢？她想不出一個合邏輯的理由，就讓它去，不琢磨了。

　　她時常想，在吉隆坡沒有甚麼人交往，生活圈子除了工作，秀桃梅花之外，再沒有其他活動，多了一個林進德，做做朋友，擴展一點，不會成問題。她寧可相信林進德的來意是誠懇的。而她也習慣了林進德來，他沒有來的時候她竟有一絲失落感。他來的日子裏，她不由自主地興奮，和他談過後心情特別輕鬆。林進德從不談他的家庭，曉玲也下意識的迴避著，好像不承認他的家室一般。

　　彼得又回來找秀桃了。秀桃不計前嫌，快樂地和他復合。曉玲和梅花勸她不好再接納彼得，但秀桃對他一往情深，勸極都勸不

聽。這就是愛麼？曉玲想。明知道彼得無情，還不醒悟，愛真是盲目的。

曉玲隔一段時日都會到唱片公司去轉一轉，探探消息。可公司一直沒有表示打算出第二張唱碟的意思。她知道是被冷藏了。沒辦法，也只能耐心等待，簽了合同的，總會有機會作第二次出擊的。也只有林進德常給她鼓勵，叫她不要頹喪。不知不覺間，曉玲把林進德當成了知音，許多沒跟梅花說的她都跟林進德說了。而林進德總是那麼篤定穩重，聽她安慰她，她在感情上已經不知不覺地在依靠著林進德了。

這樣過了一段日子，林進德第一次邀曉玲出去宵夜，曉玲欣然答應，其實她潛意識裏已經盼望了好久了。跟林進德在一起總有一種安全感，是那樣的舒適恬然，她第一次感到異性能帶來的若隱若現的某種神秘的甜味。但另一方面她時刻提醒自己，林進德是有妻室的。每想到此，心中惘然惆悵，她總偷偷地想：要他是單身的話⋯⋯

接下來的日子，彷彿重心都放在和林進德的交遊上。有時宵夜，有時白天裏一起吃飯。曉玲有時會驚覺，這是有家室的人啊，和他交往似乎不對勁。可她已經陷下去了，要拒絕他的邀請實在難，而且她是那樣渴望和他見面！

當曉玲正為自己和林進德的關係猜疑不定的當兒，她猛然發覺梅花似乎有了變化。平時帶她出門的男士們一個個絕了跡，只剩一位大老闆型的中年男子幾乎天天來。本來老成的梅花變成了依人小鳥，每天都把大老闆掛在嘴裏。大老闆來時把他侍候得無微不至，煲湯煮糖水的，來了就像嬌妻迎新婚丈夫那樣溫柔。還時常請假跟大老闆出國旅行。曉玲和梅花談起時，梅花有恃無恐地承認已經被大老闆包起，做了午妻。她警告曉玲，林進德的目的恐怕也一樣。

曉玲為林進德辯駁，她相信林進德的意圖不會如此猥瑣。而她也絕不可能墮落到午妻的地步。

曉玲休假的一晚，林進德載她出去遊車河。從鬧市到郊區。曉玲這半年雖說在吉隆玻，其實走過的地方只有幾間購物中心和電影院，其他地區都沒走過。這晚真讓她看盡了首都的繁華景象。出到郊區，車行在一條上坡路上。兩旁都是茂木濃蔭，一幢幢洋房掩影在樹影中，亮著溫馨的燈光。

「這麼清幽的地方在吉隆玻真是少見啊！」曉玲感歎。

「你喜歡這個環境嗎？」林進德問。

「這些樹木使我想家。」

林進德不語，默默的把車開到一幢洋房前停下。

「進去看看吧！」他輕輕地說。

曉玲狐疑地跟他進到屋裏。一個大客廳，有沙發書架，壁上有油畫，落地窗簾是淡淡的紫碎花。紫色正是曉玲喜愛的顏色！林進德走過去拉開窗簾，入目的是一片燈海。原來這屋子建在半山，山下是大片的住宅區，晚上萬家燈火，加上縱橫的大道小街，從這裏望下去，眩眼奪目。落地窗外有陽臺，林進德拉開玻璃門，曉玲出去站在陽臺上。習習涼風吹送，這裏真的比曉玲的住處涼快多了。

「喜歡這地方嗎？」不知何時林進德已經來到她的身後，說話時鼻息吹在曉玲的頸後。她猛然回身，他已順勢把她攬入懷裏。曉玲又驚慌又羞澀，一時竟不知如何反應。林進德溫柔地撫摩她的頭髮，撫摩她的背，靜靜地，慢慢地，輕輕地。曉玲只感到心快要跳出口來，一方面又是如此舒服。她的頭埋在他的肩膀上，任他抱，她感到自己是多麼的空虛，多麼的需要愛。良久，他托住她的滾燙的臉，深深的凝視她，然後開始親吻她。她的防備此刻已經徹底崩潰，只忘情的回應他。

林進德把她帶到臥室裏，一邊擁抱親吻，一邊開始解她的衣扣，一邊呢喃著愛她要她。曉玲迷迷惘惘，意亂情迷，忘了身在何處。但當他赤裸的軀體和她的肌膚一接觸時，突然電光一閃，一陣羞愧，她想到秀桃的懷孕和梅花的午妻，霎時她驚醒了。她終於臨崖勒住，拒絕了林進德。

林進德怏怏然送她回家。曉玲躺在床上，為自己的理智感到慶幸，卻也為自己的遭遇感到悲哀。她差點淪落成秀桃梅花般的風塵女子了。為了這晚的遭遇，她流了整夜的淚，不知道該怎樣再面對林進德。

林進德整個星期沒有來，曉玲在這期間厘清了思緒。他再出現的時候，她誠懇地告訴他，不願再這樣繼續下去了。林進德再來了幾次，知道她意志堅決，從此也就不再來了。

風平浪靜後的日子，雖平靜卻蒼白。曉玲的心靈輸了空，惆悵無奈。看到秀桃梅花興高采烈的過日子，備感淒涼。

一天，門口來了兩位婦人，要找梅花。梅花一出來，其中一位婦女便破口罵她狐狸精，搶人丈夫。另一位婦人淒淒地哭起來。原來大老闆的太太找上門來了。梅花大喇喇地說：是狐狸精又怎樣，誰叫你管不了自己的老公。來勢洶洶的那位命令梅花放棄大老闆，哭哭啼啼的那位求梅花放棄她的丈夫。梅花卻篤定悠遊，充耳不聞。秀桃卻忍不住了，她衝到門口大聲說你們擅闖私人地方，我打電話叫警員。說完拉了梅花進屋，砰地關上大門。那兩人繼續在門外罵，罵了一陣，只有鄰人探頭探腦看熱鬧，不好意思了，只好黑頭黑臉開車離開。

她們一走，秀桃梅花笑倒在沙發上。原配跟情婦鬥，結果原配鼠竄而逃。梅花為了這場勝利，請秀桃曉玲到餐館吃飯。

飯間談起家鄉。曉玲說現在實在想家。秀桃說出來幾年，只回過兩次家，都瞞著家裏，說是在工廠工作。伴舞這份工，不是長

久之計，將來，她想都不敢想。梅花說家裏已經知道她幹的行業，父親跟她決裂，她是有家歸不得。她因為深知一到年老色衰這份工就不能再做，所以趁早找個大老闆作後路。等大老闆買好屋子給她後，她準備退出江湖，安份做小老婆。三人各有苦衷，曉玲想，自己還不至於淪落到其他兩人的地步，但歌星夢難圓，心中不禁淒然。另一方面又想著林進德，她對林進德早已用了情，如今硬生生和他斷絕，心中絞痛不捨，萬般無奈，揮之不去。

當晚曉玲失眠了，想家想到了極點，簡直想當下就回阿羅士打去。第二天跟梅花商量，梅花也贊成她回家。唱片公司的約不用解，如果他們有新計劃，大可通知她下來錄音。

於是曉玲回到阿羅士打了。去時雄心萬丈，回時失意落寞。她在大街小巷無目的地漫步，呼吸著家鄉的氣氛，這跟吉隆坡真是天壤之別。家人朋友仍跟往日一樣對她，知道她回來都熱心幫她留意工作。只是，她感到已經不是昔日的自己了。雖不至於歷盡滄桑，卻感到心境蒼茫，失掉了那份純情了。她回想秀桃梅花和林進德，一切都像已經湮沒的夢。

在家窩了一陣，有人介紹曉玲到新開張的卡拉OK去駐唱。唱了兩個月，慢慢有顧客記起了她的「童年」，有人點她唱，她便唱了，引起熱烈的迴響。此後仍然經常有人特別點唱「童年」，曉玲漸漸又恢復信心，至少家鄉仍有知音。

一天領薪時，老闆問她能不能再想一些新點子，除了「童年」，要是再出新點子，說不定更多人捧場。曉玲想了想說：不然找一首老年歌，我裝裝老人聲吧。老闆非常同意，於是曉玲便興沖沖地找歌去了。

水晶

在雨後的黃昏裏水晶回到離開了五年的家。

從柏油路踏上轉入村子的黃泥路，她左右避開一個個的水灘，鞋底黏了厚厚的一層泥。路兩旁依舊長著茂密的相思樹，雨洗後格外蔥翠清新。然後開始有房屋，第一家是王進德家，屋旁種了兩棵芒果樹。跟著另一家，也種著芒果樹。這個村子，幾乎家家都種著芒果樹，有些兩棵，有些一棵或三棵。房屋的格局各異，只有這些芒果樹使全村顯得一致，氣氛也因此調和融洽。五年來這裏的外觀沒變，水晶經過一家又一家，看那些芒果樹，看樹上掛著的一串串的果實。在轉入通往家的小徑前，她下意識地低下頭，加快腳步走過轉角的那一家。

到家了，水晶在前院摸了摸兩棵芒果樹，久違了。父母親都在家等著。「回來了好」父親說。「累了吧？快洗個澡，馬上就開飯了！」母親仍是那樣呵護著她。一切都還是老樣子，可是一切都不再一樣了。

那時水瀅在。她們合住一間房，睡前她們總要談一會兒天，或說些悄悄話。從出生起水瀅就一直在身邊，同進同退，她們是單卵的孿生姐妹。這五年裏不論她身邊有多少人，水晶始終感到若有所失，總在尋尋覓覓。她尋的是失去的另一半，是永不會回來的另一半。

吃過飯，母親說「房間已經收拾好，還是住回你們的房間。」你們，是的，她們姐妹永遠是「你們」，「我們」，很少是「你」或「我」，母親還是不能把她們分開，這麼多年以後。水晶自進家門後一直迴避著房間，她怕每一樣她們共同有過的事物，尤其是曾

經共用過的房間。這間房裏有太多的回憶，從幼年到成年，兩人在房間裏分享了多少歡樂，分擔了多少憂愁。再進入這間房，她有點膽怯，怕回憶以往的一切。這些年來她儘量忙碌，用工作和各種活動充斥她醒著的時間，忙累了睡倒，從不停下來思想，為了避免回憶。現在她寧可住另一間房，寧可忘記。

母親顯然用心改變房間的格局，把雙人房改成了單人房。水瀅的床移走了，水晶的床本來直擺的移成了橫擺，靠著窗子。靠床多了一張書桌。以前因為擺了兩張床沒有空間擺書桌，她們只共用一張梳粧檯。水瀅的衣櫥也移走了，房間顯得大得多。水晶在房裏踱一圈，這間房沒有一絲水瀅的影子，母親似乎成功把水瀅抹煞掉，房間只有水晶一個人了。她在床沿坐下，曾有過一次，這間房只剩下一張床，那是十歲左右吧！她們從這張床跳過那張床，你來我往，跳個不亦樂乎，突然水瀅的床陷塌了，水瀅跟著床陷下去，因此扭傷了腳。床抬了出去修復，一時來不及修好，水瀅只好打地鋪。水瀅睡地板水晶不肯獨睡床，也搬下枕被和水瀅並排睡，那時睡得特別香甜。水瀅扭傷了腳，水晶處處照顧她，從那時起，她養成了事事讓水瀅的習慣。

可是，有一件事她沒讓。

如果時光能夠倒流，如果她能從新來過，水晶願意讓。她為了自己的自私懊悔自責，這麼多年過去了她仍不能面對自己，更不能面對水瀅。這次終於回來，是下了決心向水瀅懺悔，不再逃避。

清早，水晶帶了水果和紅玫瑰來到觀音廟。買了香燭紙錢，把水果擺在大殿的香案上。正殿上的觀音大士左手抱著一個娃娃，右手執著柳枝，半垂著眼，一臉慈祥，這是一個送子娘娘。水瀅在這樣福和的地方，應該能安祥平靜吧？水晶插了香，在燒紙錢之前默默對著觀音跪了半響，想禱告卻不知要說甚麼。最後她在心裏說：願水瀅安息。

　　燒過了紙錢，她拿著花到第二殿，找到了花瓶插好花，慢慢地來到香案前。這個殿裏安的是神主牌，她在一排排的牌位裏尋找水瀅的名字。「陳氏愛女水瀅靈位」觸目不由心靈震盪，水瀅，我來看你了。花是你喜歡的紅玫瑰，希望你看得到。她盈著淚默默注視牌位，感覺到兩人重新連為一體。在這裏水晶重新感到完整，五年的恍然若失，在面對靈位的這一刻，彷彿又充實回來，彷彿她倆又像以往那樣如影隨形，互相補足。而她是來懺悔的。她知道她沒有理由感到內疚，她並沒有對不起水瀅，可她仍願意求水瀅原諒，這樣心裏會好過一點。如果水瀅活著，她願意水瀅打她罵她，她願意把世新讓給水瀅，只要水瀅能活著！

　　世新，這個名字她五年裏絕滅地不去記憶，在夢裏也堅決地摒棄他。她成功地過著留著空白的這一段屬於世新和她的回憶。啊！那個時候，他們三人過得多麼快樂無邪呀！回憶，原來也不可能只是兩個人的，水瀅總在，所有的回憶都是三個人的。

　　玩辦家家酒，總是世新當爸爸，她們兩個輪流當媽媽，從來不用搶，今天水晶當媽媽，明天自然是水瀅，她們之間有一種與生俱來的默契，分享著世新。大一點打羽毛球，兩人聯手對世新，玩得盡興。跟一群人玩時，一次水瀅跟世新搭檔，下一次就輪到水晶。世新在的地方，她們倆總也在。朋友間稱他們為三劍俠，從小到大，世新擁有她們兩個，從沒有厚此薄彼。倘若他們能夠一直這樣下去，直到永遠，那該多好。

　　長大後比較主動的水瀅開始顯明地佔有世新，而水晶那時已經習慣地讓她。但世新對兩人仍舊一樣。是甚麼時候他們的關係起了微妙的變化，水晶不知道，也許那是一種緩慢的轉變，無從感覺到。像細水輕輕匯成河，等你感覺到轟轟的水聲，那早已經成了排山倒海的巨浪，淹沒了你。水晶一步步的讓，並沒有感到委曲，只感到理所當然，至到世新選擇了她。

　　水瀅曾經開玩笑地建議，我們一起嫁給世新吧！水晶也默默贊同。她們愛上了同一個人，唯一的解決便是共事一人。只是當世新向她表示後她有了私想，愛情容不下第三者，剎那間水瀅成了多餘，成了阻礙，成了她千方百計迴避的魑魅。世新慢慢疏遠水瀅，水晶也儘量不跟水瀅共處。他們靜悄悄的在外面約會，在家水晶也不騙水瀅，她只是瞞著，甚麼都不透露。三人行的景況不再出現，水瀅多少感覺到，而她仍舊信任水晶，不相信一向讓她的姐姐會摒棄她。兩條線扭紮成的繩，水晶試圖從中鬆脫，只要一條線蠢動，另一條勢必受到牽動，而鬆脫開來的線，永遠再難成氣候。兩線糾纏在一起時是一條韌實的繩，硬分開來終必一扯就斷，同歸於盡。水晶沒懂得，她一頭陷進世新的柔情蜜意裏，喪失了思考能力，心上眼中儘是世新一人，已經容不下水瀅。

　　那是一段心神皆動的日子。水晶有了秘密，既提心吊膽又興奮刺激。她細心設計每一步，步步疏離水瀅。而她不編織謊言，只是靈巧地避重就輕一逕迴避水瀅懷疑的眼神。彷彿從一場悠遠的迷夢中蘇醒，她忽然發現了自己，一個獨立的，沒有牽連的個體，只有她自己，不再是她們兩個。她感受到某種全新全然的自由，好像丟開了包袱，又像割斷了一條牽扯著她的鎖鏈，她的呼吸舒暢了，她感到輕鬆得能飛，飛向和世新共織的美景前程。

　　她忘了，她們倆是同條命，不能一廂情願割開。

　　在水瀅靈前呆立了良久，水晶慢慢走出廟來。太陽已經升得很高，地平線上積著烏雲，只要一起風，烏雲就會湧上來，遮蓋住太陽。也許又會是個下雨天。

　　她下了巴士，趁雨還未來前急急走回家。迎面走著一個男人和一個小孩，水晶一瞥，立刻心頭一震。來人走路的身形她太熟悉，就過了這些年頭，她還是一看就認得。想迴避已經來不及，她不由自主放慢腳步，心裏一片混亂。那男人似乎也在遲疑，然後下決心

似地走上來。兩人打了照面，互相點了點頭，水晶說不出話來，還是世新先開口：「你這些年還好吧？」

「還不錯。」

他牽了牽小孩說：「我的小孩，兩歲了。」

「嗯。」她垂眼看小孩，白白淨淨的討人喜歡。

然後兩人都不再說話，對視了一下，終於水晶說：「再見」

「再見。」他忽又想到，「你回來是要留下來嗎？」

「不，我那邊有工作，回來只五天。」

「那祝你愉快。」

她點點頭，然後舉步離開。

世新領著孩子繼續往路口走，心緒一時無法平靜。這個孩子本來可能是他和水晶的。他們本可以是一對恩愛夫妻，可是造化弄人，他們終不能在一起。

那時他同時喜歡著她們兩個，一個能言善道，一個細膩解意，兩姐妹合起來是一個完美的人，他沒法子把她們分開來喜歡。到了談婚論嫁的年齡，他有了煩惱。他想娶她們，但如何能同時娶兩個人呢！他多麼希望自己也有個孿生兄弟，一人娶一個。猶疑了許久，漸漸他感覺到水瀅處處採取主動接近他，而他竟本能的避，避水瀅給他的壓力。就在這樣的情勢之下，世新下了決定，選擇比較內向平靜的水晶。

也許他選錯了。也許他應該選水瀅。但又怎能知道水晶就肯接受呢？他現在恍然瞭解到，她們是分開不得的，只要把她們拆開，就會發生悲劇。不管他選擇了哪一個，肯定會傷害另一個，所以，他最終兩個都不能要，只好選擇另一個沒有牽連的人。

和水晶碰面，他一陣惆悵，一絲不能排解的隱隱的失落感湧上心頭。就算他們無論如何結合，水瀅會無時無刻探進來困擾他們的生活。水瀅的死，永遠是一個陰影，只要他們在一起，這個陰影會

佔據他們，僵化他們的關係。他還有一絲內疚，對水晶是他解除婚約，對水瀅是他放棄了她。這些年來他儘量忘記。他儘量愛護太太孩子，儘量辛勤工作，把過去摒棄在夢外。他是連作夢也不回到過去了。

水晶走離了世新，來到轉角世新的家門前。她下意識地往門裏看，他的太太不知長得甚麼模樣。他結婚了，他是終於放開了。我又何必放不開呢？結婚了好，證明他不再自責，水晶不願他自責。他們兩個都有罪，因為他們訂婚，導至水瀅自殺。但他們其實並沒有罪，愛情是無辜的。是水瀅想不開。可是水晶不肯怨水瀅，因為水瀅也是無辜的。可是水瀅以死來懲罰他們，使他們永遠愧疚。五年，夠久了，也許這該告一段落，她還有長長的一生要走下去。看到世新重新過日子，彷彿過得還不錯，她釋懷了。但是，同時湧上來一抹淡淡的憂愁，她自己呢？她要如何安身立命？她知道，這一生是永不會再去愛，世新，得與不得他，她是不會把他忘懷的了。

她沒有轉進往家裏的小巷，繼續向前走到河邊。她是在這條河裏學會游泳的。世新同時教她們兩人游泳，她學會了，水瀅卻沒學會。長大後他們不再在河裏游泳，而時常到公共游泳池去游。水瀅永遠守在淺水，始終沒學會游，而她和世新相偕從這一頭游到那一頭。

雨季裏河水十分飽漲，淺棕色的河水洶湧地向西流。河邊長著雨樹和相思樹，都傾向河生長。一些枝桿垂向河面，流水掃過，葉子隨水流飄動，彷彿要把整條枝桿也帶動，跟水奔向未知。

水瀅就是跟了這條流水走的。在水晶世新訂婚的日子她失了蹤，過了三天她在河灘浮現，把水晶的美夢瞬間衝破。世新垂著頭跟她見面，默默地她意識到來意，黯然地退還了戒指。他們之間已經靈犀相通，不用言語，就靜靜地分開。內疚和自責致使水晶無法

面對沒有了水澄的生活，她逼著離開這個地方，遠離每一個角落都有水澄影子的家。

五天很快過去。在離開前夕水晶又到廟裏去。她默默對著水澄的靈位，感到心裏的積瘀了五年的硬塊漸漸舒放，好像水澄在告訴她，忘了吧！把所有的憂愁都歇下吧！走你的路去。水晶釋然了，她知道今後她要獨立起來，不再拖拉著已經消失的另一半，她必須勇敢地孤獨地過下去。

她走出廟來，發現外面下著大雨。雨水如線般密密地傾瀉，眼前成了一片紗幕。水晶稍停了片刻，然後從容踏入紗幕裏。雨從四面八方瀉下，打在身上有點刺痛，水晶任雨沖刷，彷彿多年未曾洗過澡，現在如同被大自然的甘霖洗滌，混身都乾淨。她一直走一直走，彷彿就能這樣永遠走下去。

幻夢

　　安平對堅是一見鍾情，堅則是遊戲人間，跟她玩玩。安平永遠不會忘記遇見堅的那個夜晚，在舞會上，人影綽綽，音樂的聲浪震耳欲聾，香水味和煙味在擁擠的人體間拼命膨脹，然後一古腦湧入每個人的鼻腔，把所有的積集的氣味散溢進所有的細胞，使每一個細胞也膨脹起來。堅邀請安平跳舞，是一首快節奏的迪斯可舞曲，堅輕輕地擺動，雙手不誇張地揮著，他不看安平，向上望著幽暗的空氣，一雙眼神像在沉思，他的身子在動，但是眼神卻是靜止的。安平看見的是一雙如夢似幻的迷人的眼眸，深深地感動了她，她一頭就陷落入堅的那股迷朦的氣氛中，執意要捕捉他眼神深處的一個夢。

　　一支舞後安平探聽堅的身份，原來他是個大眾情人，太多女子在仰慕他。安平並不氣餒，她深知自己的條件，足可以匹配堅的倜儻。堅也不是對安平無動於衷，安平身上的吉普賽遊吟味在一群衣香鬢影的女士裏顯得獨特出眾，堅的注意力被她牢牢地箍住，自然而然他們在那一場舞會上互通了地址電話，並相約再見的時間地點。安平知道自己是吸引著很多男子的，她的大銀耳環，烏亮如緞的長髮，色彩濃豔的長裙，使她鶴立雞群。所以她對和堅的戀情始終帶著一份自信。堅會是她的。

　　安平去美容院洗臉。對於容顏她十分注重，一貫保持著容光煥發，臉上絕對顯不出任何皺紋，因此安平是沒有年齡的女子，彷彿時間在她臉上突然擱淺，蓄集了滿滿的春水，平面如鏡，反映著高高的蔚藍的天色，柔而且飽滿，十年八年始終沒有變化。安平閒靜的端詳鏡裏的自己，好像在端詳一個新結識的友人，看那細彎的

柳眉，彎得秀氣，把明亮有神的眼睛襯得波光流漣，那雙眼，總帶著笑意，彷彿聽了一段珠璣妙語，正要笑出聲來。她的鼻，難得的挺，鼻頭小巧，護著不顯著的鼻孔，鼻息輕微，似乎不需要呼吸，仍然能夠談笑風生。孩童般的聲音從她微翹的豐滿的嘴裏流麗地一串又一串飄出來，顯得嬌嫩而新鮮。她連說話都帶著異地風味。男人只要聽到她稚嫩的語音，都不由自主當她是小女孩，百般呵護。但是安平卻是那麼獨立，她對自己的需要十分清楚，她不要的，譬如某個男子，她絕不敷衍，叫他碰釘子安平面不改色。

堅因為對安平動了情，便不約會別的女孩子，他似乎突然收斂了，專情起來，獨獨和安平戀愛。但他遊戲的本性使他還是不甚認真，好像可有可無，熱情起來天天找安平，過了一陣興盡了就消失三五天，安平總感到他捉摸不定，這樣反而使她更愛戀他。他們在一起時是無比的羅曼蒂克的，安平點上兩台燭，他們在燭光下相視，安平喜歡看自己的身影在堅的瞳孔中幌動。堅在她看得癡時一把攬她入懷，在她耳邊呢喃模糊的囈語。日子是一把一把的讓他們揮擲，他們不用打算或憧憬未來，因為他們都崇尚活在現在，他們只享受著彼此的存在，能夠相愛時愛夠它，沒有將來，那是太遙遠的事，他們忙著談戀愛，無暇去想這些。

安平有無數個追求者，由於她跟堅走在一起他們一個個知難而退。只有陳不退縮，他仍時時探望安平，等待機會，他有個預感：安平和堅不會長久。安平現在是飛騰在高空中，像風箏一樣乘風翱翔，看似趾高氣揚，其實有個隱憂：風不吹時風箏就必需落回地面，而他就是在地面等著撿拾斷線風箏的人。而安平的風箏能飛多久陳不知道，即使這樣他並不放棄希望，他有無窮的耐心，他會守候到安平在堅的旋風消翳後落到他的手心中。

安平並不拒絕陳，她留著陳，若即若離，為的是要引起堅的醋意，她安平不是沒有仰慕者，她只要一舉手，馬上有人為她奔命。

堅不來找她時她會接待陳，讓陳給她買幾個榴槤，兩人蹲在地上吃一顆又一顆，安平覺得陳跟她其實也相當投合，他有一份不賴的職業，經濟沒有問題，甚至傾向富裕，是許多女子夢寐以求的對象。他缺少的是堅的夢幻的眼神，以及堅放浪不羈的令人瘋迷的風格。安平喜歡作夢，虛無飄渺是她的信仰，她唾棄一切現實的腳踏實地的人和事，所以陳只能是她手中的一顆棋子，用來跟堅玩棋，走完一局還能夠用來走下一局，她知道陳不會放棄，她也不希望陳放棄，留著好用。

堅和安平上雲頂渡假。高原上霧氣迷朦，群山在霧裏隱退到天外，高聳的樓房若隱若現，周遭是無邊無際的淺灰的色調。他們在湖裏划船，槳聲在船邊嘩啦嘩啦響。安平說，我搬去和你住吧？堅划船的動作僵住，三分鐘，安平感到像過了三世紀，堅不出聲，恢復划船。安平沒再追問，堅不回答，不是默許，而是拒絕。堅想，你來跟我住我就失去了自由，我生命的大前題是自由，不要剝削了它。但是堅不說話，他想安平你跟我談戀愛應該懂得我的規矩，你懂得才是我的愛。安平伸手撫摸堅抓槳的手背，她懂得的，她是那麼深愛著堅，有甚麼她是不懂的？堅失去了遊玩的興致，安平也同意提前下山，之後堅整整一個星期不跟安平見面。安平第一次感到失去堅會是怎樣的刺心的絞痛，她意識到她不再是獨立的安平而是堅的安平，有堅才有安平，沒有堅安平就會死去。她在堅不聽電話後頹然倒在床上任淚水濕透枕頭，躺了一天一夜，然後起來，又恢復了往常的容光煥發，因為她知道一個意志消沉的安平是堅最不願意看到的。

陳來得合時，安平正在苦惱空虛，她需要一個體貼的聽眾，體貼正是堅所沒有的，而陳願意靜靜的聽安平的訴說，縱然他從沒有提供任何題解，安平還是能夠自他的傾聽裏得到些許的安慰。陳聽了安平的訴說，內心暗喜。安平你將會失去堅，在你想組織家庭時

你就會失去堅。他來得更勤,對安平更體貼,帶著一個越來越明亮的希望。

堅又回來了。安平不再提搬去住的事,他們又回復了濃情蜜意。但是安平變得患得患失,當堅對她好時她會狐疑,也許這樣的日子不會長久,而她卻是那麼渴望著跟堅能夠長久,越渴望就越害怕失去堅,越害怕就越疑神疑鬼。偶爾堅稍微冷淡,安平便敏感地以為堅不喜歡她,堅不來時她怕堅和別的女孩子好,急急忙忙跑去敲堅的門。堅感覺到安平的變化,他慢慢覺得安平跟其他找對象的女子沒兩樣,不跟他玩愛情遊戲,一味要擁有他。

堅要出遠門,安平去送機,依依不捨,像一個妻子那樣對堅叮嚀,堅一陣反感,怎麼安平不再飄逸灑脫了。他遂感到兩人暫時分開使他如釋重負,遠行的日子他要想想是不是要跟安平分手。堅感到自己是自由在空中飛翔的鵬鳥,不能把他囚禁在牢籠裏,飛不起來他會被地上的悶氣拘得窒息而死。安平現在顯然正打開牢籠,用誘人的餌企圖誘他入籠。而他堅是絕不會被騙,他會展翅飛得更高更遠,把她永遠留在地面,徒勞等待他再次降臨。

新年前後天氣乾燥得要裂開來,雖然有風,因為風是熱的,像鐵扇公主騙人的假芭蕉扇,搧一搧那驕陽的熱力反而更恣意地燃燒起來。風吹動了疲乏無力的木瓜葉,葉面上因為長久沒有下雨,加上風沙的吹刮,早已蒙上厚厚的塵埃,灰撲撲的沒精沒神。天是一大片的水藍,一朵雲都沒有,使人們期待下雨的希望撲空,那藍,藍得出汗,藍得昏眩。安平病了,慵懶地斜靠在床上。堅買了水果切給安平吃。安平吃了一塊就急忙跑到廁所嘔吐。回來她不躺下,若有所思地瞅著堅,堅說,又發甚麼瘋了?安平答非所問,你愛不愛我?這是她頭一遭問堅愛不愛她,他們在一起這麼久她總灑脫到不巴巴地問這樣的問題。堅說,愛啊。安平就說,我懷了孩子你還愛不愛我?堅緘默了。良久他問,是真的嗎?安平點點頭。堅說,

為甚麼那麼不小心？安平眸子裏蓄滿了淚，她聽得出語調裏的冷淡。堅不再說話，過了一會兒他便走了。

隔天堅打電話來，說，把孩子打掉吧。我們然後還是跟平時一樣相愛。安平說，不用擔心，我不會拖累你。

安平到私人藥房去登記，預約日期做人工流產。到了那天早上她開了車到處轉，她在公園停下，在荷花池畔看自己的倒影。她想，丟掉肚裏的包袱就能繼續跟堅在一起，堅是那麼重要，她願意摒棄一切保有他。但是一絲無名的母性漸漸在她心裏滋長，她不捨得丟掉孩子，她已經三十五歲，這次拿掉孩子也許永遠不能再有孩子了。安平向來果斷，這下猶疑起來，她蘑菇到時間差不多了才往藥房駛去。坐在候診室安平聞到藥味，又是一陣噁心，進廁所嘔吐，感到整個肚子都在翻騰，彷彿有個小嬰兒在翻踢。安平衝到大門，逃命也似地開車離開藥房。

安平告訴堅她把孩子留下來了，堅說他還不想安定下來有家庭，安平不逼他，也不問他還和她相愛與否。以後堅不再出現，安平感到她死了。陳又來聽安平訴說，但陳知道安平懷孕後改變了態度，他說，你還是把孩子拿掉吧，然後我來娶你。安平說，你不能接受孩子嗎？陳說我要的只是風箏，不要拖了大尾巴重得飛不起來的風箏，你明白嗎？安平說，我明白，再見。

沒有了堅也沒有了陳，安平盡力適應未婚媽媽的身份。她不再對鏡端詳自己，因為她失去了風采，昔日的異國風味的游吟的安平不再，鏡中是一個挺著肚子的孤獨的女人。安平看自己的隆起的肚子，然後離開鏡子，拖著沉重的身軀，孤寂地走下去。

曾經

　　一早起來，梳洗完畢，頭就痛了。我把水壺放到水喉下接水，水咕通咕通準確地注入壺中，像遺漏了空間的時光，向一個深淵落下去。微曦初現，還帶著幾分清涼，窗外的景物依稀可辨，已經聽得到鄰家開動的車聲。

　　大兒子已經起身，在浴室裏刷牙。我去推醒二兒子，孩子咿咿唔唔不肯醒來，在床上扭綣，強拉他起來，送進廁所。煤氣爐上的水開了，冒著一波波的水蒸氣，我去關煤氣，沖泡了三杯美碌，在麵包上塗牛油果醬。頭一抽一抽地痛著，有一束力在頭的一端拉扯，一拉一痛，拉得起勁，沒有歇手的意思。我找出風油，在兩額上塗擦，頭皮放鬆了一點，抽痛稍微減輕。這時丈夫起來了，一手開了風扇，喇喇地整個廚房蠕動著，像丈夫一樣的剛剛睡醒。父子三人吃了早餐出門去學校，家裏忙鬧了一陣後靜下來，我卻沒有靜下來，把髒衣服放進洗衣機，拿了菜籃子，騎上腳車上菜市場。

　　太陽升了一點，斜斜地照射，芒果樹罩在發黃的光芒裏，樹葉子染黃了，遠遠看去誤以為樹上掛滿了成熟的果實。空氣還很清新，有點熱了，待會兒買完菜就會更熱，我慢慢踩著腳車，時常要踩上人行道，避開頻繁的車輛。一大早，大家彷彿都在趕時間，匆匆忙忙，都說為了生活。生活是一條吞雲吐霧的龍，繞著人翻騰，促使人不得不前進，一停下來它就呼嘯雷霆，卷纏著逼人向前，腳步再蹣跚，總得走下去。

　　到了巴剎，迎面一陣腥味，人很多，在各攤上選購。我沒有頭緒地進去走了一圈，盤算著要做甚麼菜。走到一個魚攤，不能肯

定要買魚還是買蝦。魚販說：大嫂，買魚啦，今天特價，一斤四塊錢，好便宜。我說：三塊半，跟你買一斤。他說：不行呀，四塊錢便宜了。我說：三塊八吧。他還是說不行，我放棄，就說：給一斤吧。他稱好魚，正要往塑膠袋倒時我眼明手快地捏了兩條魚加進去。他趕忙把它們捏出來。我又把它們捏進去，他說：大嫂呀，夠了夠了！我付了錢便到菜攤子去買菜。買了菜買肉，然後走出巴剎。馬上一股熱氣湧上來，在裏面時沒感到熱，出了來陽光白花花地刺著皮膚，立刻逼出了汗，在鼻上嘴上迅速冒出來。眼睛一時適應不了這光亮，眯了眯，牽了腳車，頂著這炎熱回家。

到了家衣服已經洗好，晾了衣服就打掃屋子，打掃停當看看時間還早，先看一下報紙才做飯。阿富汗地震，死了兩百人。那兒不是在打仗嗎？又遇上天災，真是屋漏偏逢連夜雨。馬華黨爭，鬧得風風雨雨，政治我沒有興趣，讓他們鬧去。星期三菜譜，紅燒排骨。沒做過排骨，也許週末做做看。旅法名小提琴家方劍波周日來檳演奏。突然心抖動了一下，方劍波，腦海裏浮現一個模糊的身影，向我慢慢走來，方劍波，這個名字漸漸清晰，如同浮在水面，一幌一幌，慢慢的停止擺動，清清楚楚的在心裏呈現。方劍波回來了，而且成了小提琴家。我的心一下子亂了，放下報紙踱到鏡前端詳自己。看到的是一張茫然的臉，雙眼迷濛，像在回憶一段年久淡忘的往事。

方劍波用摩托車載我去看電影，元彪的「速食車」。影片動作加搞笑，看得我呼哈大開懷。劍波突然伸出左手緊握著我的右手腕，不管元彪的鬼馬，凝神瞅著我。我不知所措，緊張得冒汗，又感到甜滋滋的，電影院的冷氣不夠冷了，我的心怦怦亂跳，任劍波握著我，一場電影不知怎樣演的，我完全沒有心思去看。那個晚上我們坐在我家的秋千上，依依不捨，劍波捨不得回家，我捨不得他離開。月光從椰葉篩下來，在劍波臉上印上一條條的光影，使他顯得神秘，同時帶著柔情，我被迷惑住，分不清是真是夢。

　　劍波和我認真了起來，我們如影隨形，難捨難分。我們沒有想到未來，以為這樣下去能永永遠遠。SPM近了，我慌忙拿起書本埋頭苦讀，劍波依舊悠哉閑哉，一點都不急，每天帶了小提琴拉給我聽。當大家時興學電風琴時他獨愛小提琴，琴聲悠揚，往往令我放下書本，聽癡了。

　　劍波沒有考上SPM，我也沒有考上。我到百貨公司當售貨員，他沒找工作，天天拉著小提琴。這時永新出現了。永新像一顆石頭，佟的一聲投進我的心湖，撩起一環又一環的漣漪。他師訓畢業，在小學教書，有車有安全感。我迷惑了。我對劍波說：找工作吧。劍波說：拉小提琴便是我的工作。在我的世界裏，沒看過拉小提琴能當飯吃的。我開始逼迫劍波，我要安全感。當他不能給我安全感時，我轉向了永新。在一個細雨霏霏的傍晚，我跟劍波決裂，我看著他的背影訕訕離去。

　　我在鏡前端詳自己，十幾年了，我胖了一圈，臉也圓了，不再是以前的瓜子臉。跟永新過日子，平淡無波，不能不說幸福。孩子也有了，家也有了，我不欠甚麼。而為甚麼看到劍波的名字會震動不止呢？頭又一緊一松的抽痛，我吞了兩粒止痛藥。心裏又是混亂又是惆悵，陷在沙發裏，不想動彈。風扇在頭上轉動，把聚攏的悶熱轉撥開來，一片一片碎跌，攤了一地。前院種的百日紅，在熾熱的陽光下彎了腰，垂頭喪氣。是天氣太熱頭才痛的吧？我又拿了報紙來看，不錯，是他，方劍波。待會兒永新回來看到呢？我連忙把廣告剪下來，藏在抽屜裏。坐著坐著，忽然想到飯還沒有做，很快就要放學了。

　　我慌忙起來，到廚房裏開始剁肉。一分心剁到手指，到水龍頭上沖水，用衛生紙纏繞著，翹著手指繼續剁肉。這時聽到車聲，接著孩子叫門，都回來了。開了門急急地開煤氣煎魚，永新進去洗澡，出來時我正開始炒菜，他伸頭看看，說：今天怎麼那麼遲？

　　吃過飯永新出去教補習，順便載了孩子去補習。孩子自己不能教，送給別人教。家裏又剩下我一個，又陷入冥想。方劍波，小提琴家。當初如果沒有放棄他，今天又會是甚麼局面？

　　傍晚永新回來，我說：星期天要去一趟檳城。他問：去做甚麼？我回答：去跟一個久沒有聯絡的同學見面。我沒有騙話，只是沒告訴他同學是誰。

　　一個星期過得特別慢，忐忑的心情不得安寧地等待星期天。五月二十日下午，永新載我去車站。來往的車輛卷起一團團的灰塵，撲向車窗。天空萬里無雲，許久沒有下雨，天藍得有些發慌，太陽熱烘烘地罩著地上的每輛車，每個人，使得人也跟著發慌。上了直透北海快車，路兩旁的相思樹伸著枝椏，像要撲上來卻被快駛的車撇了開去，徒勞地向後退。車開出了市區，夾路一間間的甘榜屋子，有人在河邊沖涼，舀了一瓢瓢的水往身上潑。我閉目養神，心裏卻不能安寧，有點後悔走這一趟。又回頭看窗外。經過一片膠林，膠樹落光了葉子，蒼白的樹枝參差地向上伸長，像爭先恐後的想飛離樹根，又像痛苦的向蒼祈求甘霖，天氣是太乾旱了。坐在車裏，冷氣越來越冷，想起應該帶件毛衣，晚上回家一定會更冷。

　　到了北海，買票上渡輪。人多沒位子，我靠在窗口看海。深綠的海水，一波一波地撲向船身，綠波裡像有千萬隻眼睛向我凝視，都是劍波的眼。我轉身不敢再看海，風呼呼地吹著我的後腦頸項。船上的乘客有的在說話，有的看報，有的呆呆坐著，不知心裏在想甚麼。到了檳城，大家像突然從夢中驚醒，爭先恐後的紛紛上碼頭。我隨著人流下船，叫了一輛計程車直奔韓江禮堂。

　　到了那裏，已經有很多觀眾聚集在外，只見衣香鬢影，每個人都穿得很正式，只有我，襯衫牛仔褲，不倫不類。硬著頭皮買了普通券，坐在後面。觀眾陸續進場，有七成滿。然後燈熄了，只剩舞臺上的聚光燈，一會兒方劍波出場了，一片掌聲。坐得遠，看不清

他的面容，只見他穿了黑禮服，直背挺胸，很有氣派，比以前不修邊幅的劍波神氣多了。掌聲過後他舉起小提琴開始演奏，我看節目表，A小調舞曲，四季裏的春，如歌的行板……沒有布拉格斯小夜曲，他當年天天拉給我聽的曲子。我盼望他演奏布拉格斯小夜曲，表示他沒忘記我。可是我為甚麼希望他沒忘記我呢？

　　方劍波側著頭，完全專注在音樂中，好像他不是演奏給觀眾聽，而是演奏給自己欣賞，進入無人之境。他演奏的曲子我都沒聽過，也聽不出是好是壞，總之他應該是成功的。音樂環繞著他，忽而高昂，忽而低回，如泣如訴。每奏完一曲，劍波優閑地一鞠躬，滿場掌聲。我跟著大家鼓掌，突然淚盈滿眶。不知過了多久，劍波奏完最後的一支曲子，深深地謝幕，掌聲不止。劍波進入後臺，人們仍鼓掌不絕，處處安可之聲。劍波又出來，我閉上眼，祈望他奏布拉格斯小夜曲。沒有，他奏了幽悠的綠島小夜曲。奏完他進去，不再出來。我恍恍惚惚走出禮堂，外面夜涼如水，繁星滿天，我到側門，站在樹後等待。須臾，劍波出來，提著小提琴，登上有司機的大房車。他還是老樣子，沒有老，不胖也不瘦，但眉宇間成熟得多。車子開走了我還呆在那裏。過了很久，我沿著馬路走，車流呼嘯我沒聽到，耳中儘是小提琴聲，我又回到那一年，同樣的星星眨著眼冷冷地望著我。

　　走到檳能律，有計程車了，坐到碼頭，過了海搭上最後一班車回阿羅士打。

　　永新來車站接我，他問：你們整天做甚麼？我說：沒做甚麼，吃飯然後喝咖啡，說話。回到家，夜很深了，永新倒頭便睡著，輕輕的打鼾。我看看他，突然感到他很陌生，家，彷彿也陌生起來，我自己更是陌生，這個世界竟完全陌生了。

單身貴族

我中等身材，相貌平常，不美麗也不醜陋，平易近人，沒有不良嗜好，有一份正當職業，生活平靜恬適，一切都不錯，唯一有錯的是：我年屆四十，仍然未婚。這其實並不是甚麼問題，現今不結婚的女性到處都是，不結婚已經成了時尚。只是，我並不想獨身一世，這是我跟其他不結婚的女性不同的地方。我想結婚，想有自己的小家庭，想養小孩。家裏侄兒侄女多，疼他們時會想，如果他們是我的多好。見到男女成雙成對時，我偷偷羨慕，盼望出現一個白馬王子。可是想歸想，嘴巴卻硬得很，跟其他不結婚的女子一樣總是說：做單身貴族沒有甚麼不好，自由自在，多瀟灑。可這外在瀟灑，卻苦了內心的悵惘。

我任教的中學裏不是沒有未婚男同事，可惜多是年輕小夥子，剛剛大學畢業出來的。我有時會揣測，如果跟哪一個愛上了，我大他十五二十歲，年齡懸殊，好像不太合適。要是換過來，男方比女方大十五二十歲，不會成問題。我們的社會就是以男大女小為標準，女大男小，顛倒過來就不怎麼好了。我正在私下胡思亂想的當兒，這些小夥子一個個找上了女朋友，不是同事便是某某人的妹妹甚麼的，都是正值花樣年華的少女。我對這些女孩子有點酸，好像她們都是我的天敵，專門打擊我而來的。譬如，同事中的張先生跟李小姐談上了戀愛，李小姐變得目中無人，眼睛裏只有張先生。張先生給她買點心飲料，張先生載她上班下班，談話間她口中盡是張先生這張先生那，膩得噁心，好像全世界只有她一個人有男朋友。面對李小姐我有很深的挫折感，同時也有更大的優越感。跟她比，

我哪一樣遜色來著？論學歷，我大學畢業她先修班畢業。論經驗我比她早出道好幾年。論姿色我皮膚白皙，所謂一白遮三醜，李小姐不過姿色平平，有甚麼了不起！只是，令我懊惱的是，張先生不看上我而看上她，把我打擊得一蹋糊塗。心裏不是滋味，外在卻還要跟他們談笑風生，沒事兒一樣。

曾經有一個時期我充滿了希望，處心積慮吸引一位男同事。這位黃老師三十五六歲，跟我只相差四五歲，有個博士學位，剛從鄰埠轉過來。當我知道他未婚後，暗暗留了心。可是我沒有行動，我不是那種採取主動的人，我的方式是守株待兔。我小心翼翼地修飾自己：添了幾套新衣，化了淡妝，穿上女性化的高跟鞋。我想人類大概是生物中唯一是女為悅己而容的。看看動物世界，不都是雄性生得顏色鮮豔用來吸引雌性的嗎？那孔雀開屏，為的只是雌孔雀的青睞。我現在是女性打扮來吸引男性，不動聲色地下功夫，只盼望黃老師會發現我。我特地帶了滿荷包的錢到百貨商場去看衣服，選中了兩件連身裙，試穿後覺得滿意，我知道穿得年輕一點，人就會看起來年輕些。可是那位懵懂的女售貨員竟，Aunty，Aunty地叫，「Aunty這一套更適合你」，給我攤開一套老氣橫秋的衣裙，我一看就討厭。叫我扮得那麼老，像個快做阿婆的老女人。我堅持要我看中的那兩件，她便改口說「Aunty穿上這件裙子會年輕十歲啊」這句話聽來就比較受用，可不是？我正想年輕十歲呢。穿上了新衣，我一心一意的進行姜太公釣魚。

可是我是註定釣不到魚的，黃老師像棵千年古樹，盤踞在自己的世界裏，一步都不邁。我等了一個學期，不耐煩了，便蠢蠢欲動，想用點行動激發他。但是我被動慣了，要主動起來真是不知從何做起。假裝車子壞了搭他的車嗎？我們的住處一個在南一個在北，完全不順路，此計不通。給他打電話嗎？太唐突了，搞不好打草驚蛇。假裝多了一張演唱會門票，問他要不要去看？那麼多同事

不問，單單問他，豈不是太明顯？被同事們說我女追男我是萬萬不能忍耐的。就這樣左右推敲，敲掉了又一個學期。

下一個學年來了一位新的女同事。又是年輕貌美新鮮出爐的大學畢業生。這時黃老師突然如夢初醒，驀然活動起來，竟涎臉對新人展開追求攻勢。大家都看熱鬧的旁觀黃老師的戲，沒有人看好他。我見黃老師對我無動於衷，反而去追求比他年輕十幾歲的女孩子，不禁感到訕訕然，對他的行動嗤之以鼻。儘管大家都笑黃老師，畢竟他有學歷有條件，新女同事慢慢的接受了他，當我獲知黃老師凱旋贏得美人歸，頓時感到自尊心大大受創，雖然他從未對我有興趣，我仍像從情場上敗下陣來，有被拋棄的感覺。一整年的投資，統統泡了湯，我心裏痛得夜裏失眠。

對黃老師失敗後，生活有好一段時日失去重心。我是過於專注了，一時還拔脫不出來。我就像失戀的人那樣情緒低落了好一陣子。

我的朋友中，有十份之九是單身女性。一個月裏大家聚會兩三次。我們聚在一起，除了搞些點心吃，就是七嘴八舌地說某某人的婚姻不幸福，某某人做了人家小老婆，又某某人的先生有了外遇。總有一些結婚不比單身的論調。我們常常說，做個女強人，自食其力，不用靠臭男人，不用看家婆臉色，想吃就吃，想玩就玩，這麼自由多麼好。一年裏我們總結夥出國旅遊，中國啦巴里島啦，一國一國的去玩。回來就有話題談，讓那些已經結婚的朋友羨慕得不得了。我雖暗地裏想結婚，口頭上絕不說出來，總跟其他人一樣老說臭男人的不是。每回聚會過後，我會充滿信心，被大家感染，的確覺得單身沒甚麼不好。可是過了幾天，這種信心動搖了，又自怨自艾，悲秋傷春起來。媽媽常常說老跟這些獨身女子混，哪能找到男朋友呀！我頂嘴說沒男朋友有甚麼大不了？我就終身不嫁。媽媽急了說不交男朋友難道要我給你醃鹹菜麼？我說醃就醃，有甚麼大不了的。

　　我內心裏急，卻絕不表露出來。媽媽急可急得雞犬不寧，到處托人給我介紹男朋友。可是一有人想介紹時，我總一一拒絕。我其實很矛盾，想交男朋友想得心焦，但又愛面子，不喜歡做媒那麼老套。萬一被朋友們知道我去相親，不知要怎樣數落我呢。礙著面子，不想在朋友間丟臉，我只好眼睜睜看著一個個機會擦身而過。

　　假期裏我到吉隆坡參加進修課程，回阿羅士打前去探訪表姐。表姐是個拜拜迷，甚麼都要求神問佛，八卦算命。問到我還是單身時就熱心的說有個仙姑很靈，慫恿我去問一問，據表姐說，我的緣重可能是因為命裏有障礙，必須求神排除障礙才行。我暗地裏想，反正這裏離阿羅士打那麼遠，沒有人會知道我去求神。就跟了表姐去求仙姑了。

　　到了仙壇，只見裏面煙霧迷濛，人頭鑽動，小小的排屋大廳裏集了至少三十人。表姐帶我買香燭，從天公拜起，在每一個神爐上插香。在這裏問神還要排號碼的。我們拿了個十五號，即是說前面有十四人，我想，這豈不是要等到天黑？就想打退堂鼓。但是表姐堅持我們等下去。她說我們先去吃碗麵才回來等。

　　我們吃過麵回來，已經輪到七號，倒也快。我們便擠在人群裏看別人問神。正在問的是個少婦，抱著個嬰兒，問說她先生最近常常夜歸，是不是有了情婦。仙姑問有沒有帶他的衣物甚麼的。少婦拿出一雙襪子，仙姑閉上眼慢慢揉著襪子，過了一會兒她說，是在外面有了小的。少婦開始流淚，急問仙姑能不能讓他回頭。仙姑說給你三張仙符，燒了和水給他喝，另外一張讓他帶在身上。少婦謝了又謝，放了個紅包就離開。

　　我看那個仙姑，五十幾歲光景，梳了個髮髻，插了一朵紅玫瑰，詳和地坐著，不像在跳乩。我有點懷疑，不知是不是真有神明。如果三張符就能贏回丈夫，那這神就真靈了。

我小聲的問表姐要包多少元紅包，表姐說已經帶著了，不用我操心。

輪到下一個，是問事業的。一個接一個的，仙姑都有辦法幫他們。快輪到我時我感到有點緊張。要怎麼說出口呢？要找老公？身旁圍了那麼多人，豈不是都讓他們聽去？多害臊呀！

終於輪到我了。表姐為我說出了原由，仙姑笑了笑說不用急，仙姑替你找個白衣公。我臉上一陣熱，不好意思極了。仙姑又說，回去把床換個方向，你的床擺錯方向，阻礙了緣份。我們謝過了仙姑，表姐說記得回去換方向喔。我就想，如果是這樣簡單，那仙姑我就要好好答謝她了。回到阿羅士打，我不跟媽媽說甚麼，靜靜的把床換了個方向。然後就是等。這種等，簡直是在等天上掉下白馬王子，我每天回家，就躺在床上等。除了跟朋友們聚會，我沒有其他活動，老窩在家裏，不知要等到甚麼時候。我就想，在學校裏沒有希望，在家裏是更沒希望了，我這樣待在家裏，何時才會出現個男朋友呢？日子磨磨蹭蹭地過了大半年，那個仙姑口中的白衣公還沒出現。到了這個光景，我不能再在乎男朋友的年齡，白衣公就白衣公，嫁一個老男人至少他不會有外遇。

等呀等的，我從滿懷希望一直等到意興闌珊，慢慢的懷疑起仙姑的話。還說靈，怎麼落在我身上就不靈了呢？一面又自怨自艾，怎麼那樣容易就聽信了仙姑的話，甚麼仙姑，都是騙人的。我這麼一個現代女性，如何能聽信這種迷信的話呢？想到這樣就有氣，氣仙姑的不靈，更氣自己的迷信。

一氣之下，花一大筆錢出門到歐洲去旅行。歐洲五國遊，遊了兩個星期，也把我找男朋友的念頭遊淡了。我跟一夥朋友嘻嘻哈哈的玩，我鬧得最厲害，瘋瘋顛顛地敞開懷抱，玩個痛快。

歐遊歸來，又過平淡的生活。似乎心境也和平下來，也不再去想甚麼仙姑了。老老實實地過日子，倒也寫意。

　　一天看報紙，看到一欄，上書：電腦擇婚。頓時感興趣的細讀。「電腦擇婚，幫你找合適的對象。P。O。BOX 31，PULAU PINANG。」小小的一則廣告，卻在我心裏蕩起了希望的漣漪。我暗忖，如果我靜悄悄的去電腦擇婚，神不知鬼不覺，跟擇到的對象先來個魚雁往來，等時機成熟了才見面，接下來，嘻嘻，不好意思想下去。想到就做，我便寫了一封信到這個地址，說明來意。隔了一個星期就收到回信。寄來了一份表格，所有的問題都問到，譬如你的要求，對方的學歷收入，對方的身高，對方的家庭背景等等。然後要填你自己的資料，我都一一填好，竟有三頁那麼多。我就想，如果經過電腦的過濾，跟我配上的必定是十全十美，合我夢想中的男子。想得如此美好，不由得有點輕飄飄起來。表格上還註明手續費三十零吉，我便到郵局買了一張匯票寄去。過了一個星期還沒等到回音，就想，也許一時找不到配合我的男性，耐心等吧。

　　誰知一等等了兩個月，音信全無，連張收據都沒收到。我很失望，難道都找不到一個適合我的人？後來讀到一則新聞，揭發檳城一家媒人公司設電腦擇婚騙人手續費，放人鴿子，遠走高飛。原來我被騙了！這下子啞子吃黃連，有苦不能對人說，難過得偷偷蒙在被窩裏掉淚。

　　哭過了也只好接受現實，日子還是要過下去。只是，我割絕了結婚的念頭，有緣就會有個男人出現在我的生命裏，不然就只好單身下去，不要再去強求了。跟朋友聚會，我大聲發表宣言：一生都要做單身貴族，不跟臭男人掛鈎！

　　單身貴族萬歲！獨身主義萬歲！

年華

　　娟秀午睡醒來時外面正下著雨。雨絲欷欷籟籟打在玻璃窗上，似乎下得蠻大的。房裏很暗，彷彿已是掌燈時候，也可能是因為陰雨，使得天色灰暗。娟秀懶洋洋地把鬧鐘拿近來看，原來已經六點，這一覺睡得夠久，一個下午都睡掉了。她想到晚上還有節目，跟同事說好九點鐘上迪士可跳舞，就一骨碌爬起床，亮了燈，打開衣櫥選晚上要穿的衣服。她挑了一件連身過膝長裙，白底桃紅碎花，燈籠袖，袖口有俏皮的蝴蝶結。挑好了衣服娟秀下樓去吃晚飯。家裏晚飯吃得早，因為媽媽要看連續劇，給娟秀留了飯菜。娟秀盛了飯菜也坐到客廳裏邊看連續劇邊吃。吃完飯電視不看了，她迅速洗澡，然後回到房裏打扮。

　　今晚一定要細心化妝，務必要使自己沉魚落雁，因為Miss Tan今晚也要跟他們出來玩。Miss Tan大學剛畢業，年輕而且長得白晢秀麗，加上舉止優雅，十分吸引人。娟秀雖說也頗有姿色，但傾向俗豔，又加上年過三十，跟Miss Tan一比，就比出了高低。娟秀對自己的相貌有點自負，但也知道Miss Tan是個勁敵。平時在教書的學校裏因為人多，兩人又很少走在一起，娟秀並不在乎Miss Tan，但今晚要跟她一起出去玩，就成了短兵相接，不能掉以輕心。娟秀對自己的年齡十分懊惱，容貌能夠靠化妝改善，歲數卻不能倒流，要跟Miss Tan比，總是處於劣勢，怎樣也改變不了。

　　平時娟秀都是跟小王，Mr.Ooi，Mr.Lim以及玉敏出去跳舞。玉敏年齡比娟秀還要大，一副瘦骨嶙峋，面黃肌瘦，娟秀跟她在一起

很放心，沒有威脅感。有玉敏在左右，只襯托得娟秀更風姿綽約，所以娟秀是喜歡跟玉敏在一起的。

娟秀換好衣服，開窗看看，雨不知甚麼時候已經停了，空氣仍然潮濕，屋簷滴著一點一滴的水，天已經全暗，街燈亮了起來，路上濕漉漉的，東一灘西一灘的積了水。雨停了真好，用心吹得蓬蓬鬆鬆的長髮不會被淋濕，化了妝的臉也不會被雨水破壞。剛才還在擔心呢，幸好天公作美，及時停了雨。看來今晚會玩得盡興。想著想著，娟秀不禁高興起來。

小王開了車來接。娟秀一眼看到Miss Tan已經坐在前座，有點不情願的開了後座的車門，一邊笑容可掬的跟兩人打招呼。平時都是先來接她，總是她坐前座，現在Miss Tan一出現，就占了她的位子。因為車裏暗，又因自己坐在後面，看不到Miss Tan穿了甚麼衣服。但在打一照面時看到她並沒有化妝，一張素白的臉乾乾淨淨的。心裏一鬆就有了底，出來玩也不打扮，扮的是哪們子的純情玉女，就揶揄地說：Miss Tan今晚打扮得真美呀。Miss Tan矜持的回答說：哪裡有打扮呀，Miss Chi才是打扮得漂亮呢。娟秀笑笑，就靠後坐，不再說話。車裏有一陣沉默，小王平時總跟娟秀很多話，今晚他可能是因為有Miss Tan，生疏沒話說。娟秀本來也很聒噪，見小王不說話，也不肯多說話，直到他們接了玉敏。玉敏一上車就熱情地跟Miss Tan寒暄，又跟平常一樣的滔滔不絕嘰呱著，她只顧跟Miss Tan談話，忽略了娟秀的沉默，娟秀有被冷落的感覺，就賭氣地更加沉默，貼著車窗看一路的夜景。街上車很多，一輛輛流過。兩旁的商店燈光燦亮，招徠著顧客。經過新路小販中心，只見晚上出來吃食的人很多，還不到九點，小販中心已經沸沸騰騰坐滿了人。過了新路，車駛上了太子路，一下就到了迪士可門口。

　　Mr.Ooi和Mr.Lim已經先到，在外面等著。人數到齊大家就進場，因為還早，舞廳裏只零零落落的坐了幾桌，音樂倒是響得熱鬧。舞池上有三對人隨著音樂起舞，小王一進到舞廳已經扭著搖著，沒坐定就要趁人少時趕快跳幾支，就邀了娟秀下舞池。Mr.Lim邀了玉敏，Mr.Ooi就禮貌的邀不熟絡的Miss Tan。音樂是快節奏的One night in Bangkok，娟秀喜歡這樣的舞曲，和小王熱烈的扭動身子，她的長裙搖曳生姿，使人顯得飄逸如夏日裏的輕風。她跳著舞，卻不忘瞄一瞄Miss Tan。Miss Tan穿了兩件頭的墨綠衣裙，V形領口合身的無袖上衣，配A字短裙，墨綠色把本來白皙的皮膚映得更晶瑩。舞池轉動的燈光一明一暗的，照在Miss Tan身上，給她罩上一圈光環似的，若隱若現，有一種說不出的風韻。

　　一曲終了，他們交換舞伴跳下一支舞。娟秀和Mr.Ooi跳慢狐步。她喜歡跟Mr.Ooi跳舞，尤其是慢舞。兩人靠得很近，幾乎就聞得到對方的氣息。這樣的時候娟秀不禁飄飄欲仙，感覺到Mr.Ooi跟她很親近，有點像一對戀人。平時在學校裏Mr.Ooi對她總有點曖昧，常常藉故跟她若隱若現的抬槓，不是撒嬌式的吵她請喝汽水，就是口口聲聲說Miss Chi這麼漂亮怎麼沒有男朋友呢？要不要我介紹呀？開玩笑的語氣裏透著一絲絲的挑逗性質。娟秀感覺得出Mr.Ooi似乎有意，心裏難免怦怦亂跳，從來沒有過男朋友的她不禁浮起了一波波的幻想。Mr.Ooi人很魁梧，卻有著一張娃娃臉，常常笑，一笑就很容易感染周遭的人，在眾多的教員中，人緣很好。他喜歡跳舞，時常邀集了志同道合的同事上舞場。娟秀為了多跟他接觸，就逢邀必應。大家出去玩了幾回，漸漸地形成了一個小圈子，三男二女，經常相約出去玩。其他女教員已經結婚的居多，未婚的都有了男朋友，只有玉敏和娟秀還沒有男朋友，而且有些心急，希望繫在幾位未婚的男同事上。今年新學期來了Miss Tan，也是未婚，Mr.Ooi自然就邀了她一起玩。

Mr.Ooi跟娟秀跳完一支舞，又回去邀請Miss Tan，這次他和Miss Tan跳了一支又一支，一連跳了三支舞才回來。他們正在跳時Mr.Lim跟娟秀說：你看你看，他們看起來很登對哩。娟秀看著他們。只見Mr.Ooi輕擁著Miss Tan，款款地旋轉，他很會帶舞，隨著拍子，一會兒東一會兒西。Miss Tan從容地配合，他轉到那裏她就跟到那裏，輕巧優雅。娟秀不出聲，等他們跳完，她就吵著Mr.Ooi跟她跳。她占著Mr.Ooi也跳了三支舞才甘願。

這一晚大家玩得很愉快，多了一個Miss Tan剛好三男三女，沒有冷場。娟秀尤其最興奮，在回家的車裏連連稱讚Miss Tan舞跳得好，並要她時時跟大夥兒出來玩。Miss Tan嫻靜的答應著。接近午夜，路上沒有甚麼車輛，只有慘白的街燈驅走圍攏的黑暗，燈光照射進車內，照到娟秀脂粉剝落的顏容，在明滅的光影裏她比平時疲累，竟有些顯老。

學期末大考，老師們都忙著出考題，娟秀等人暫時收斂，沒有出去玩，專心學校事務。考完就改考卷。每天放學後娟秀乖乖在家改考卷，只是心裏老不安定，蠢蠢欲動。這一晚改考卷改得煩了，就打電話給小王，小王說還有很多考卷沒改完，要趕工不能出來。娟秀便打給Mr.Ooi.Mr.Ooi也推搪，娟秀不放鬆，說不去玩出來吃宵夜不會花多少時間。Mr.Ooi也就勉強答應。娟秀不再約其他人，暗自興奮，總算有個機會跟Mr.Ooi單獨相處，這是她長久以來暗地裏的願望。放下電話她飛快的化妝，特別把自己描繪得容光煥發。妝扮完畢就等Mr.Ooi來接。等了半個鐘頭Mr.Ooi還沒有來，正要打電話去催就聽到外面汽車喇叭響，便放下電話趕出去。上了車Mr.Ooi說還約了Miss Tan，這正要去接。娟秀聽了大感不悅，但不好發作，只好靜靜不作聲。

他們接了Miss Tan便到海垞街，坐定後Mr.Ooi殷勤地為兩位小姐張羅吃的喝的。娟秀本來有滿腔的話要跟Mr.Ooi說，現在有了

Miss Tan，她更加倍地聒噪，總跟Mr.Ooi沒完沒了的扯著說，把Miss Tan冷落在一旁。Miss Tan素來安靜，閑閑地吃著，並不在意沒人跟她說話。倒是Mr.Ooi，總趁空隙兒跟Miss Tan問東問西，儘量給她一點注意。宵夜吃的儘管慢，總也有吃完的時候。他們上車時娟秀說先送Miss Tan回家吧。送完Miss Tan娟秀說：Mr.Ooi你沒進過我的家，待會兒上我家喝茶好嗎？我有上好的茶葉呢。Mr.Ooi推辭道：不了，還有考卷要改哩，已經這麼晚了，改天吧。娟秀只好靜下來，到了家Mr.Ooi說了再見便開走，一刻也不停留。娟秀想多聊一陣都沒有機會，只好快快的開門進屋。回到房裏，她衣服也不換，燈也不開，倒在床上想心事。正是月圓之夜，月光從開著的窗篩進來，給地板罩上一塊銀白。月光很柔，地板在這一片光輝裏也顯得如海上微波那樣的柔和。這樣的月夜，應該是花前月下跟心愛的人共渡的良宵。娟秀感到胸口如被擠壓，沉重得透不過氣，又有一股幽怨，千絲萬縷地纏繞心頭，她抵擋不住這種折磨，撲撲簌簌的流下淚來。

改完考卷發了成績單學校就開始放假。娟秀以為現在閑著，大家應該更常出來玩，可是等了一個禮拜都不見Mr.Ooi來召集，不由得納罕，問小王和Mr.Lim，都不知道Mr.Ooi在忙甚麼。打電話找他，他總不在家。又過了一段日子，總算找到了他，而他竟推說沒空不出去玩，卻又說不出在忙甚麼，支支吾吾。他們只好放棄，由小王聯絡Miss Tan，而Miss Tan說要去打羽毛球不去跳舞了，只好四個人去舞場。少了Mr.Ooi舞跳起來沒勁得多了，娟秀跟小王跳著，心裏卻在惦念著Mr.Ooi。Mr.Ooi不是最愛跳舞的嗎？怎麼最近都不跟大夥兒出來呢？難道。越想心裏越狐疑，不禁牽牽扯扯敏感的擔起心來。Mr.Ooi像一粒大而紅的蘋果，吊得不高不低，讓人以為摘得到，伸手去摘時他一彈就彈得高高的，還不時傳送著清涼的果香，弄得人只能望之興歎。要怎樣才摘得到這粒蘋果呢？娟秀咬了咬牙，暗地裏下了決心。

　　第二天她打電話給Mr.Ooi，說要請他來家吃飯。Mr.Ooi問還請了甚麼人，娟秀說：就你一個。Mr.Ooi馬上說：還是下次吧，我記起來我跟人約了去打羽毛球呢。娟秀說：是跟Miss Tan約好了吧？Mr.Ooi不出聲，等於默認。娟秀不放鬆說：你們打羽毛球怎麼也不讓人參加呢？我也頂喜歡打羽毛球的。Mr.Ooi卻說：我們人數已經夠了，不能再添人了。娟秀討了個沒趣，委曲的眼一紅，仍不放棄說：那麼去看你們打總可以吧？Mr.Ooi僵硬的說：當然可以，你愛看就來看吧。

　　掛上電話，娟秀發了一回呆，媽媽說：你怎麼啦？發甚麼愣？她回過神來，問：媽，您看我長得怎麼樣？是不是很醜？媽媽說：誰說你醜來著了？你本來就好看嘛。她不再說甚麼，回到房間，對著鏡子端詳自己。她有著修得瘦彎的柳眉，底下是機伶伶的杏眼，眼珠黑亮，只是眼白有點泛黃，少了那一分淨潔。鼻子不很挺卻很直，小小的鼻翼，加上線條分明的薄而柔的嘴唇，使尖瘦的臉整個顯得小巧玲瓏。左右顧盼，自覺容貌並非不如別人，何以Mr.Ooi會看不上自己！可他本來不是有那麼一點意思的嗎？自從出了個Miss Tan整個情勢就變了。她怨懟地拿起枕頭就撲啦撲啦地又捶又打，打得精疲力竭。

　　一晚，娟秀召集了Mr.Lim，小王和玉敏去羽球場，Mr.Ooi正和Miss Tan配對打雙打。打完出場跟他們打招呼，娟秀說：Mr.Ooi要請吃糖了。Mr.Ooi有點靦腆，倒是Miss Tan比較大方，微笑著。他們再看了一會兒，兩位主角又進場去打球，他們沒趣了，便離開球場去吃宵夜。他們不免環繞著Mr.Ooi和Miss Tan這個話題七嘴八舌，尤其是娟秀，興高采烈地說都是她第一個發現，居功不小。夜悄悄地圍攏，小販中心燈火輝煌，人聲沸沸，根本不理夜色的孤寂。夜帶著黑暗在華燈外游走，娟秀等人吃完東西走出去，立刻就被吞沒，進入黑暗的世界，再也分不清是人是夜。

　　假期在流言流語中過去了，學期第一天，Mr.Ooi載了Miss Tan
來上課，兩人的關係公開。娟秀告訴坐在旁邊的女老師她是如何如
何發現這兩人的戀情的，又纏著Mr.Ooi請客，顯得無比的興奮。

　　Mr.Ooi和Miss Tan成了一對後又恢復了跟大家一齊去跳舞。

　　娟秀仍獨領風騷，玉敏仍襯托著她。

　　這一季的雨比往年長，淅淅沙沙地不知要下到幾時。

獸醫

　　半夜裏一個農家來求助。我換了衣裳出門。外面狂風呼喝，大雨傾盆而瀉，我冒雨開車，鄉間的泥路被淋成黏膩的泥濘，車子艱難地慢慢移動，一高一陷，泥水沖著輪子，車滑溜溜的不聽使喚。我凝神小心駕車，不敢分心。

　　到了農家，屋裏大亮著燈，主人撐了傘出來接我。進了屋裏，我問是不是牛病了？主人回答說是我的兒子病了。我很詫異，我是獸醫，如何能治人呢？我連忙推辭說你應該請醫生才是。他說醫生不在家，病人等不了，請你幫幫忙。屋裏有三個人，個個愁眉苦臉，一齊用悲哀的眼神瞅著我。燈光白慘慘地罩下來，我感到屋裏的氣氛凝重得令人透不過氣來。

　　主人領了我進房，房裏陰暗，剛從光亮處進來，眼睛一時適應不了，只感到暗憒憒的甚麼都看不到。主人亮了燈，我才看見房裏只有一張小床，一把椅子。床上躺著一個少年，已經瘦成皮包骨，小臉瘦坍，口鼻縮在一起，只剩下兩隻眼睛，像兩個大黑洞，盯著天花板。我走到床前，一股惡臭熏鼻，我本能的想掩上鼻子，但想到我是個醫生，雖然是個獸醫，也必須考慮到病人的自尊，便遏抑著。我輕聲問他感覺怎樣，他睜著空洞的眼睛對著我，氣若遊絲地說救救我吧。幾隻大蒼蠅圍繞著他，嗡嗡作響，想是他身上的惡臭引來了它們。

　　我拉下被單，只見他的睡衣一片潮濕。我對主人說請給乾淨睡衣。他轉身出去拿睡衣，我便幫少年除下衣服，這時我看到一條條蠕動的白白的蛆蟲落在床上。原來他的背上爛出了一個窟窿，無數

的蛆蟲從竈窿裏湧出來，而臭味也從那裏一陣陣嗆出，我感到一陣噁心，很想逃出屋外吸一點新鮮空氣。但我強逼自己留下來，想著要怎麼辦。我多年的經驗裏並沒有遇到過爛蛆，牛羊如果病得那麼重，我一向都結束它們的生命，減輕它們的痛苦。我只會醫動物，現在對著一個人，而且病得那麼重，我不知道要怎麼辦。我不能給他一針讓他永息，他是個人啊！我知道我只有權力幫助動物遠離痛苦，沒有權力結束一個活人的生命，不管他病得有多痛苦。燈泡無力的照著少年，他乏力的呻吟，外面大雨嘩嘩啦啦，淹蓋了他微弱的聲音。

我要了一個水桶，放在床邊，取出鑷子，小心地開始把蛆蟲夾出來。我夾出幾條，立刻有更多湧出來，我耐心地夾，心裏在想著該怎麼辦。夾了很久，水桶已經半滿，蛆蟲在桶裏蠕動，像要爬出桶，爬回少年發熱的軀體裏。我終於把最後一隻蛆蟲夾出來，少年背上的竈窿是一片慘紅，流著膿，夾著血。

我拿出消毒藥水和棉花，卻發覺我沒有塑膠手套。沒有辦法，只好用鑷子夾了棉花，沾了消毒藥水清洗傷口。然後用紗布掩蓋住傷口，給少年穿上乾淨的睡衣。經過這一陣折騰，少年累得軟塌塌，我讓他側躺著，細忖著下一步。想探探他的體溫，可是我只有適合動物的溫度計，只好用手摸摸他的額頭。他的額頭滾燙，不用溫度計都知道他在發著高燒。我知道必須給他退燒藥，但我不能給他動物用的退燒藥。沒有辦法，我還是拿出藥片來，把它分成一半，讓少年服下，希望藥量不會太強。

我再想不出能夠做甚麼了，便走出房間。廳裏的三個人乞憐地看著我說請你救救他吧。我說應該把他送進醫院。主人說三更半夜沒有車。我怕等到天明少年就沒有救，就自告奮勇願意送他到醫院。

我們不再遲疑，合力把少年抱上我的車。雨還在下，下得比我來時更大。我開動了車，主人淋著雨目送我們。

　　我緩慢的開著車，大雨中沒辦法開快。我心急著這五十公里的夜路不知要走到幾時。到公路前有十公里的泥路，大雨下流成一道道的泥濘，時不時出現一個個蓄滿水的窟窿，我扳動方向盤，小心的避開。泥水不時濺上車窗，儘管有揩拭器還是不管用，我必須時時停下來，等視線清晰了才繼續。

　　我慢慢的前進，突然車子一陷，落入了一個大泥坑。我猛踏油門，想衝出泥坑，但車子只嗚嗚響，一動不動。我再試一次，車子還是不動，輪子兀自在泥坑裏急轉。我下車到車後推，任我出盡力氣車子還是不移動。我看看前後，希望有車子經過。但三更半夜，在這條鄉間小路上完全沒有其他車輛的蹤跡。

　　雨罩頭罩臉地潑著我，我又試著推車，車子還是不動，我在這樣的一個雨夜裏叫天不應，叫地不靈。而車子裏躺著一個垂死的少年。

　　我坐回車裏，回頭審視奄奄一息的病人。他張大眼瞅著我，細微的說著甚麼，我沒聽清楚，俯近他，才聽到他說讓我死吧。他身上的惡臭彌漫了整個車廂，我全身濕透，又冷又噁心。

　　車外響起了震耳的雷聲，雨排山倒海地傾瀉，來勢更凶。我彷彿聽到魑魅撲向車窗，在車前張牙舞爪。閃電劃過，路兩旁的樹林蠢動著，伸著枝葉，像要把車子覆蓋。我瞪著前方，完全無助。在這樣的暴風雨裏，我一個獸醫，要救一個垂死的人，一切都是那麼無望。現在車子陷在泥裏，我只能等，等到天明，也許車後座的少年等不了，那我一切的努力就白廢掉。而我想起屋裏三個人期望而絕望的眼神，我就不由自主的顫抖。

　　雷聲又響，雨嘩嘩的灑下來，少年說讓我死吧，我只能等，頹廢的等下去。

雲影

　　我來到河邊，鳳凰花開得正盛，樹身垂向河水，火紅的花簇在水上燃燒，時不時向水面隨風抖落烈焰的花片。河水濃濁，水流得急，是洶湧的褐綠色。鳳凰花瓣一落水就滔滔地流走，來不及向河水傾訴。「落花有意，流水無情」，像我跟孫女。我是落花，她是流水。啊，也不盡然，她對我不完全是無情的，只是她對我的感情不是我要的那種感情。「阿公阿公我愛你」，她時常這樣對我唱，我多麼希望她是真心的。她的確是真心的，只不過她給我的卻是孫女對祖父的愛。

　　從甚麼時候起我們開始叫我阿公叫紫玲孫女的呢？那是在英文課上，阿sir要我們查生字，她沒帶英文字典，就跟我借，我說叫我阿公才借你，她真的就叫「阿公阿公」，就這樣叫開的。從此我就叫她孫女，還加入她的兩個死黨，一個姑媽，一個姨媽。她們有一個外號「三劍俠」，加上我，當他們的隨從。她們形影不離，而且時常叫我一道，我樂於從命。她總叫我，「阿公，走，去食物攤吃麵。」「阿公，我們去圖書館。」有時她撒嬌，「口渴死了，好阿公，幫我買汽水好嗎？好阿公，幫幫忙嘛！」我就不由自主的給她當跑腿，能為她做事，我心裏舒服，當時沒想那麼多，只感到跟她在一起很滿足很快樂。

　　我們剛上中四，honeymoon year，沒有會考，有用不完的青春和活力，上課不太認真，聽排行榜唱英文歌，放學相約去看電影，看完電影去打羽毛球。日子沒有一天是無聊的，總有節目。孫女住在雙溪古落，我們學校在港口路，放了學我不回家，騎腳車順著港

口路拐到雙溪古落到孫女家去做功課。孫女功課好，總是全班第一名，她回家做功課不一會兒工夫就做好，我還在sin，cosin地傷腦筋。她說快做好功課我們去找姨媽，我就借她的數學來抄，抄完了胡亂收拾，跟她雙雙騎腳車去找姨媽去。

姨媽家是集中點，在舊巴剎路，姑媽從唐人街來，不用騎那麼遠。我住得最遠，在太子路，但不去孫女家的日子我總是一路趕來姨媽家，樂此不疲。姨媽善於安排節目，有時在她家樓上聽歌抄歌詞。每有我們喜歡的新歌，姨媽先錄下來，然後我們四個聚在一起一面聽一面寫下歌詞，有不清楚的地方我們一遍又一遍地重聽，直到確定為止。那是我過得最心滿意足的一段日子，我以為我們能這樣一直歡樂下去，年復一年，日復一日。我的日子是紫羅蘭色的，滿腦筋只有笙歌妙曲，現實是不存在的，我的現實是每天跟孫女姨媽姑媽泡在一起，迷歌星樂隊，談電影看球賽逛書店，做一些十七歲的夢。

我在鳳凰木的虬根上坐下來。午後的陽光從葉隙篩在我身上，有三四個野孩子在不遠處爬樹。他們摘了一簇簇的鳳凰花，放在岸邊。花朵紅得嬌豔，如果送給孫女她一定高興。可是現在她不會在乎我送的東西了。她跟松年坐上南下的火車，去追尋只有她跟松年兩人的夢，夢裏沒有我。孫女走了，姑媽姨媽也在準備南下，剩下我，徘徊在吉打河邊。我SPM考得一團糟，只能留級再考一次，我知道再考也無用，我是永遠也考不上的。她們三個會上大學，會出人頭地，然後會忘掉我。我現在才知道，在她們我只是僕從，一個聽從使喚的奴才。我心如刀割，就像孫女托我送信的那一刻。

下課時她把我叫到一邊，神秘地說，「阿公，拜託你行行好事幫我一個忙，明天請你吃霜淇淋。」我說，「甚麼事阿公替你解決。」她說，「拜託你幫我送信給中五A的楊松年。」又說，「不要給人看到。」就這樣我當上他們的信差。楊松年有信先交我，我

再轉交孫女。每次手裏抓著她的信，我有偷讀的衝動，我要知道他們怎樣談戀愛，我要知道楊松年甚麼地方比我強。我忠心耿耿地為他們送信，自己的心卻在淌血。啊，孫女，如果你知道我的心，你會不會回應我？

週末我在家寫信：

> 敬愛的孫女：
>
> 　　我經過許多的內心掙扎，終於提起勇氣給你寫這封信。
>
> 　　我知道你跟松年的感情，也不敢破壞你們，只是，我希望你也知道我對你的感覺。自從我們在一起作息起，我就對你有特別的感情，也許你沒有感覺到，只因為我掩飾得好，沒有把感情流露出來。
>
> 　　我不敢對你要求甚麼，只希望你不會因我的表白而唾棄我。我會一輩子對你這樣，一輩子等待你，如果你有一天願意接受我，我會為你赴湯蹈火，絕不言悔。
>
> 永遠真心的
>
> 　　　　　　　　　　　　　　　　　　　阿公

我把信封好，放在口袋裏就踩上腳車去孫女家。到她家看到她躺在沙發上，原來她得了重感冒，發著燒。我在她身邊坐下來，摸了摸口袋，沒敢把信抽出來。她發燒的臉紅紅的，眼睛也發紅，嘴唇乾裂，時不時咳嗽。她不能說話，因為聲音啞了。看她脫力的樣子，我一陣心軟，就問她要不要喝水。她搖頭，然後閉上眼。我暗忖要不要給她信，心想現在不是時候，聽到自己的心撲撲跳，我緊張得額頭出汗，終究沒勇氣把信拿出來。看她睡著，我躡手躡腳離開，又踩上腳車，不回家，只在城中漫無目的地溜達，我繞來繞去繞

了整個上午，最後只好回家。我後悔寫了這樣的信，如果她讀了生我氣從此不理我呢？我不能忍受失去她，就算她不知道我的心意，只要我能跟她時常在一起就滿足。我翻來覆去的想，最後把信燒掉。我始終沒有勇氣冒被她拒絕的險。我決定，只要能天天親近她，我能忍受她跟松年的戀愛，我默默地等，等有一天她跟松年感情破裂。他們時時鬧彆扭，有時她不讀松年的信，叫我送回給他。這樣的時候我暗自興奮，期待他們一刀兩斷。可惜他放學後到她家去守著，往往他們又重歸和好。我失望之餘自暴自棄，裝病不去上課，病了兩天，因為想念她又趑趄趑趄回去上課。聽她親昵地叫「阿公，阿公」，我不禁想，她是怎樣叫松年的呢？是不是比這更親昵呢？

松年跟我，像天堂和地獄。他魁武強壯，功課頂呱呱，當學長又在校隊打籃球，跟孫女天造地設的相配。我雖然高，卻瘦骨嶙峋，因為不喜歡運動，照鏡子只見自己面黃肌瘦。功課平平，雖然在理科班數理科卻很差。我拿自己跟松年比，真是沒一樣比得上。跟孫女比，也只有當阿公的份。孫女是班花，又是學長，又是羽球校隊，我甚麼都不是，怎能配上她？只是我思念她啊！喜歡一個人是沒有理由的，更何況我們朝夕相對，我不由自主。我終日想著要跟她在一起，松年去她家的日子我也去，成了三人行。松年也學她叫我阿公，我假裝很得意，倚老賣老一番。

有一天姨媽跟我說，「放學時如果松年去孫女家你就不要去，別做電燈膽啊。」「知道啦知道啦。」我答應，心裏一百個不答應。不去孫女家我只好去姨媽家。自從孫女跟松年好起來，她就很少跟我們在一起了。只有在上課時依舊鬧在一起，放了學她就趕回家等松年，週末也跟松年在一起。不去孫女家我的數學就沒處抄，只能將就抄姨媽的，總感到悻悻然。

孫女跟松年是怎樣好起來的？我三番四次向孫女打聽，她總是賣關子不說。姑媽說是他們在學長團裏認識的。孫女長得好看，很有

人緣，許多男生喜歡她，松年靠他的優越條件追到她。姑媽說金童玉女啊！我附和說真是天造地設的一對呀！然後我哈哈快樂的大笑，笑出了眼淚。姑媽白了我一眼說，「笑成那個樣子，神經病。」我取出手帕醒鼻子說，「老懷寬慰嘛，我孫女找到好歸屬啦。」

　　孫女參加羽球賽，我和松年在旁邊打氣。我們像一對朋友並坐在一起，鼓掌，吶喊。這時我們是一條心，希望孫女打勝。我睨眼偷覷松年，他全神貫注，雙眼跟著羽毛球轉，孫女救球他捏一把汗，孫女殺球他猛鼓掌叫好。我無心看球，只看他們兩個，覷了覷松年然後看看孫女在球場上跑動。心裏像翻潑了辣椒醬，絲絲絞痛。

　　孫女打完時松年不能給她送水，因為他們有避諱，不敢公開他們的戀愛，如果校方知道了，就會處罰他們。但我能給孫女送毛巾送水，因為我們是祖孫，不是談戀愛。我知道松年在利用我，要跟孫女在公共場所出沒，他們就拉我一同去，裝著我們是三個人一起。但是最後校方還是召了他們去，警告他們不准談戀愛。那以後他們不敢在學校裏在一起，要去看電影也總找我和姑媽姨媽整群人一起去。松年要給孫女打氣就找我一道，孫女要看松年打籃球也找我作伴。姑媽姨媽對運動沒興趣，都不願意去看籃球比賽，只有我總陪孫女。事實上我也沒興趣看甚麼球賽，甚至討厭運動，體育成績其差無比，但我要跟孫女在一起，我心甘情願被她和松年利用。每次球賽後的晚上我睡不下，總在想究竟自己為何這樣傻，為他倆製造機會，但是又譴責自己不夠寬大，愛，是無條件的奉獻，我要奉獻自己的一切，只要孫女幸福快樂，我也快樂，就是為她和松年當奴才也甘心。

　　我在鳳凰樹下坐了好久，小孩子們捧著滿懷火紅的花朵早走遠了。周遭少了他們的喧嘩突然寧靜下來。這樣炎熱的午後沒有甚麼人在走動，連空氣也是靜止的。這時我才聽到一直在鳴叫著的鳥

聲。麻雀們飛上撲下，忙碌地互相爭鳴，毫不在乎我。不止鳥兒不在乎我，人們也不在乎我。孫女說走就走，彷彿沒有半點不捨。她說，「阿公你再考一年，明年你也來K．L跟我們在一起。」我感到她只是說說，不誠不意，她是知道我沒把握考上的。她跟我說再見時甚至興高采烈著。我知道她要去跟松年唸同一間學院，在學院裏就可以自由戀愛，他們就不需要我裝模作樣了。她走的時候毫無離情別意。而我卻是肝腸寸斷。在一個晚霞滿天的傍晚我趕到車站送行，孫女穿著T恤牛仔褲，斜陽照得她一片橘紅，她笑意盈盈，就要展翅高飛的模樣。我有些微的失望，我期待跟她相擁哭泣。目送他們的長途巴士走遠了，我失魂落魄地騎腳車回家。我意識到，現在我是完全失去孫女了。躺在床上，我無聲的為我不可能成形的愛戀哭泣。再考一年，我實在沒有把握，知道這只會又一次的打擊我。如果當初換科是不是就能過關呢？

級任老師找我談。他說我的理科科目樣樣差，華文英文馬來文卻還不錯，不如趁早換去文商班，等到中五要換就來不及了。我懷著這個問題，走進走出一個星期，跟爸媽說了，他們說念甚麼都好，重要的是我唸得來。我跟孫女姑媽姨媽說，孫女哎呀呀地抗議，她叫道，「不行呀，沒有阿公日子怎麼過呀！」「阿公，我們給你補習數理，你別離開我們！」我聽了這些話受用，要是換班就等於跟她們隔絕，不能再在一起了。通常不同班的同學都不走在一起，我捨不得孫女。就留在理科班吧！反正我沒甚麼心思向學，我只要跟孫女在一起，唸不唸得來我管不了那麼多。這兩年我無論如何都要跟她在一處，儘管她只喜歡松年。於是我就跟級任說我決定不換班。就這樣拉拉扯扯吃力地上課考試，我情願。

第二學期松年的中五A跟我們中四A聯誼，一道上牛凃山。男生住了兩間房，女生住了三間房。山上空氣涼爽，白天我們在牛凃別墅的花園裏徜徉，時而飄來一朵雲，本來晴空萬里突然罩上了水

氣，一時間四周迷濛，只能看到前面人影綽綽，樹影朦朧。雲氣帶著冷意，我們一個個套上外套，拉鏈直拉上頸項，仍然不勝寒涼。待雲飄過，又見陽光，重新給我們溫暖。老師召集大家拍全體照，我們推推擠擠，擺款作勢，花了十分鐘才站好拍成。我站在孫女身後，松年不敢太明顯地接近她，只好站在左後邊。

我帶了相機跟著「三劍俠」到處拍照。跟她們也合拍了不少照。松年走過來，也要加入我們，我不出聲，她們三個自然歡迎他。我的心情頓時低落，卻裝著大方，慷慨的為他們拍照。松年趁機和孫女合拍了幾張。然後我說不能再拍了，菲林要留到晚上集會時拍。接著我們又在花園裏悠遊，松年和孫女有意無意走在一起，我妒忌得發抖，緊咬牙齒，呼吸重濁，恨不得插在他們中間。但是我用笑聲掩飾我的情緒變化，沒有人感覺到我有異樣。

晚上大家聚集，四位老師和幾位同學安排了遊戲節目。我們跳 Baby elephant dance，姑媽做頭，一跳就跳到我跟前，我就到她身後抓住她的雙肩跟著她一步一步跳。然後姑媽跳到孫女面前，孫女就到我身後跟跳。因為我高，孫女搆不到我的肩頭，就抓我的腰。一剎那我一陣顫動，她的手輕柔地抓住我，向前跳時就抓緊些，我感到一股電流從她的掌心直衝入我全身血管，炙得我發麻。一道狂潮溫熱地襲來，從腳心起，一波強似一波澎湃上我的身體，然後衝上我的頭，只感到滿頭滿臉的熱起來。心撲撲地快速跳動，一時間，我迷糊了。我不再感到周圍的動靜，只機械性地跟著姑媽跳，最後我感覺不到我在跳舞了，只感到心跳上了頭，碰碰碰的，整個世界只剩下我和身後的孫女。

不知多久以後，大家都離座跳舞了，Baby elephant dance告一段落。我迷迷濛濛回了座，感到被抓過的腰部還隱隱發著熱。一位老師起來領我們唱一些歌，我心不在焉，朦朧地跟，心思都在孫女的那雙手上。

　　然後老師發給我們每人一張條子，上面有一句詩，我們要找對子，找到對句就可坐下。我的紙條上是「千里共嬋娟」，就去找「但願人長久」。「野火燒不盡」，「蠟炬成灰淚始乾」，我問了幾個人，總算對上了「但願人長久」，是一位男同學手上的條子，於是我們就坐下。還沒找到對句的同學急切的叫著他們的句子，一個對過一個，最後大家都找到對句，剩下最後一對，來不及坐下，就要被罰。他們正好是松年和孫女，想不到會那麼巧。大家嚷著要罰他們唱歌，他們手上的句子是「青山依舊在」和「幾度夕陽紅」，於是他們便唱這首歌。

　　　　滾滾長江東逝水，浪花淘盡英雄
　　　　是非成敗轉頭空，
　　　　青山依舊在，幾度夕陽紅。

　　他們並站著，充滿感情的唱，松年的歌聲渾雄，孫女的歌聲輕柔，配在一起說不出的和諧，我們都聽癡了。我看著他們兩個，感動得熱淚盈眶，果然是那麼登對，使我自慚形穢，知難而退。歌唱完了，我仍如癡如醉，大家又開始玩別的遊戲，我完全沒了心，迷糊地跟隨大家，一面在想心事。這個晚上是怎樣過的我不記得，只記得松年和孫女的歌聲。

　　中四在愛恨交加中很快的過去了。中五我們都收斂得多，少看電影了，放學後集在姨媽家溫習功課。松年已經畢業，SPM考得好，去了KL讀學院，等著孫女也考完SPM去跟他會合。日子裏沒有了松年我最快活，一心一意奉承孫女。儘管功課如山壓蓋，儘管我跟不上，中五是我最快樂的一年。我無心溫習功課，跟「三劍俠」湊在一起，她們溫習功課，我假裝也溫習功課，心裏卻在感受孫女。這樣的日子，我希望能一年復一年，永遠不要消失。

　　可惜日子一晃就過去，SPM好的歹的也過去了，然後出成績，意料之中我落第了。她們三個都考得好，都能直升學院，然後大學。我要留級，理科是念不來了，報了文商班。一年裏要補讀兩年的功課，歷史和商科我要從頭念起，感到絕望。

　　送走孫女，我的情緒一瀉千里，往無底洞沉。孫女的離去，意味著我的戀情壽終正寢，我失魂落魄，不知何去何從。我在河邊徘徊，河水嗚嗚為我哭泣。沒有了前途，沒有了孫女，我的生命在這河邊迅速枯萎。罷了罷了，不如捨身投水，讓水終結我一敗塗地的生命。我屏息閉氣，縱身一跳，身體接觸到水面一陣發麻，然後自然的浮上，我放軟身子，希望往下沉，可時總是浮著。我用力僵硬四肢，果然開始往下沉了。然後不能呼吸，我在水中張開了嘴，河水灌進胸腔裏，我嗆咳一陣，受不了了，下意識地浮上水面，大搖頭甩掉滿頭滿臉的水，拼命大聲呼吸。我沒淹死，無精打采游回岸邊，爬上岸時一個馬來男人走過，說：「要游泳也不會脫掉衣服，哈，落湯雞」。

　　我坐到陽光下曝曬自己。天空一清如洗，鳳凰花在陽光下愈發嬌豔，河水仍舊潺潺，我沒有由來地失聲痛哭起來！

　　那年我們十七八，走在牛侖山裏，山風沙沙催動原始森林，一波波濤聲如浪，吹拂著我們年輕的身心。我們帶著歌聲響澈山林，為天地唱一首首快樂的歌。那年我們沒有悲哀，充滿著憧憬，做著不會醒來的青春的夢，山對我們展歡顏，樹為我們奏凱歌。

惻惻春寒

我搬離家，住到一間排屋。房租不用我費心，其他各種雜費也由他打發，我只用管自己的起居。有點不習慣，有點疙瘩。媽媽很不高興，嘀咕著說好好在家住著，幹嘛要搬出去。我沒說甚麼，沉默著一件件整理自己的東西。

東西不多，忙一天就一切就緒。我做了平生第一頓晚餐，沒有想到從此都要在家裡弄餐了。我希望他多吃，他說吃不下了，我知道他已經在家吃過，就不勉強他。

我仍然上班，不上班整天呆在家無所事事，胡思亂想。可是上完班就很累，回家提不起勁做飯，提議出去吃，他支支唔唔，說出去怕遇到熟人，還是在家吃的好。我到超級市場買了一堆快熟麵，不想做飯時，或是他沒來時，煮快熟麵吃。不知道他甚麼時候來，總是先來電話招呼一聲，我便倚門等他。買了食譜回來研究，一樣樣的菜式我慢慢學會，讓他嘗他總讚好，但總是淺嘗，我多麼希望有哪一天他放開來大吃一頓，我費了那麼多心思。

我說哪一天我們去看一場電影好不好？他忙說還是在家裏好。我意識到他要我搬出來住是為了避人耳目，他是處處小心。有時我報復式的吵著要光明正大兩個人在一起，他慌得甚麼似的。我發現除了上班，我每天都在等他，生活重心都放在他身上，自知這樣危險，我變得不會生活了。也許不應該搬出來，一個人住一間房子，怪寂寞的。我燒飯煮菜，研究菜式，感到好像我們倆有一個小家庭，可他不這樣想。他總說，他求的是我的不食人間煙火，我努力的要做家庭主婦，完全不像我了。

一個晚上，我坐下來分析自己，幾個月來一心一意要做妻子，原來都是在作夢，柴米油鹽弄得我烏煙瘴氣，都是為了他。看書畫畫的我不見了，變成了一個天天等他的怨女。而他不要一個妻子，他要一個情人。命中註定我只能做情人，我認了，所以還是做回自己吧！我把食譜都收了，搬出畫具，下班回來就畫畫。他到吉隆坡出差，給我買了好多書，我就把自己埋在書堆裏，連他也沒功夫理了。而他喜歡我這樣，我不明白為甚麼，也懶得去弄清楚，我一向就有點糊塗。

屋前有一小塊地，我想種菜，下了班他來幫我掘地，我們做了菜畦，播了種。他掘地時不出聲，流了一頭的汗，那麼專心，我直起腰來欣賞他，感到我們是在生活，共同的生活。我沒有希望過要跟他在一起生活，我們只要在一起幾個小時，就夠了。但是能在一起做的事這樣少，我們不能出去逛街，不能出去吃飯，阿羅士打太小，只能窩在家裏，我看書畫畫，他就歪在沙發上不知道在想甚麼。我說你不要動，我來畫畫你。

我不擅畫人像，畫來畫去都不像。我說一定要畫成，每天來做我的模特兒。我說畫一百次，總能畫得像，他沒有異議，乖乖坐好，一動不動，十分認真。

我們的菜長得很好，虧得他天天來澆水。我只是三分鐘熱度，種菜的是我，照顧菜的是他。澆過水的菜綠油油的，煞是好看，我拿出水彩來畫，畫好隨手放到一邊，他捲起來帶走。我不知畫了多少幅畫，他都要了帶走。我突然有個預感，他是在收集紀念，是不是他一開頭就知道我們不能長久？我從不去想長久不長久這個問題，能在一起的時候好好珍惜，將來的事不去煩惱。

休假日我是一個人的。他從不在休假日出來。我也不勉強他。有時我回家吃飯，媽媽嘮叨，說我瘦得不成樣子，不會好好照顧自己。已經習慣自己住，回家聽媽媽的絮絮叨叨，我不以為然，只淡

淡的應著，完全沒聽進去。有時我出去寫生。喜歡畫馬來屋，傳統的馬來屋越來越少，阿羅士打市內完全絕跡，我到郊外的甘榜去畫。偶爾會想，到郊外應該不會遇熟人，何不邀他一同出來？跟他說了，他還是不答應，他變得有點婆媽，總是防這防那，不能大張大合。我多麼希望我們能豁出去，公然同進出，不管那麼多。我是沒甚麼顧忌的，名聲好名聲壞我並不在乎，但他很在乎，總是怕身敗名裂。

　　隔壁的芒果樹延伸過來，結了重甸甸的果實。芒果成熟時我把過我這邊的採下，送回給主人。知道他一個人住，平時碰到會互相打個招呼，卻從來沒有交談。他說不用送過來，過你那邊的就歸你好了。我說那麼我送你一點蔬菜作交換好嗎？我的菜那麼多吃不完。他說他不自己做飯，都在外邊吃。我說不然明天我做晚餐，你過來吃好嗎？他欣然答應，我便回家研究菜式。

　　第二天他來，我說今天請隔壁的吃飯，你正好做陪客。我在廚房忙，他跟著我來來去去，像小孩繞著媽媽轉。隔壁的過來，我給他們介紹，三個人坐下來吃飯。隔壁的相當健談，他反而顯得沉默，一頓飯吃得相當融洽，我興致很高，跟隔壁的說話，好久沒有這樣高興了。他照常只吃一點，時間到了就告辭，我和隔壁的吃完飯就沏茶，繼續談。他說常常看到你畫畫，能不能給我看看你的畫。我找了好久隻找出兩幅，我說手邊沒有留畫，下次有畫好的才給你看。過九點隔壁的才離開。

　　他一整個星期沒有來，也沒有打電話。我忍不住打電話找他，他說他忙，沒時間來。我到院子裏看菜，許久沒有澆水，一棵棵的青菜都無力的垂下頭。我開了水龍頭澆菜，隔壁的踱過來看。我說最近我畫了兩幅畫，要不要看？我進屋拿出畫來，畫的都是水稻和馬來屋。他很欣賞地讚好，我假裝謙虛，忍不住高興。隔壁的問我要不要吃榴槤，我們可以去榴槤檔買。我們便上了隔壁的車，到太

子路的夜市找榴槤。我們買了三粒，回來到隔壁的家裏吃。我發現我跟隔壁的在一起很輕鬆，不用顧忌甚麼，隔壁的像一個大孩子，興致很高，天南地北話說不完，我們兩個吃榴槤吃得興高采烈。

　　過了另一個星期他終於來了。悶悶不樂，瞅著我說你如果有別的打算我不勉強你。我詫異地說你想到哪兒了？他還是愁眉苦臉，我說我打算把你畫成功，你不來我就畫不成。他問隔壁的有沒有女朋友？我說不知道。我意識到他是在吃醋，不由得大笑。我說你不要疑神疑鬼，對我要有信心。他攬我入懷，歎了一口氣說你不知道你對我有多重要。我說你對我更重要呢！他的眉頭鬆了說也許我是太貪心。然後我們都不說話，在暮色裏依偎，一縷幸福感湧上我的心頭，我感動得淚盈滿眶。這時我深深的感到我這一生是不能離開他的了。

　　蔬菜的成長期過了，我來不及吃完，它們已經老了。剷除了它們，我不想再種青菜，買了葵花籽來種。想像滿院的向日葵，一整片的燃燒的橘黃，那一定很美。

　　隔壁的最近天天傍晚開車出去，很少過來談天。有時過來，仍然那麼無所不談。但如果他在，隔壁的就不過來，似乎知道我們的關係，很識相的從來不問我關於他的身份。我仍在畫他，仍總畫不好。我很懊惱，一個那麼接近的人，熟悉得不能再熟悉，我已經把他背熟透了，竟然還是畫不出他來。

　　隔壁的開始帶一位小姐回家，一天我在澆花，他們走過來，隔壁的給我們介紹，我請他們喝茶，他們婉絕了說待會兒要出去吃火鍋。他們站了一會兒就離開，我目送他們的車走遠，有點酸溜溜的。我知道自己跟隔壁的沒甚麼，但看見他有女朋友卻訕訕然，有點失落。而且羨慕他們能夠自由來去，不用遮遮掩掩。晚上他來，我悵然提不起勁，他立刻察覺，我沒說甚麼，只是發悶。我對他

說，你不可以離開我。他保證說絕對不會。突然我感到我是一無所有，我是絕對不可能擁有他的。他在，我事實上只是借了他而已。

　　向日葵越長越高，高過我了，把屋子都遮掩在蓬勃的闊葉裏。我盼望著冒出花蕾，很勤力澆水。我知道向日葵花期很長，只要開花，我就能夠慢慢畫它們。一個假日我沒有出去，外頭正在下雨，我在被窩裏看書。有人輕輕地敲門，我到視窗看看，一位清瘦的女人撐著傘，站在向日葵邊。是一個不相識的人。我穿著睡衣把門開了一條縫，她說有事要跟我談。我感到這是來者不善，便讓她進門。她抖抖雨傘，把它靠在門邊，欲言又止。我請她坐，她謝了卻不坐下。她迴避我的眼光，不正眼看我說她是他的太太。我倒抽了一口氣，我們那麼小心，她還是知道了。她問我如果你有丈夫而你的丈夫有外遇，你會怎樣做？我不假思索地說我會跟他離婚。她堅決地說我不會跟他離婚把他讓給你的。我說這不關我事。她說我希望你離開他。我說做不到。她說你要錢我可以給你一萬，請你放掉他。我說你以為我是甚麼？我不要你的錢，我也不會放棄他。她急了說你永遠不能得到他的，而且他是不會跟我離婚的。我說我不在乎他離不離婚。你說完了沒有？我沒有空跟你纏。她漲紅了臉說我求你離開他。淚開始滴下來，我還是無動於衷說我不會離開他的。她站了良久，我不管她，逕自去刷牙。然後我聽到關門聲，她默默地走了。我癱瘓在沙發上，感到虛脫失力。

　　他來了，問我她是不是來找過你？我說是的。他說她跟我吵，要我離開你。我問那你會不會離開我？他靜下來，沒有回答我。過了一會兒他說我怕鬧大了傳到外面就不妙了。我暫時避一避，你能不能等？我不作聲，很失望。他再坐了一陣，茶也不喝就走了。

　　他暫時不來，只是每天來電話。我像失了重心，終日心神恍惚。工作時粗心大意，心不在焉。在家時尋尋覓覓，無處著落。看書看了幾行就看不下，走出門去張望，下意識地希望他突然出現。

向日葵陸陸續續的開了花，夕陽斜照之下一片金黃，映得窗戶也燦爛閃亮。我終於種出了心目中的向日葵，一朵朵盤面大的花，迎著太陽，蹦跳熱鬧。而我的心情卻正相反，低落晦暗。

我剪了一把向日葵插在瓶中，就坐下來畫。想著梵谷顫動的畫，我有意模仿他。畫了一幅又一幅，排在一行退後審視，發現每幅裏的向日葵都是那麼的無精打采，一副垂死模樣。

隔壁的過來，給我一張請帖，他要結婚了。我高興地祝福他，答應一定出席。他和女朋友積極準備，買傢俱換窗簾，兩個人忙得喜氣洋洋。

我等了幾個月，漸漸習慣了一個人過。又開始畫他，靠記憶畫，反而清晰，直接從心裏畫到紙上。我想，哪一天把他畫成功，就能夠把他拋開，像一幅已經完成的畫，把它掛在牆上，永遠就留在牆上。在電話裏跟他說，你來一天吧。我要看我畫得像不像。他來了，我擺出畫像，終於，終於畫成功了！心裏一陣慘痛，我下定決心說，以後你也別打電話來了，我月底就搬回家住。他想說甚麼，我擺擺手制止了他。最後他說，你怎樣打算我不勉強你。我說這樣最好。我想把畫像撕掉，他搶過去說留個紀念。我淡淡的笑了笑，他說我會永遠記住你。我說我也會記住你，祝你快樂。然後他靜靜地離去。

我走到院子裏目送他的車遠去，回頭看我的向日葵。它們像火一樣的燦爛，爭先恐後地迎向陽光，蓬勃得激烈喧囂。我拉來一張椅子，專心地畫一棵一棵的向日葵，畫到天黑下來，蚊子開始叮人，我才意興闌珊地回到屋裏。我決定，每天畫一幅向日葵，畫到花期結束，就是我離開的時候了。

綠波依舊東流

　　我打電話回家，姐姐告訴我珊得了今年度羽球公開賽冠軍。

　　姐姐試探地問我現在還打不打羽球，我說已經收山了。她說你才嶄露頭角，為甚麼就放棄了呢？我說我打累了，想讀書，不想打了。姐姐又說了很多，我沒心思聽，思緒飄浮，在窗玻璃上停駐。喂，喂你在聽嗎？姐姐問。我說都聽到了，下次再談。

　　我掛了電話就去找報紙，珊的照片印在體育版上，捧著獎盃快樂的笑。我把照片剪下來，貼在剪貼簿上。剪貼簿上有照片有剪報，都是珊跟我合照，或是珊的個人照。這都是我曾經擁有過的美好的時光。我展開剪貼簿一頁又一頁的看，我所熟悉的珊又湧上記憶，驅不盡排不掉。

　　我跟珊騎腳車到城裏，我們去僑商書局買書。書局在大街上，窄窄的店面擠滿了書和文具。我們在體育架上找到兩本羽球技巧，商量好一人買一本，回去交換看。回家的路上我們很興奮，像尋得武林秘笈，趕著回家修練，羽球功夫馬上能一日千里一般。那是一個風和日麗的午後，陽光燦燦斜照，珊在日光下很白皙，柔軟的頭髮在腦後綁了馬尾，隨風往後飄。她一面看路一面看我，一雙大眼佔了臉部三份之一，鼻和嘴更顯得小巧。珊是個美人胚子，我高興的想，做為珊的好友，我有一絲驕傲感。

　　我們回到珊的家，並排躺在她的床上，各自翻閱買來的書。珊的頭髮散發幽幽的洗髮精味，圍繞著我，我貪婪地聞，不禁更挨近珊，去追尋清香的來源。珊指著一個圖解給我看，你看網前球要這樣挑，我說是啊，是要這樣挑。仍然深深呼吸著她的髮香。珊爬起

來說我們練習去。我捨不得跟她分開，我說再躺一會兒吧，外面還熱呢。珊等不及，熱有甚麼關係？起來懶豬。我嘮嘮叨叨起來，跟珊到羽球場上。

我們開始練習。珊先給我網前球，我左挑右挑，務必挑得準確。然後輪到珊挑球，一絲不拘。陽光還很熾熱，刺得人睜不開眼。我瞇眼給珊送球，很快流了一背的汗。我看珊，還是那麼乾淨，好像不會熱，珊是曬不黑的，我們同時打球，我一身黝黑，珊永遠白皙。珊前進後退，十分認真。我們練習羽球時總是很認真的，只是今天我忽然分心，只注意珊的動作，覺得她從來沒有的優美，從來未有的令我迷醉。

練著練著，接近黃昏，其他球友陸續來到球場，我們便開始打球。我永遠跟珊拍檔，我們打雙打是常勝軍，我們已經到了靈犀相通，不用言傳的境地，合作得天衣無縫。我喜歡跟珊打雙打，有她在身邊，我很有安全感，我深深感到珊是屬於我的，而我也屬於珊。我們搶球殺球，一左一右，一前一後，幾乎合為一體。我想起一首歌：把你我打破，重新再做，重新和泥，再塑一個你，再塑一個我，我泥中有你，你泥中有我。我跟珊，正是你中有我，我中有你。

珊跟我唸不同校。她在蘇丹后女中，我在吉華國中。在學校裏我們都是校隊，校際球賽，我們成了敵對。我不喜歡看到珊跟別人拍檔打雙打，她跟隊友合作打贏，我有一絲不快。我也不喜歡跟珊打單打，總是不是你死便是我亡。我要和平共存，但打球不能這樣。球賽完畢，我校贏了蘇丹后女中。我和珊一同回家，她有點酸溜溜的讚我打贏，我說我不想打贏你，但她不相信。我就想還是在家裏的球場打球好，我們同屬一個陣線，不用敵對。

放學後我去珊的家。她有同學來家，四五個人聚在一起聒噪。珊跟她們在一起，看到我來，就給我們介紹。她們要去大觀看電

影，問我要不要一起去，我說功課多，不去了。過了一會兒，她們就出門去看電影，我訕訕地回家，悶悶不樂。回到家拿出數學來做，一題解了好久仍沒心思解，老是想著珊跟她的同學。我以為我是珊的好友，我沒有其他好友，也不約同學看電影，要看也只找珊一起去。可是珊有好多朋友，她的朋友一來，珊就離開我。酸楚像一條蛇，鑽進我的心，一口一口咬嚙著我，我不想做數學了，躺到床上看小說。

我喜歡看小說，姐姐有很多，我不打球時就看小說。看小說時我忘了一切，全心沉浸在書中世界，隨著書中人物快樂悲傷。我想珊就是小說裏的女主角，那麼美麗有靈氣。我是她眾多的追求者之一，一心一意要接近她。我一直想問珊我是不是她唯一的好友，也想告訴她我永遠忠於她。我有一種焦慮，好像心裏掛了許多桶，七上八落，沒有得到珊對我的保證，這些桶就沒法落實。

瑞龍是男生裏球打得最好的，大家都知道。瑞龍喜歡珊，大家也知道。珊打球時瑞龍就在球場邊上看，珊不打球時他們倆有說有笑，好像有說不完的話。我總站在珊的身旁，他們說話時我也插嘴，好像跟他們一道。可是珊一跟瑞龍說話就看都不看我，當我透明，瑞龍更是不甩我。我很委曲，我像一個小丑，在男女主角周圍耍雜，沒有人正眼看我。但我堅持跟著他們。珊看瑞龍打球時我也跟她一起看，從不讓他們單獨在一起。珊和瑞龍越來越多話，我就越來越感到珊背叛我。

瓊瑤女士：

您好。我是您忠誠的讀者，讀您的小說給我無上的樂趣。現在有一個小小的建議，希望您能給予考慮。您的小說都是講男女的愛情，從未涉及同性之戀。我很希望您能寫一寫女孩跟女孩之間的愛，其間的悲歡離合，相信您的生花妙

筆一定能寫出感人的故事。

在此先說聲謝謝。順祝

文祺

讀者　林秀麗敬啟

　　瑞龍生日，在家裏開舞會，大廳裏燈光很暗，人影憧憧。我和珊坐在一起，瑞龍來邀請珊跳第一支舞。其他的人也一對對婆娑起舞。是一首迪士可，珊披著長髮，身上一襲長裙，輕盈地搖擺，她像一個山林裏的精靈，那麼飄逸，那麼虛無。我等一曲終了，瑞龍送珊回座，就不由分說拉著珊下舞池。是一首慢狐步，我用雙臂環著珊起舞，這時我深深感到珊是我的。我感動得淚盈於眶，希望能這樣一直跳下去。我再擁緊珊，珊推了推我，和我保持一個距離。跳完一支，瑞龍來帶走珊說女生不要跟女生跳，男生太多，給他們機會。一個男生來邀我，我一邊跳一邊瞄珊和瑞龍，一股醋意迅速淹蓋我，我意識到珊已經傾向瑞龍，我將失去珊。我告訴自己，我不能讓瑞龍搶走珊，我不能。舞會還沒有結束我就溜了出來，外面很暗，滿天的星星，跟我一樣情緒低落，發著微弱的光。我踏著星光回家，像丟失了心臟，成了沒心的人。

　　美琴問我：你是不是喜歡上瑞龍了？我失笑：我喜歡瑞龍？我憎惡他都還來不及呢！美琴說：那為什麼你總跟著瑞龍和珊？我說：因為我要保護珊。美琴不相信，口口聲聲還是說我跟珊爭風吃醋。我意識到我被誤解得太深，但我有什麼辦法呢？我還是要插在瑞龍和珊之間，我必須監視著瑞龍！

　　班上的黑板邊上寫著SPM 150天。老師們天天鞭策我們。SPM就是最後的審判，讀那麼多年的中學，就為一個SPM。我開始用功，放學帶了書本去找珊一起溫習功課。珊說瑞龍也要溫習功課，

我們在一起溫習吧。瑞龍騎著摩托車來了，我們三個坐在餐桌上開始溫習。我沒有辦法專心，總往他們倆身上溜，瑞龍在我就不能放心，他們好像成了一個陣線，和我敵對。瑞龍在的話，珊就疏離我，我感覺得出來。我在心裏問了一百次珊我不是你最好的朋友嗎？珊為甚麼瑞龍一來你就冷落我呢？SPM越來越近，我有點心急，每天跟他們坐在一起我怎樣都讀不進腦，而我又不能讓他們單獨在一起。如果我留在家裏不去跟他們在一塊兒，我會想現在瑞龍有機會了，而我更沒機會了。這樣一想我越發沒心思讀書。反正怎樣我都沒辦法用心讀書，我乾脆天天去守著珊，SPM我管不了那麼多了。

我跟瑞龍談。我說瑞龍你把珊搶走了。瑞龍笑說是呀，應該有另一個男生來搶你才對呀。我生氣說我是認真的，不是開玩笑，我不讓你搶走珊。瑞龍說真是那麼認真嗎？那你來把珊搶回去好了，哈哈。我很氣惱，他那樣跟我開著玩笑我沒辦法讓他明白我的心事。我惱得流下淚來，他不理我，逕自走了。我回家蒙在被窩裏，默默為我的挫敗哭泣。

SPM 90天。會考那麼近了，我還是沒心思讀書，感到忐忑不安。更不安的是珊和瑞龍的相戀。我像一個孤魂，遊離在他倆的圈外，他們周圍有個無形的網，把我排開。任我撞得頭破血流，都沒辦法衝進去。我下了個決心，SPM之前我必須向珊表白，我知道要她跟瑞龍分開的可能性幾乎等於零，但我必須了斷它，不然我永遠不能專心考SPM。

我跟珊說到你的房間去我有話跟你說。到了房裏我把她抱在懷裏，她掙脫了我說不要這樣。我說珊你不能愛瑞龍，我不能失去你。珊說我們還是好朋友，你沒有失去我我也沒有失去你。我說不夠不夠，我要擁有你，你只能愛我一個。說著我又去抱她。她甩開我的手，厭惡地說你瘋了。我歇斯底里的說我沒瘋，我愛你我愛

你！珊眼裏掠過一絲恐慌，一面推開我一面嚷你不正常你不正常。她匆匆奔下樓去，留下我，癱在她的床上。

球場上珊開始找別人搭檔，不肯跟我在一起。朋友們都問是不是吵架了？珊沒回答，我也不能回答。我知道我是永遠失去珊了，痛苦鞭笞得我遍體鱗傷，我帶著傷口在球場上假裝奔跑，珊不屑地迴避我，我膽怯地迴避她。過了幾天，我感到球友們都在迴避我，我沒動聲色，照舊打球。晚上姐姐問我為甚麼外面傳說你變態？我笑笑說你都相信？然後我不再到球場去，我不能忍受他們的眼光和態度，我更加沉迷在書中的世界，不再跟現實接觸。SPM，目前最重要的是SPM，我強逼自己讀書，強逼自己和血吞。

學校派我參加吉打羽球初級賽，打到決賽，對手竟是珊。我們是那樣的互相熟悉，不用想都知道對方要打高球還是網前球。但我心緒不定，沒辦法讓自己沉著應付珊的攻擊，打得失誤頻頻，最後讓珊贏了。她得了冠軍我得亞軍，明年就能夠參加公開賽。打完這場球，我就掛起球拍，專心讀書，準備SPM。會考給我一個緩衝的時間，我忙著考試，剛好避開不必要的風言風語，考試給我停止打球的藉口。我不能再跟珊在同一個球場上，看到她，感到她的冷漠甚至對我的恐懼，我的傷口會再一次次的被揭開，汩汩地淌血。

SPM我沒考上。珊和瑞龍都考上了。我要留級，堅持離開阿羅士打，到檳城去。我要遠離傷心地，在一個陌生的空間舔傷。我不再打球，每天用功讀書，很少回家。我聽說珊和瑞龍上了同一間學校念先修班，還是一樣打球。有珊的消息我默默地收集起來，裝入記憶裏。

瓊瑤女士：

您好。我曾經給您寫過一封信，猜想您已經收到。我在信上建議您寫一個女孩對女孩的愛。也許這是一個錯誤，同

性間的愛不可能成真，儘管這種感情是如何真摯。

　　我想這樣的感情大概不值得寫，請您不用把我的建議當真。

謝謝您花時間讀我的信。祝

文祺

讀者　林秀麗敬啟

魘

　　我風塵僕僕地在路上，尋找一個歇腳的地方。這是沙漠地帶，前路迢迢，望過去一片黃沙，無邊無際，不知還要走多久才有人家。我的吉普車顛簸著，沙路看似平平，輪子輾上，一會兒下陷，像頓然陷入無底的漩渦裏。我眯著眼看路，不知是路還是沙，眼前展開深淺不同的黃色，只覺天地都發黃，再也看不到其他的顏色。吉普車呻吟著一頓一頓，艱難地慢慢向前，一忽兒困在沙裏空轉著，我拼命踩油門，它好不容易才從沙的包圍中脫身，又一頓一頓地前行。我心煩意亂的一直看油表，好像希望每看一次就能看到油量增加，可是事實正相反，油表顯示車子漸漸的用去好多油，油箱快沒油了。怎麼辦？我有點後悔採用車子而不用駱駝。如果我騎的是駱駝不但不用擔心它沒油，也不用這樣上下顛簸。駱駝就算三天三夜沒水喝還能走，車子沒了油就變成廢鐵了。

　　地圖上明明標示這裏有個綠洲，怎麼我走了這麼久還沒到？我心急了，伸長脖子望，而車子卻越走越慢，太陽肆虐，發射出千線萬線熱烘烘的光芒，閃耀得我睜不開眼。忽然我看見遠遠的滾著一團沙塵，我眨眨眼，再看仔細，的確是沙塵滾滾向我逼近。我慌了，不知是一輛像我一樣的車還是一隊駱駝，不知他看不看得到我，而不會跟我相撞？我趕忙把車移到一邊停下，靜待他來到。沙團越來越近，也越來越大，只見黃沙從地上往上翻騰，像火舌向上闖，又像粉粒亂舞，衝天而上。是一隊駱駝！我終於看清來者，不下十頭駱駝踏踏向前，來到我旁邊忽地停下，沙塵蒙封了我的車

窗，等到我刷清車窗，看到面前是一隊頭纏白巾的阿拉伯人。我下車，想向他們問路。

我用英語跟他們說話，為首的阿拉伯人直直的瞪著我，沒有反應。我嘗試比手劃腳跟他說，他仍舊沒有表情，也沒有想跟我溝通的意思。停落下來的沙塵嗆得我一直打噴嚏，我不肯放棄地一味跟他說話，一邊哈啾哈啾，一邊說著最簡單的英語。我正在努力的當兒，只見他揮一揮手，立刻有四頭駱駝向我逼來，騎駱駝的阿拉伯人下來，不由分說架持起我，把我摁進車裏，碰的一聲把門關上。然後他們不知從哪裡拿出粗麻繩，把我的車子捆上，上了駱駝，分前後左右四方，各拉著一頭繩，喝地一聲，我立刻感到車子懸空，向外一看，原來這四個人已經把我連人帶車提了起來！其他的駱駝很快的掉頭，呼的全部向來路飛奔。我坐在車裏，搖搖幌幌，很害怕，不知他們是友是敵。我看兩旁的人，他們一手提著車子，一手拉著韁繩，看不出在用力，似乎很輕鬆。四個人都一樣精瘦，完全沒有大力士的派頭，我想這些人肯定有神力，也許身懷絕藝，也許有武功。而這麻繩也特別，明明是麻繩，卻那麼強韌，我的吉普車那麼重，都提得起不會斷。

這樣走了好一陣子，駱駝在跑，煙塵滾滾，我根本看不到方向，完全不知天南地北，只好聽天由命。我只知道駱駝耐久，從不知道原來它們能跑得那麼快。跑了有半個鐘頭工夫，沙塵漸漸稀下來，我看到有零零落落的棕櫚樹，慢慢的出現了一些帳蓬，有一些人在走動，每個人都轉頭來看我們。我想，我找綠洲找了一整天，這不就是綠洲嗎！

駱駝隊慢下來，繞過一組又一組的帳蓬才來到一個特別大的帳蓬前停下。那四個人又過來想挾持我，我一把開了車門揮動雙手示意不用勞煩，我自己會走。我就跟他們進了帳蓬，裏面很暗，我剛從白花花的太陽裏進來，一時看不到裏面有甚麼。只聽見帶我來

的人跟誰嘰嘰咕咕地說話，然後我聽到有人用生硬的英語問：你是甚麼人？我想他應該是跟我說話吧，就回答說：我來自馬來西亞，想找一個落腳處，給車子打油就上路。請你們幫幫忙。一面說著一面就習慣了黑暗，看清了裏面的人。只見一個虬髯阿拉伯人坐在正中，旁邊坐著一個東方人。我一看這個人就呆住了！他穿著清朝的官服，頭戴官帽，是個中國人！而且似曾相識，好像在哪兒見過他。我很訝異一個中國人怎麼會在非洲沙漠裏奇裝異服呢？我一時糊塗，只會呆呆地看著他。而跟我說話的人就是他，我就用華語跟他說：我會說中國話！他高興的問：你是中國人嗎？我回答說：我是馬來西亞華裔。他立刻興奮地跟虬髯人嘩啦啦的說了一大堆話，虬髯人也興奮起來，起身來到我面前從頭到腳，前前後後打量我。我有點發毛，不知他們是何用意。

　　然後這個中國人跟我說：我們酋長請你在這裏小住幾天才走。

　　我很感激的謝過他，就跟著一個提我來的大力士出了帳蓬。他帶我到一個河邊的小帳蓬，示意我進去，然後就離開，他的態度比來時好得多了。我進了帳蓬，看看裏面的格局。裏面有一床毛毯，有枕頭，然後就沒有別的東西了。我滿身風沙，很想洗個澡，就不知道這裏有沒有洗浴設備。想著就走出去看看找不找得到。一出來就看到先前的那個引路的人在守著，見到我出來就上前來阻擋，我就跟他比手畫腳的表示要洗澡。他指了指小河，我就會意，原來必須到河裏洗澡。我就走向我的車，想取換洗的衣服毛巾等，豈知那個人又來阻擋，我又費了好多口舌跟他解釋，他緊緊跟著我，怕我逃跑似的。我很懊惱，為甚麼他們這樣監視著我，一點自由都沒有。我穿上紗籠下到河裏，只覺河水清涼舒服，我淌漾水中，忘了一整天的擔憂。先在這裏過一兩天才向他們買汽油上路，暫時不要想那麼多。

　　洗完澡我回到帳蓬裏躺一躺，竟沉沉睡去。不知過了多久好像有人在喚我，我睜開眼，看到一個罩口的婦人，我一骨碌爬起來，她示意要我跟她走。我們一出來我又看到有一個人守在門口，我不明白為甚麼他們要守著我。婦人帶我又到先前的大帳蓬，我聞到一陣肉香，頓然感到肚子好餓。裏面已經擺了食物，酋長和中國人請我坐下來吃飯。我就不客氣的吃，有烙餅，羊肉咖哩，烤肉，就是沒有白飯。吃過飯我謝了他們，就問這裏離烏曼有多遠。我的目的地是烏曼，希望他們能指點我該怎麼走。中國人說這裏很靠近烏曼，我不用擔心，先在這兒小住。跟他談話間，我越來越覺得很熟悉他，就是想不起在哪兒見過他。然後我跟他抗議，說不要有人監視我，我又不是甚麼奸細。他說不是監視，而是守衛。我想，反正我也不想去哪裡，守衛就守好了。便告辭出來，還是那個婦人帶路。

　　回到我的帳蓬，席地而坐，想寫寫日記，忽聽一串銀鈴聲，進來一位少女。她包頭包臉，只看到一雙靈活的眼睛。腳上手腕上套著許多銀鐲，鑲著銀鈴，每走一步就叮鈴鈴響。她進來也不打招呼，一味繞著我打量，我想這樣沒禮貌的人，難道此地的習慣是這樣的？先是那個酋長上上下下審視我，現在又有這個小姑娘這樣看我。她打量我我也打量回她。只能看見她的雙眼跟一身的白袍，甚麼都沒看到。只是我聞到從她身上散發出一縷縷的幽香。一種很清淡的花香，像玫瑰的香味，又似茉莉香，總之那是很令人感到舒暢的香味，一點都不濃鬱，我深呼吸，把清香吸到肺裏轉一圈又吐出來，很舒服。想不到在沙漠裏的女人還會用香水，不知她們去哪裡買的。

　　這位少女開口問我叫甚麼名字，說的是英文。我說了，也問她叫甚麼名字。她說她叫香香公主，是酋長的女兒。我一聽香香公主，就聯想到我在武俠小說裏讀到的人物，就問她是不是吃花長大

的，她很驚訝，問我怎麼知道的。我說我知道的很多呢。她就拉我坐下來，要我敘述我的經歷。我們談了半天，我問在這樣的沙漠裏哪裡找到那麼多花給她吃呢。她就叫我跟她去看她的花園。

我們過到河的對岸，進入一個花園，裏面花香撲鼻，百花盛開，各種各樣的花，有的叫得出名字有的沒看過。開得最多的是玫瑰，有紅黃白甚至藍色。香香公主摘了一朵鮮豔欲滴的紅玫瑰讓我嘗嘗。我一瓣一瓣的含在口中，有點澀有點香，挺好吃的。只是，這樣吃要吃多少朵才吃得飽呀？香香公主說她每頓只吃十朵，真是難以置信。香香公主問我剛吃了甚麼，怎麼身體那麼臭。我嗅嗅自己，自問沒有臭味，很不高興的說我剛吃過羊肉來。她說這就是了，以後不准我吃肉，只給我吃花。我抗議道：我的小姐，我不是你，不能只吃花朵呀。她不理，逕自採了一兜的花塞給我，硬要我吃。我火了，把花都撒到地上，頭也不回的大踏步回我的帳蓬。

第二天早上，我等著早餐，不知是不是還是到大帳蓬裏吃。然後昨天的婦人來了，捧著一盤的鮮花給我。我跟她表示我不吃花，她攤開手表示無能為力就離開了。我就走出去，想去跟那位中國人說明不能給我吃花。可是我被守衛擋住，說甚麼都不放行。我氣煞就大嚷，守衛對我拂了拂手，我突然感到全身乏力，蹌蹌踉踉的跌回帳蓬裏。真邪門，不知他用甚麼邪術令我失去平衡。我沒法只好繼續呆在帳蓬裏，肚子餓得咕嚕嚕響。

中午，那個婦人又來，還是帶來一盤花。我抓住她，要她給我送信給那位中國人。我用中文寫了便條給他，跟他說我吃花會餓死。那個婦朝大帳蓬走去，我才稍為放心。過不久她回來，領了我去見那個中國人。我重申我不能只吃花，他微笑不語，我瞪著他，突然靈光一現，我想起來了，這個人可不是武俠小說裏的清朝奸人張召重嗎！而他怎麼會在二十一世紀出現，還會說英文呢？我腦子一轉，不妙，他不是要擄走香香公主嗎？怎麼酋長跟他好，絲毫不

提防他呢？我指著他問：你不是張召重嗎？他回答：正是在下。我說：你在這裏有甚麼陰謀？他說：沒有陰謀，只想幫助酋長。我轉過去跟酋長說：不要聽信他，他是惡人。張召重只是嘿嘿笑，對我搖搖頭說：沒有人會相信你的。我想還是溜之大吉，留在這裏說不定會遭不測。我對酋長說謝謝你，再見。轉身就走。走沒兩步就聽到張召重大喝一聲，眨眼間他已經「飛」到我跟前，在我肩上一點，我整個煞住，任我怎樣用力都動彈不得，定定地站在原地。他冷冷地說：你別妙想天開想逃，乖乖留下來，否則我手不留情。

他們把我扛回帳蓬，我癱軟地躺了一整天。傍晚香香公主又來了。我跟她說張召重不是好人，她不信，說：張大人幫我找到你，怎會是壞人呢？我問：找我有甚麼用？我只是一個平凡人，對你們沒有好處。香香公主說：誰說你沒好處？我等了十年才等到你。我奇怪問：你怎麼知道我會來到這裏？你又怎麼知道找對人？她回答說：張大人都算出來了，他知道你會經過這裏，他也知道你是最佳人選。我們需要一個中國女孩，你就是我們要找的人。我又追問：我有甚麼效勞的地方？她說：你能使我青春永駐，吃了你我能永遠年輕美貌。我嚇了一跳問：甚麼？你要吃我？她一本正經地說：是的。我說：你不是只吃花嗎？怎敢吃人？而且吃人是犯法的！她說：為了長生不老，我不得不吃你。我只讓你吃花不准你吃肉就是為了使你不發臭，我才吃得下。我開始流冷汗，有人計劃吃我，我可怎麼辦？一切都是那麼不可思議！先有張召重，然後有香香公主，現在如花似玉的香香公主竟要吃人！而我竟是他們的砧上肉！我不敢不相信，不管是幻是真，我決不要就這樣不明不白在沙漠裏消失！我狐疑地伸手摸摸香香公主，希望她不是真的。可是她的確是活生生的，香噴噴的，我不是在作夢。我多麼希望這只是一場夢啊！

香香公主得意地把一朵花遞到我面前說：吃！我歪過臉拒絕道：不！我緊閉著嘴巴就是不肯吃。她拿我沒辦法，悻悻然走了。

我癱瘓在地上，心慌意亂。我不能死，我不要死！這樣下去我沒被宰食都會先餓死。只給我吃花，叫我怎麼活命？我怨恨起張召重，他妖言惑眾，慫恿香香公主吃人，一切都是他的騙局。整個晚上我睡不著，想著不久我就要被殺害，屍骨無存，遙遠在馬來西亞的親人都不知道我遭遇不測，還以為我不知流浪到哪裡。我後悔單獨到非洲流浪，後悔沒有留在媽媽身邊照顧她。我回想我的一生，一無所獲，沒有建樹，來過這個世界，沒留鴻影。我大學畢業至今都在流浪，工作存錢，一存到錢就出去周遊列國，沒有一個家。我又想，我死了不會有人懷念我，我在跟我不在並不會影響誰的心情。就是最親愛的媽媽，因為我從不在身邊，她也不會感到失去我的悲痛。我真是不願死啊！尤其是這樣的死法：被吃掉！說甚麼都難以置信。這是二十一世紀吶，怎可能還有吃人族！

求生的本能教我想逃生之計。我要逃走！可是怎樣逃呢？我的車沒油，不中用了。靠我的兩條腿能跑多遠呢？何況他們日夜守著我，我出不了這帳蓬。不行，一定要衝出去。我等到晚上，假裝要洗澡瞞過守衛，在水裏我就覷著他沒注意，不動聲色地順流游開去。我游了一陣，見沒人發現，就開始奮力游。我想，只要我游出他們的範圍，能游多遠就多遠，顧不了那麼多了。夜黑風高，沒有月亮，正合我意，在黑暗中沒有人會發現我。忽然眼前砰的一聲炸開無數的光點，這些光點散開，只見一朵朵的芙蓉花發著紅光向我飄來，頃刻就把我包圍住，我努力游，卻游不出這些芙蓉花的包圍。我不能前進了，只覺得這些芙蓉花在我頭頂旋轉，一股吸力向下逼來，把我吸住，一直往上吸，我只感到我整個人跟著旋轉起來，一面轉就一面被吸離水面，忽然吸力沒有了，我從空中摔下來。這一摔摔得蠻重，半天爬不起來。當我呻吟著撐起身體時，看到張召重的袍子，原來他就站在我面前，怒目俯視我。我一氣就撲向他，撩開他的袍子，拼命的咬他的小腿。他伸腳一踢就把我踢滾了好幾

個筋斗。我感到鼻子濕濕的，有液體流到嘴裏，溫熱的，腥味的，我知道我流了鼻血。用手背擦，手背也濕了。我不爬起來，認命地躺著等死。此時此地，就是我的葬身之所，我默默地跟世界告別。

可是張召重並不想我死。我感到有人把我搬上駱駝，慢慢的走。過一會兒他們抱我下來，放在溫暖的被窩裏。有人擦我的臉，塞我的鼻，我失去了知覺。到我又睜開眼時天已經大亮，我不知道我躺了多久，只知道這次是死定了。我繼續躺著不動，腦子裏一片混亂，不能想像自己被煮食的情形。有人進來，是香香公主。她憐惜地摸摸我的臉，我厭惡地挪開頭不讓她碰。她說：你又何苦呢？你知道你是逃不了的。不如乖乖的吃我的花清淨你的身體。我說：要殺便殺，別跟我花言巧語！她說：你還不能死呀，我必須等到你身上發散香味後才能確實你乾淨，那時才能吃你。你放心，張大人說不會讓你感到痛楚，你不會感到甚麼的。我不說話，兩行淚水流下面頰，這樣等死，要等到何時？最可惡的是要我吃花，不給我吃別的。讀小說時看到香香公主吃花，是多麼的美，現實裏叫我吃花就不那麼浪漫了。而且現實裏的香香公主一點都不可愛，簡直是可惡霸道無知自私。我決心不讓她得逞，我就是不吃花，我寧可絕食死亡也不讓她吃掉我。

我就一直這樣消極地躺著不吃不喝，他們送來的花我動都不動。到了第三天，張召重來了，他叫人扶起我，在我嘴上一點，我就不由自主的張開了嘴，他把一朵花塞進我嘴裏，我想吐出來，就是吐不出，反而順從的吞下去。就這樣，張召重這惡人餵我吃了好多花，一直到我打飽嗝才甘休。每天他都會來這樣逼我吃，過了幾天我起來不躺了，我是完全放棄了，要我吃花我就吃花，也不要他來餵我了。香香公主每天都來看我吃，見我沒再抗拒就很高興。奇怪的是我以為吃花不能活命，其實不然，我吃慣了花，並不會感到饑餓，只要吃個十多二十朵就飽了。

　　當我恢復了精力後就不願意整天呆在帳蓬裏，我出去走走，守衛緊緊的跟在我後頭。我每天都到花園裏去賞花，又去看看駱駝羊群。放棄希望後竟是那麼平靜，我沒有了悸怕恐慌，一切都那麼認命消極，一日過一日，沒有目的沒有前景。想到不久就會死，我懨懨的等待，現在竟然是視死如歸了。

　　一晚，我作了一個夢：夢中我騎了駱駝一直跑，最後跑到烏曼的海邊，一隻小船等著我，把我載到大輪船，張召重追不到我，我終於逃出魔掌。醒來時我又萌生了希望。周圍有那麼多駱駝，我怎麼沒想到用它們呢？可是要如何擺脫守衛呢？每天我都默默的苦思，一面靜靜的觀察他們怎樣駕馭駱駝。我環顧我的帳蓬，發現很容易掀開一個角落，守衛只守著門口，不會注意到我從後面溜走。我不動聲色的準備，一面假裝順從香香公主。香香公主每天都來嗅我，當我身上也發散香味時，我的死期也到了。這天她很高興的宣佈，我開始有香味了！我一聽心裏慌亂到了極點，一個人最恐怖的遭遇莫過於知道自己的死期。

　　我不能再拖了，必須馬上行動，否則就太遲了。當天晚上我等到下半夜，守衛最惆的時刻，我悄悄的爬出帳外，借其他的帳蓬掩護，慢慢的繞到駱駝的寮子。我拉了一頭駱駝，快步走了一段路，快走出村子時就騎上去。我的駱駝很聽話，一路跑了出去。我一直跑一直跑，不分方向，只知道要逃出張召重的掌心。跑著我聽到有噗噗聲在後頭，不好了，有人追來了。我慌忙繞到一個沙丘後躲起來。一隊的駱駝跑過，他們沒有發現我，我等他們去遠了就朝著另一個方向逃。我不依循著路走，只揀沙丘走。我知道這樣走很危險，沒有路，沒有方向，在大沙漠裏哪裡去求助？我無暇想那麼多，當下逃過張召重最要緊。

　　我繼續向前走，漸漸天邊初透曙光，太陽上山了，這意味著我已經走了大半夜，不再有追兵，我終於放下心來。接下來的問題

是：我在哪裡？前後左右儘是黃沙，一個接一個的沙丘，一直伸延到地平線，我就向著太陽走，猜測那就是東方，而烏曼大概就是在東方。如果靠近烏曼，也許我會遇上來往的駝隊。我這樣希望著，一面向前，一面眺望，希望遇到人。可是我走了好久都沒遇上甚麼，太陽越來越熾熱，我被烤得頭昏眼花。沒帶食糧沒帶水，我渴得喉乾口燥。走了很久很久，天暗了下來，我已經走了一天，夜晚降臨，我很睏很累，可是我不能停下來，天一黑就冷得人發抖，我停下來也許會凍僵。走著走著，我伏在駱駝背上睡了過去，醒過來時發現我躺在地上，駱駝不知去向。我只剩下自己，在廣闊無涯的大漠裏。我只好提起腳步走。走到太陽又再度高照，我還是走。忽然我看見遠遠的有植物，我歡呼著跑去，可是我跑呀跑的，就是跑不到。再看時原來仍舊是沙，別無他物。我氣泄的又走，漸漸的不支，坐下來。突然張召重出現，伸出手想抓我，我嚇得跳起來，拼命逃。逃了一段路，張召重又攸然不見，我還是獨自一個人。我完全脫力，走不動了，也許死期到了，我沒有被香香公主吃掉，還是難逃一死。然而我寧願這樣，死在沙漠裏，讓太陽曬乾，總比葬身人腹好。我慢慢的倒下來，看到的是一片蔚藍的天空。這片藍慢慢的壓下來，我感到窒息，就像有甚麼吸力把我體內所有的空氣都吸淨。我慢慢的閉上眼，頭腦越來越沉重，越來越沉重。

林麗萍

　　今天老師分發解剖學考卷，我得了甲等，很高興，這些日子的努力沒有白費。其他科目也都分發下來，我都得了乙等，有點失望，就只有解剖學給我一點安慰。想一整個學期都那麼苦讀，還是只得乙等的多，不明白為甚麼其他同學能考得甲等，好像他們也並不特別用功。我打電話回家，媽媽說這樣的成績算不錯了，不要對自己要求太高。我對自己要求得太高嗎？我只認為，種豆要得豆，我花了那麼多精神，總應該得個好成績才是。但至少有解剖學得甲等，我也該滿足。

　　我約了女朋友怡霞到大人餐館吃飯，算做安慰自己。怡霞跟我同班，成績比我差，但每科都及格，她說這一頓飯於她是慶祝考試及格。我只笑笑，一個為安慰自己，一個為慶祝自己，我們這一頓飯倒也吃得愉快。飯後我們到烏節路逛街，回到醫院宿舍時天已經暗下來。我送怡霞到女生宿舍，然後優哉踱回男生宿舍。下個禮拜起我們被分配到病房實習，暫時離開書本，我不去想成績，暫時輕鬆下來。暮色從四周靠攏，走道兩旁的矮樹叢開始熱鬧起來，各種小鳥嘰嘰喳喳紛紛在樹上占一個地盤，準備安歇又一個夜晚。就在女生宿舍大門旁，我看到一個人影，因為她穿著白襯衫，在陰暗的周圍顯得突出。我看得出那是個女生，因為她長髮披肩。我不怎在意，也許她在等人，再看她一眼，卻見她在抽泣，連連在醒著鼻子。我有點好奇，停下來看個清楚，這時我認得出那是我認識的一個低年級女生。

　　我一時不知該不該停問她還是當做沒看見走自己的路。想了想，還是問個究竟好些，也許發生了甚麼事呢？我便走過去叫她：林麗萍。她抬起頭來，整個臉因為哭泣扭曲不成形。我說：發生了甚麼事？她搖搖頭，抽泣得更厲害。我耐心地等她緩過氣來。她又哭了一陣，醒了鼻子，靜下來。我說：發生了甚麼事？我以為也許她家裏出了甚麼事，也許有人去世，也許有人病重。她悠悠地說：我快要被開除了。我不明白，再問她：你做了甚麼事嗎？她說：我科科都不及格，院長說要我自動退學。淚水又流下來，她又開始哭泣。我油然起了憐憫心，說：你沒有跟他求情嗎？她搖頭，還是哭。我想，科科不及格，肯定是唸不來，她才一年級，將來二年級三年級課程更深入，要怎樣去唸？院長要她退學不無道理。但我想幫她，就說：明天我跟你向院長求情。我可憐她，一時義氣填胸，決定為她做點努力。我們約好明天一早就到院長室。

　　第二天我跟林麗萍會合，進了院長室。我說：希望院長給林麗萍一個機會。院長說：給一個補考機會，如果補考及格她就可以留下來。我們謝了院長出來，林麗萍一臉憂愁，她說：補考我一樣沒把握。那麼多科，我如何唸得來呢？我自告奮勇說：我給你補習，幫你做考古題，我幫你，你一定能考及格的。她也要實習，我們就按實習時間表安排補習時間。於是我們就開始在圖書館做考古題。

　　跟林麗萍補習時我發現她真的很差，我懷疑她是怎樣被錄取進入我們護理科的。我跟她解釋循環系統，作各種比喻，各種圖解，她還是一知半解，我一路講解一路擔憂，恐怕她過不了補考這一關。她第一英文差，第二領悟力低，我真懷疑她是個弱智者。我講解了一題，讓她自己再重溫一遍，然後試著回答試題。等她的時候我踱到窗前，外面萬里無雲，天空藍綢般輕輕浮蕩，外面炎熱似火爐，圖書館內嗍嗍吹著冷氣，外面天空的藍，跟室內的清涼彷彿配搭，藍總教人聯想到涼爽，不知為何天藍時卻是酷熱的呢？我看到

窗玻璃上反映著林麗萍的身影。她的頭垂得很低，眉心深鎖，一臉專注地讀我幫她寫好的每一試題的答案。她很可憐，智力差，多用功都徒然。我想到自己，雖然不是名列前茅，成績還算中上，我得不到甲等還在歎息，怎沒想到有人比我差得多。跟林麗萍比，我是幸運得太多，媽媽生我還算聰明，不至於考試不及格。天生稟性，由不得人，聰明愚笨，與生俱來，後天的用功總是於事無補。我又想到怡霞，她也不太聰明，考試只求及格，不求甲等，及格了她就滿懷高興，不像我老在繞著甲等憂愁。我看怡霞看林麗萍，再看自己，似乎看開了一點，考到乙等，其實並不太差。

　　由於跟林麗萍補習，把我的空閒時間都佔據了，很少跟怡霞見面。怡霞知道我給林麗萍補習，很不以為然，說我多管閒事。她說：我功課差，怎麼不見你幫我補習？我說：你頭腦還算靈光，林麗萍真的很差，真的需要幫助。怡霞又不放心我，醋意很大，一直埋怨我沒時間跟她在一起。我說：忍一段時間，等她補考過了，我天天向你報到。對我要有信心。怡霞聳聳肩，不情不願地嘀咕，口口聲聲控訴我看上林麗萍比她漂亮，見異思遷。我拍胸保證絕對沒有變心，天地良心，絕對忠誠。這時我才瞭解到女孩子的心思，原來容不下最微小的沙粒。但換過來如果怡霞去幫別的男孩子補習的話，我又會有怎樣的反應呢？也許我的醋勁比怡霞更大呢？但我無暇去想這種問題，我要想的是怎樣使林麗萍過關。我護航只能護到關口，她必須自己闖關，我必須為她準備各種武器，百般招數，讓她臨場使用。我暫時把怡霞的埋怨放一邊，專心一致為林麗萍努力。

　　幸好院長並沒有給一個日期，準備好了儘管向他報到。我們在病房實習為期兩個月，這兩個月內我們努力，實習結束之前我看已經準備得差不多了，便叫林麗萍去補考。她要補考五科，分三天考。我沒有陪她去考，只在晚上跟她見面，準備第二天的科目。第一天考完，林麗萍說不覺得難，應該考得過。我稍稍放了點心，不

敢放鬆，整個晚上幫她溫習。三天考完後林麗萍自認為考得還順利，接下來是等結果。她緊張，我也緊張得睡不著覺。如果她過關，證明我下的努力生效，林麗萍還是有希望的。

我正在餐廳裏吃午餐，林麗萍找了來，我見她兩眼閃爍著光彩，裂著嘴角忍不住笑，就知道了一個大概。果然她揚了揚手中的一張紙，興奮地說：過關了，統統都過關了！我接過她遞過來的單子，上面是新的成績，五科都及格，我高興得想擁抱她，好像過關的是我自己。我們相視而笑，我說：以後你更要用功了。她卻黯然下來，說：我再用功都沒有用，唸不來。我說：那你為甚麼選這一科呢？她說：為了津貼費嘛。她求我：你能不能一直幫我補習？有你講解課文，我就比較能夠明白。我交補習費，求你幫我，我一定得唸完成。我說：幫你補習沒問題，也不用你交費，只要你能順利完成課程。我們當下就計劃怎樣安排時間。我除了要讀自己的科目，還要讀她的科目，並且還要抽出時間跟怡霞在一起，真是緊湊。

新學期又開始，我一頭投進課程裏。我選讀了四科，不敢選讀太多科，因為想到要幫林麗萍，自己溫書的時間少了，而且我想，多選幾科的話恐怕顧不來，還是專心於這四科，讀精些。對成績仍是耿耿於懷，我想每科都得甲等，這是我選讀護理科的理想。我中學時的志願其實是醫科，可惜會考成績不夠理想，進不了醫科，我失望之餘申請了新加坡的護理科。我這樣安慰自己：沒有作成醫生做護士也好，一樣是在醫學界做事，一樣是幫助病人。不過因為本來理想那麼高，現在退而求其次，我下決心要唸到特優的成績才甘心。

我每天上課上到下午五點，匆忙洗澡吃飯後就趕去圖書館。林麗萍帶了課本在我們慣坐的位子埋頭苦讀，我給她補習兩個鐘頭，自己溫習兩個鐘頭，然後我們離開圖書館，我送她回宿舍，順便接怡霞出來吃宵夜。跟怡霞單獨相處的時間也只有這短短的宵夜時間。我們選了相同的科目，上課都在一起，然後週末我抽出時間跟

她在一起。週末是我和林麗萍拼命唸書的好時機，我們一整天都泡在圖書館裏。下午我跟怡霞見面，林麗萍也不回家，繼續唸書。林麗萍是新加坡人，卻住宿舍，週末也不回家，只是努力唸書。

　　一個星期五林麗萍對我說，這個週末要回家，請我去她家吃午飯，算是酬謝我幫她補習。我們早上先唸一回書，中午搭地鐵去她家。她住在女皇鎮的政府組屋，我們上了七樓，來開門的是她妹妹。她媽媽已經把飯菜擺上了桌，我們一到就被迎上座。飯是在大廳裏吃的，林媽媽說廚房太小，坐不下。林媽媽很瘦小，很明顯的睡眠不足，眼袋泛黑，林麗萍有她的影子，也是永遠很疲倦的模樣。林麗萍有兩個妹妹兩個弟弟，最小的已經上小學。

　　然後從房裏走出一個男人，想必是她爸爸。他慢慢地踱近，一邊伸著手在身前探，原來他是盲的。林麗萍叫了他爸爸，他說：回來了？林麗萍給我們介紹，林爸爸說：麗萍真虧有你幫忙，真是謝謝了。我連忙說：同學間互相幫忙是應該的。於是我們一齊吃飯。飯後我又坐了一陣，林媽媽拿出一籮塑膠花來拼組，說全家就靠她做塑膠花過日子的。林爸爸因為糖尿病五年前瞎了眼，再不能工作養家。這一年虧得林麗萍上學有津貼，多少能幫補家用。只希望她三年順順利利唸完，在醫院裏找到事做，家裏就會好過多了。沒想到林麗萍身負那麼重大的使命，唸書為了養家，難怪她唸書那麼拼命。

　　我看她家，連沙發都沒有，兩間睡房，都沒有床，鋪蓋一堆一堆散放在地上。我這才瞭解家徒四壁是甚麼樣子。我不由自主想到自己的家庭，雖不是大富，也稱得上小康。我是獨子，媽媽很溺愛我，我要甚麼很少不能得到的。爸爸在中學裏教書，媽媽做保險員，我從來沒有嘗過經濟困難的滋味。怡霞的家庭也不錯，甚至可以說是個富家女。我們兩個談戀愛，從沒有為經濟問題煩惱過。看到林麗萍的家，我感到微微的慚愧，我過得實在太幸福了！我決心以後要更出力幫忙林麗萍，一定要幫她幫到畢業。

　　回到宿舍找怡霞。怡霞呶著嘴說：從今天起我要跟你們一起上圖書館。我忙說：好呀。我給林麗萍補習時你能夠自己讀書。第二天我就帶了怡霞一道去圖書館。林麗萍看到怡霞有點錯愕，她們早已經認識，我不用介紹，只是跟林麗萍說怡霞今後會跟我們一塊兒溫習功課。我解釋課文時覺得林麗萍有點心不在焉，知道這是因為怡霞在旁，她分心了。我希望久了她會習慣下來，她那麼在乎功課，應該會慢慢又專心起來。

　　過了兩個星期，有一晚我們等了一晚都不見林麗萍來。我猜想她一定是病了，就要怡霞到她的宿舍看看。怡霞說林麗萍的室友說林麗萍在廁所割手腕，被送到醫院了。我們聽了很是納罕，好好的她為甚麼竟尋短見。也許是功課壓力太大，也許是家裏的問題，我們想像種種的原因。第二天我和怡霞到病房看她，她看到我們來就垂淚，我說：有甚麼問題說出來我們一定幫你。生命可貴，不要自暴自棄。她不語，只是掉淚。突然我若有所悟，就叫怡霞先回去，我留下來跟林麗萍說些話。怡霞會意，靜靜地走開。林麗萍看她走了，就幽怨地瞅著我，哭得更厲害了。我問她：是不是因為怡霞？她閉眼點頭。我就說：我一直把你當妹妹，我會一直關心你的。只是你要看開，你是個好女孩，你會遇到一個對你好的人的。我跟怡霞在一起，是不能改變的了。你千萬要看得開，學業要緊。等你完成了學業，生活會更好的。以後不要做傻事了，你要好好活下去。我又陪了她一陣才離開。

　　我跟怡霞談起這件事，她認為我應該中止為林麗萍補習，免得再生枝節。我不以為然，認為林麗萍那麼需要一份有固定收入的工作，學業對她最重要，我一定要幫她幫到底。林麗萍住了五天的醫院，出來又照常上課。我問她還要不要補習，她說如果我願意繼續幫她，她是非常需要我的。於是我們又恢復了晚間的溫習。經過這件事後，林麗萍似乎看開了，不再介意怡霞，每晚很用心做功課。

她和怡霞慢慢的變成了好朋友，我們出去逛街時有時她也跟上，一同玩。

　　一個學年有驚無險的過去，林麗萍竟科科及格，平安升級。我和怡霞畢業，怡霞留在醫院服務，我繼續深造，還是在同一間學院，所以仍能給林麗萍補習。我自己的功課難度大得多，每天花很多時間找資料，唸得我頭昏腦漲。但我堅持幫林麗萍，再艱難都要幫到她平平安安畢業。怡霞工餘也幫我為林麗萍補習，林麗萍更加用功了。我們都希望最後一年她也能過關。她常常需要跟同學合作討論課題。我們就幫她找資料，寫稿子，然後她才去跟同學討論。最後一年比較難，她必須靠自己的時候比靠我們的時候多，但我們還是儘量幫她。

　　最後一年唸完，林麗萍平安畢業，我們如願於償，三人都很高興。她也申請到留院服務，上了班一個月，領了第一個月薪水，她請我們到西餐廳吃飯，說是「謝師」。我感到很安慰，我終於功成身退，林麗萍如羽翼豐滿的小鳥，從今海闊天空，自己翱翔。她感激無限的說，如果沒有我們，她就不會順利完成學業，找到這份工作。她永遠感謝我們。我看她，回想到第一次看見她無助哭泣的情景，與及跟她埋頭補習的樣子，不禁感慨萬千。我頓悟到，真是要靠努力才能達到目標，也了悟到，天無絕人之路，而助人是快樂之本。我看到林麗萍成功，真是很快樂。

　　吃完飯，我們沿著夾道林蔭回宿舍的路走。是一個輕風徐來難得涼爽的夜晚，路燈下我們的影子忽而在前忽而在後，我心情輕鬆，說不出的舒暢。到林麗萍的宿舍，她緊緊地跟我握手，並要怡霞答應一輩子都要做她的好朋友。我們看著她的背影進入宿舍大門，兩人相視而笑。我牽了怡霞的手向怡霞的宿舍走去，我們的影子拉得好長好長。

煙塵

　　楊凡踏著暮色回家。田裏的稻早已熟透，夕陽映照下一片金黃。這個時期農家最忙，稻穀要搶收，怕萬一下起雨來毀了稻穀，半年的辛勞就要泡湯。楊凡停下來回頭望，遼闊的稻田，只有在靠東那一片是割過的，還不到四份之一，恐怕還要一整個星期才收得完。他看看天，萬里無雲，太陽在遠處的地平線上正射放餘暉，天邊金線斜射，到了中天收成一抹又一抹的紅霞，先是橘紅，慢慢淡成粉紅，然後染開來，會合天本來的淺藍。看樣子這一季會全部收成，應該不會有雨。他想著，有一絲欣慰，等收成到一個段落，又是農閒的日子，那時要好好坐下來思考。他許久都沒有思索的時間，早早便到田裏勞動，一整天都忙，到了晚上已經累透，只想躺下來睡個好覺，隔天好早起。

　　在田裏幫忙對楊凡並不陌生，從小學起他已經常常下田幫爸爸種稻割稻，只有在上大學那兩年沒有回家幫忙，然後是拘留所和監獄的那七年。他想到坐牢的歲月，感慨地搖搖頭。在牢裏最匱乏的是思想上的書籍，而楊凡最想讀的是哲學思想和政治思想方面的書。他能讀到的都是小說和勵志的書本，根本不能滿足他。但有書看也算不錯了，至少能打發時間。他也頗喜歡勞動的，每星期他們必須到外面修路或除草之類的，他覺得這樣的時候能呼吸一下自由的空氣，能夠伸展一下身體。他悲涼地想：七年真不短呀，但畢竟也熬過來了。可是已經犧牲了前途，落得一無所有。

　　大學那兩年楊凡一輩子都不會忘記，那是他大放異彩的兩年。是的，大學他只唸了兩年就被捕入獄了。他唸的是醫科，本來要唸

七年，卻半途出事，白白失掉學位。他默默地回想那兩年他在華文學會裏的活動。大一新學期他選了參加華文學會，在華文學會迎新會上他第一次聽到國際歌，被那種澎湃的氣勢所感動。他以為華文學會不外是詩詞作文之類的活動，沒想他們有也有思想指導，而他一開始就被深深吸引了。

他開始鑽研，華文學會裏許多書藉他都借來讀。他第一次接觸到民主思想，頓時如醍醐灌頂，腦中一片清明。人人生而平等，政府為民所設，人民有制裁權……他一面分析處身的社會，一面發覺他需要更多的民主。他讀到：「人們都能夠自由地表述自己的思想」，「自由是每個人天賦的權利，民主則確是尊重人性和自由的機制」他發現他要尋找一條更自由更民主的路，他要言論自由，讓他暢所欲言。他要抗議大學收生的固打制，他要抗議種族上的不平等待遇，他想改革，建設一個全然民主的社會。華文學會的會員每次聚會都會討論這個問題，不止楊凡一個，幾乎大半的會員都想改革。

楊凡從冥想中回過神來，再看看天色，紅霞已經消褪，夜幕不知何時已經聚攏。他加快腳步，家裏一定在等他吃晚飯。到了家，屋裏已經亮了燈，父親哥哥和媽媽侄兒都坐在飯桌上，嫂子正端上湯，見他回來說：快來吃飯。他說：你們先吃，我先洗個澡。父親問他：怎麼今天那麼遲？他回答說：遇到金發，聊了一會兒。一面說一面進浴室。他一瓢一瓢地沖洗身體，感覺冷水打在身上的快感，把一天的疲累都洗掉。他洗完出來，家人已經吃完飯，給他留了菜。他坐下來慢慢吃，家裏的菜很簡單，一碟煎甘望魚，一碟炒薤菜，一碗蒸蛋，一碗蓮藕湯，簡單但香甜，比監獄裏的菜好得多了。最可貴的是在家裏可以慢條斯理的吃飯，不用像在牢裏拼命扒飯，趕著吃。他品味著每一道菜，細細嚼，難得不用匆忙，晚上的時間空閒，他一點也不急。

吃過飯，楊凡看了一會兒電視新聞就回到房間。他和兩個侄兒合住一間房，侄兒睡雙層床，他打地鋪。房裏有一張桌子，侄兒們在這裏寫功課。他有時也在桌上做筆記，但大多數時間他都躺著看書，看累了就睡覺，一天的日子過得快。有時他會感到麻木，每天這樣過，甚麼理想都消磨光了。可是他有甚麼理想呢？他沒敢想自己的前途，磨過獄中的七年，出來恍如隔世，他迷糊了，不懂得要如何跨步。哥哥接他回家，跟他說父親老了，家裏需要幫手，他可以先回家幫忙，再作打算。他安頓下來，一幌就過了一年。家裏種兩造稻，一年到頭都忙，只有播過種和插過秧的間際有點閑日子。閑空的時候他反而慌。無聊得不知所措。他總鞭策自己思考，可是萬千頭緒，不知從何理起。

在獄中倒好，他堅持一個信念：等出獄後要有一番作為。他在獄中反而能夠思考，出來後不知怎麼的就紊亂了。他記得在做手工藝時做了一些竹筆筒，他曾題上這樣的句子：

雪壓竹枝底，雖低不著泥。

一朝紅日起，仍舊與天齊。

是的，他還沒有起步就被捕，他不甘願也不會就此放棄。他總想著實踐他的政治理想，想著一個美好公平的新社會。

他的書和筆記在被捕時全部抄走，現在他要再溫習無從溫習起，過了這麼多年，他的記憶都模糊了，實在需要這方面的書籍。可是他知道是不會找到這種書的，以前是華文學會從秘密的供應處獲得這些書，坊間都沒賣，而且都是禁書。他讀馬克思恩格思毛澤東思想，覺得沒有任何其他政權是更完美的了。他讀到「甚麼是共產主義」，有很多點都是他所認同的：

1、沒有私有制度和私有觀念。

2、所有人的利益是完全一致的。

3、在艱苦奮鬥，勤儉節約，各盡所能，無私奉獻的原則下，根據生產力發展水平和物質資料豐富的程度，實行按照個人生存發展和工作的實際需要進行合理分配。

4、由社會教育代替家庭教育。

5、由社會養老代替家庭養老。

他想，如果馬來西亞也實行共產主義，那麼每個民族都平等，沒有富人沒有貧人，多麼好！可是要怎樣才能實踐這個理想呢？這是一個大問題，需要一個偉大的政治家來帶頭。如果有那樣的一個人，他會毫不猶疑的回應。

天繼續放晴，楊凡把稻都收割完畢，哥哥送去米較，楊凡的工作便告一段落。下來要準備下半年的耕種，要翻土灌水播種。趁著兩天的空閒，他到城裏探望子傑。子傑跟他同時期上大學，他們大二那年楊凡當上了副主席，子傑當了秘書。他們基本上是兩個極端，楊凡和主席程勇生都是激進派，主張革命奪取政權。而子傑則主張和平改革，避免流血。他認為革命殺傷力太強，會波及無辜人民。他們同時被捕坐牢，子傑比楊凡早幾年出獄，楊凡出來時子傑跟他聯絡上，他們見了幾次面。

楊凡覺得子傑變了。子傑在城裏租了半爿店面，經營中藥。他的生意過得去，去年結了婚，日子安定。跟楊凡見面時他表示已經改變觀念，不再推崇共產主義。楊凡很失望，覺得子傑背叛了他們共同的理想，向資本主義投降。他來到子傑的中藥店，子傑正在稱藥，他在一旁的椅子坐下。另半爿是眼鏡行，有個顧客正在選鏡框，比了又比，照了又照，最後選了一個黑色細框，楊凡轉頭看子傑配藥，子傑悠閒的看一下藥單，回身開了一個小抽屜，取了藥草放在小稱上，稱好了就把藥倒在鋪在櫃檯上的褐色紙張上。一樣樣的稱妥，他把藥包好，放在塑膠袋裏遞給顧客，然後收錢。這就是

子傑的生活了，楊凡想。他的志向被這些藥品消磨光了。自己何嘗不是一樣！每天耕田，要耕到何時？

子傑應付完顧客，微笑著招呼楊凡說：怎麼今天有空呀？好久沒見了，你這陣子可好？

楊凡回答：剛收割完，偷個閑出來看看你。生意好吧？

子傑說：過得去。稍微遲疑一下說：你打算一直種田還是有別的打算？

楊凡說：不知道。我想不出還能做甚麼。

子傑勸他說：如果有田種，不如就以此為生。做甚麼都好，要緊的是能過生活。

楊凡問：你呢？是不是這樣下去到死？

子傑說：我希望能夠這樣安定的過下去。我對目前的生活很滿意。我們想生兩個小孩，不要風風浪浪的。

楊凡不再說甚麼。每次跟子傑見面都是這樣。子傑總是勸他安定下來，不要再搞主義。子傑總說這是八十年代了，共產主義已經不管用了。當年他們追尋的民主和自由多多少少現在算有了一些了，慢慢來，相信日子會越來越好，重要的是國泰民安，目前的政府是沒得嫌的了。楊凡不以為然，但不跟子傑辯論，事實上他也沒有甚麼課題好辯論的。他跟子傑聊了一會兒就告別，到對面的書局逛逛。

書局裏很多小說，思想性的書卻一本都找不到。楊凡買了一本宋詞，就到車站搭車回家。晚上他翻開這本宋詞，讀了幾首就不想讀了。他閉上雙眼，在腦筋裏挖掘，拼命回想以前讀過的毛澤東的詩詞。他只記得片段：

「雄關漫道真如鐵，而今邁步從頭越。從頭越，蒼山如海，殘陽如血。」

他想，現在他正是需要「邁步從頭越」，不能放棄，不能像子傑那樣妥協。他又想起另一首：

「今日長纓在手，何時縛住蒼龍？」

要到何日才能解放全馬來西亞，建立一個全然平等的社會？他感到很孤單，以前他們是一大夥的充滿理想衝勁的共產主義擁護者，現在只剩下他行單影隻，孤掌難鳴。

「鍾山風雨起蒼黃，百萬雄師過大江。虎踞龍盤今勝昔，天翻地覆慨而慷。」

這四句是多麼慷慨激昂，他嚮往那種革命的風起雲湧，嚮往自身捲入這樣的浪潮裏。他反復默念著這些詩詞，一時感到心胸緊箍，難過得透不過氣。沒有希望了，他孤身一人如何去革命？他不甘心，壯志未酬，怎能得過且過？可是要怎樣行動起來呢？以前他們有華文學會，有帶頭的領袖，現在他完全沒有依據，不知要從何做起。他想到程勇生，決定跟他聯絡。當年程勇生是主席，是一個領導人物，有程勇生帶動，也許他們能成事。

楊凡搭車到怡保找程勇生。勇生在小食中心賣雲吞麵，也已經成了家。他做的是夜間的生意，楊凡找到他家時他正在包餛飩。程勇生乍見楊凡，有點愕然，然後很高興的雙手攬著楊凡的肩膀一連串說：坐坐坐。

楊凡坐下，勇生問他：你現在有工作嗎？

楊凡說：幫忙家裏種田。

勇生很感慨的說：你還好，有田種。你看我，沒有甚麼可做的，落得賣麵。

　　楊凡唏噓，勇生當年是建築系三年級的高材生，淪落到這個地步。他問勇生還有沒有當年的理想，勇生歎了一口氣說：謀生都佔據了所有的時間，哪還有精力去想那麼多！現在是孩子第一，日子還過得去，也就算了。現在的社會和平繁榮，也不需要去改變甚麼，我看你還是算了。

　　楊凡苦笑說：當年你是我們的帶動人，我實在需要你，我們的理想社會也需要你。

　　勇生又歎氣說：我現在的理想是養家，培育孩子，甚麼理想社會都沒功夫去理它了。你要看開，現在不是共產的時代了。

　　楊凡說：我們不是講實踐嗎？現在還沒開始你們一個個都變了卦，多麼令人失望。

　　勇生拍拍他的肩說：我們的路行不通啊！你要共產就應該到中國去。實際上中國現在也在變，他們開放經濟，現在有個體戶了。

　　楊凡憤然反問：那現在你敢不敢公開你是共產主義擁戴者？你又敢不敢公開批判首相？

　　勇生囁嚅道：不敢，哪裡敢呢！

　　楊凡更進一步說：那你如何能說現在的社會好呢？沒有言論自由，沒有民主，那算甚麼不需要改變呢？

　　勇生說：不管你怎麼說，我已經被這些年的牢獄磨光了，我現在只要平平安安無風無浪的過日子。

　　楊凡知道說不下去了，便靜靜地離開。回到家他頹喪地蒙頭睡，心情壞到了極點。如今是真的剩他一個人了。他懊惱，氣忿，不平，可是要向誰發洩這團怨氣？他到田裏工作，狠狠地插秧，狠狠地踩地，晚上悶悶不樂，看不下書，腦子一片混亂，理不出一條線索來好好思考。他陷入完全不能思考的深淵，怎樣都走不出來。

　　插過秧又是閒空的時段，楊凡到城裏看子傑，一上巴士就一眼看到秀琴。他尷尬地跟她點點頭，找了一個後面的位子。他看秀琴

的背影，她剪了頭髮，燙得卷卷的。然後他不看她，轉頭看窗外。腦海裏浮起秀琴長髮披肩的模樣，那是大一的時候，他們倆走在一起，秀琴也是華文學會的會員，但她不是幹事，所以事發時她沒有被捕。他入獄後她來探監，只是哭。他跟她說不用等他，遇到更好的人不要拒絕，她拼命搖頭。然後她順利畢業，必須離開首都回家鄉執教。他們保持信件往來，過了一段時日，秀琴在信中說她有了男朋友，希望他能原諒她。他回信說這樣很好，她應該找個好歸宿。然後秀琴再來信他都不回，來了幾封信，她大概會意，以後再沒有來信了。過了這麼多年他都把她忘了，沒想會碰上她。

車窗外都是剛插了秧的田野。一塊塊的都汪著水，稻秧泛著淺淺的青色，遠處的山巒淡淡的藍著。偶爾經過一片橡膠林，光線頓時暗了下來，空氣也涼下來。楊凡不著邊際地回憶他們在一起的情形，好像那是昨天的事。一幌都過了那麼多年了。

車到站楊凡故意遲遲下車，想避開秀琴。可是當他下車時看到秀琴在等著，見他下來就叫他。他沒辦法只好上前跟她說話。

她關切地問：甚麼時候出來的？

他回答：出來一年了。

她又問：你現在好嗎？

他說：還好。

她問：有工作嗎？

他答說：沒有正式的工作，暫時在家幫忙。

然後她沒話說了，他也沒話說，兩人僵在那裏。然後她笑了笑說：再見。

他忙回答：再見。

他們往不同的方向走開，楊凡有一絲悲哀，漫無目的地向前走，忘了要去找子傑。街上人潮洶湧，他夾在人群裏，像一條死魚飄浮在魚群中。這樣走了好久，他發現又走回車站，就上了車回家去。

楊凡越來越低落，他睡得很多，沒事都蒙頭睡，白天因為農閒不必工作，他便昏沉沉的睡，晚上起來吃過飯又回去睡。媽媽很擔心，問他：是不是病了？

他說：沒病，只是累。

媽媽沒辦法只好讓他睡去。睡過一段日子，他突然清醒，起來走走。他每天出去散步，精神像是恢復了。他走在田間，現在稻禾都長高，密密的青綠，開了花，一穗穗的迎風擺動。他走上田埂，立刻被綠意包圍，他想，是不是從此把生命消磨在這一片莊稼上，不要再想革命的事？還沒開始，難道就放棄？他想著自己響往的那個公平新社會，是那麼遙遠。連程勇生都放棄了，他還有甚麼辦法？

他意會到他的使命已經煙消雲滅，沒有了作用，這個世界並不需要他。一個念頭忽然湧上心頭，他便回家去。他看哥哥爸爸修屋頂，又進到廚房裏看媽媽和嫂子做飯，依依不捨。

晚飯後他見天色黑下來，快下雨了。他跟媽媽說出去走走，帶上傘便出門。他向著田裏走，雨開始落下。他不開傘，只仰頭迎接雨水。雨下大了，不一會兒已經濕透全身。他丟開傘，展開雙臂，讓雨洗滌身心。這時他心裏一片清靈，他不再憂愁，因為他已經找到了寧靜。他走出了田地，走入一個小樹林。大雨中沒有一個人影，他是一個孤獨的遊魂。他找了一棵雨樹，挑了一枝高度適中的枝椏，拿出帶著的繩索，投上去，打了結，然後他把頭套上去。

雨下得更大，周圍一片迷濛，大地隱在一層紗幕裏。天更黑了，不久一切都沉浸在黑暗中，雨，只剩下沙沙的聲音，再也看不清了。

荒徑

　　翠綠的蘿菜在陽光下散發著一陣陣的青澀的香味，一整片的蘿菜園彷彿渥了一團水氣，既潮濕又清新，在下午兩點鐘陽光最烈毒的時刻，竟沒有半點乾熱的跡象。我知道，在茂盛的葉片下有著軟淤的黑泥沼，充足的水份使蘿菜欣欣向榮，每片菜葉都快樂的迎向太陽，充份地吸收陽光，製造養料。

　　蘿菜地周圍張著鐵絲籬笆，籬笆上爬滿了牽牛花，也一樣生得蓬蓬勃勃。淡紫的牽牛花，一朵一朵的綴在葉間，開放得熱鬧。花瓣很柔很柔，微風中輕快的翻動，像盦紫的海浪，一波一波的，忽深忽淺，緩緩地在青綠的世界裏流動著紫色的霧。

　　這就是我的天地。每天放學後我都來到這裏，在蘿菜園旁的雜草叢中，營造我的窩。蘿菜園旁，牽牛花籬笆外，有一片荒地，雜草長得比人還高，沒有大樹，只有幾處矮叢。我撥草鑽入，在紛雜的草叢中踏開一條小徑，越走越深，頃刻就隱身在這濃厚的綠帳中。進入草叢中我總帶著一根樹枝，像盲人一樣在身前一陣亂點，為的是打草驚蛇。這樣的大荒地，必然多蛇，我頂怕被蛇咬，每回都先驚動它們，讓它們及早避開我。

　　我的窩設在草叢的最深處，一叢不知名的灌木下。我把周圍的草踏平，成了綠色的床鋪，躺在上面涼涼的，像睡在冷氣房裏。我就這樣靠著灌木的枝杆，伸長著腿，不著邊際的遐想。四周很靜，坐久了漸漸感覺到原來一點也不靜：唧唧的蟲聲像音樂大合奏，此起彼伏，還有青蛙的鳴聲，還有一聲悠遠過一聲的鳥鳴，間中偶爾

還會有蛇的突突聲。風吹來，草長草短紛紛沙沙作響，灌木的碎葉溜噠地帶著溪水流過的聲音。

除了聲音，還有氣味。那是綠的氣息，也是大地的氣息，熨得鼻孔舒舒暢暢，慢慢沁入心肺，撫涼了身心，在這樣的大熱天裏竟不會出汗。「自清涼無汗」，我斜靠在我的窩裏，常常想起這樣的句子。

常常，我躺下來，從葉隙中觀看藍天浮雲。往往這樣就睡著。一覺醒來日影已經西斜，草和葉都染上一層金黃，我就悵然走出去，離開我平靜無憂的世界，回到愁雲密佈的現實中。

我回到家，媽媽還沒有回來，時候不早，我快手快腳洗米煮飯。水槽裏浸著幾棵菜心，菜葉又大又多汁，炒起來肯定香脆。我洗好菜，切成段，又剁好大蒜放在菜旁。有一鍋熬好的五香豬肉，我點燃了瓦斯燒熱它。然後我的工作就告一段落，只等媽媽回來炒菜。

六點，媽媽下班回來了。我看她從路口轉進巷子，步伐很疲憊，兩隻腳像在地上拖著走。她低著頭垂著肩，無精打采。媽媽是太累了，我總叫她晚上早點睡，多休息。可是她的累不是睡眠能減輕的，她是從心底累到軀體外，一種心的疲累。她在米較裏當會計，似乎工作很繁瑣。她從來沒有說起工作的情況，只是每天準時去上班。我也沒有多問，只是儘量幫她做家務，好讓她喘一口氣。

媽媽一回來就到廚房炒菜。菜炒好豬肉也燒熱了，我們就吃晚飯。兩個弟妹不喜歡吃菜，專挑瘦肉吃。媽媽連罵他們的精力都沒有，只木然的看著他們。我們每天的晚餐就只是兩樣菜，我想起以前，爸爸還在家的時候。那時候媽媽不用出去上班，我們的午餐晚餐都有三四樣菜，還有湯。好久沒有喝到湯了，我感到真的很想很想喝喝湯。

　　吃過晚飯，媽媽又回到廚房準備明天的午餐。她總是炒麵，炒飯或炒米粉。我們放學回來在微波爐裏把它們熱了吃，很方便簡易。不過千篇一律的飯吃久了會生厭，我有時候難以下嚥，卻不能跟媽媽說。弟弟妹妹總不肯吃，要出去買別的食物。媽媽有時候突然很慷慨，給他們好多零用錢，她說不吃白不吃，吃光了錢叫爸爸給錢。我知道她是在說氣話，如果爸爸肯給錢媽媽就不用出去工作了。

　　爸爸離開我們很久了，有兩年了吧！沒有爸爸的生活我已經習慣，我不懷恨，但我一直沒有原諒爸爸。他沒有走的時候曾是一個好爸爸，他很疼愛我們，跟其他人的爸爸一樣帶妻子孩子出去吃宵夜，到外地旅行等等。我曾經因為有這樣的好爸爸而感到無比的驕傲，在同學朋友面前炫耀我的爸爸這樣我的爸爸那樣。而一夜之間我變成沒有爸爸，我突然的就不再提起他，好像看電影突然中斷，再接下去的時候有一個主角已經消逝無蹤，而電影還能兀自演下去，好像甚麼都沒有發生，好像失去一個主角並沒有多大損失一樣。

　　媽媽在廚房忙完，洗了澡，面色沉重的叫我到房間裏說話。她說星期五爸爸要來帶我出去，有事要跟我商量。良久她問我，如果叫我跟爸爸住我願意嗎？我說跟媽媽住很好嘛，為甚麼要跟爸爸住呢？媽媽沉默了，陷入深思裏。我端詳她，她還不老，才三十八歲，可是臉色黯淡，疲累寫在臉上，很有精神不支的跡象。她的一雙眼還是跟以前一樣大，卻失去了往日的光彩，空洞茫然的盯著虛空。我發現她現在有了眼袋，暈著一圈黑影。我納罕媽媽怎麼變得不美麗了？她一向是清清爽爽活靈活現的一個美婦人，我常常聽別人稱讚她和爸爸是郎才女貌，一旦爸爸離開她，她整個人變了：變得木然，茫然，惘然。爸爸的離去，殺傷力竟是那麼大。媽媽很不快樂，但她從來沒有跟誰訴過苦，爸爸沒有依諾言給她贍養費，她也不跟他鬧，她只是默默地不快樂。我看著她深思，好久，她像從夢中驚醒，對我抱歉的笑笑。我不明白她的意思，但我沒問她甚

麼。我想著星期五跟爸爸的會面，心裏有一種說不出的感覺。兩年沒見過爸爸了，我有時會想起他的好處，我一直都那麼愛爸爸。可是我又怨恨他拋妻棄子，一走了之。他從來都沒有回來看過我們。在我漸漸淡忘他的當兒，他竟突然要回來看我，我感到很突兀，一時間腦筋轉不過來，不知道要怎樣面對他。

星期五，下起淅淅瀝瀝的雨。我伏在窗臺一面看雨一面等爸爸。雨從屋瓦流下來，一條條的像粉絲，又像流蘇。我想起西遊記裏的水簾洞，我坐在窗裏向外看，就像孫悟空坐在洞裏向外看，透過潺潺水簾看外面的世界，有點模糊，有點虛無。我看到的是媽媽掛在院子裏的蘭花。它們在雨中好像有些興奮，一盆盆都仰頭迎接甘霖。媽媽已經好久沒有照顧她的蘭花了，我看它們漸漸乾癟下來，有時就幫媽媽澆水，怕它們乾死。以前它們一年四季都開花，這盆開完輪到那一盆開花，從沒間斷。可是現在我都沒看到它們開花了，不知從何時起媽媽變得疏懶，也不澆花也不施肥，放蘭花們自生自滅，也不再逗留在院子裏欣賞她的花。

我有點緊張，有點怕見到爸爸，因為我不知道應該用甚麼態度跟他說話。我很想問他為甚麼放棄我們。又想罵他無情無義。但另一方面我又想念他，很想跟他又跟以前一樣親近。爸爸對媽媽變心，不再喜歡媽媽，那麼他對子女是不是也同時變心，不再喜歡我們？那又是甚麼原因致使爸爸變心呢？我不曾看到爸爸媽媽吵架，爸爸的離去事先沒有任何跡象，他是很突然的不再回家，我見他沒有回家幾天，問媽媽時媽媽只是輕描淡寫地說爸爸永遠都不會回家了。他連再見都沒有跟我們說。甚麼都沒有交代的就那麼消失。現在他要見我，而不是我們三個孩子。他為甚麼單單要見我呢？而媽媽又為甚麼問我要不要跟爸爸住呢？

一輛簇新的福豪車開進巷子，爸爸下車來。我看他似乎年輕了許多，穿得很光鮮，不像以前一樣恤衫短褲隨隨便便。媽媽見爸

爸來了，就進房間把門關上。我知道她不想見爸爸，就在門外跟她說我走了。我便跟爸爸上車。我沒問他要去哪裡，他也沒跟我說要載我去哪兒。車子上了高速公路爸爸才開始跟我說話。他說要帶我去看他的家。然後他問我近況。我客氣地回答他，感覺到跟他很疏遠，以前的爸爸彷彿永遠不會回來了，現在的爸爸只是一個陌生人。

爸爸的家在檳城。在一個名叫優盛園的住宅區裏。那是一幢半獨立式雙層樓房，院子裏種了許多花草，從外面看進去相當優雅。我們進門，一股涼風習習，屋裏開著冷氣，非常舒適。一位小姐從沙發上起身迎接我們。爸爸要我叫她米雪阿姨，她一連串嚷著把她叫老了，要我只叫她米雪，省掉阿姨。爸爸親昵地點了點她的鼻尖，笑她不認老。她皺皺鼻子一陣嬌笑。我想，爸爸跟媽媽從沒有這樣當眾親熱過，她是甚麼人，為甚麼爸爸在她面前不再像我的爸爸，而像一個情人？

爸爸帶我一間一間房看，我看到那麼寬敞的住宅，想必很貴。屋裏的傢俱也顯得昂貴，我很懷疑爸爸哪兒來那麼多錢住這麼貴的家。爸爸說米雪是空中小姐，工作的時間不規例，有時必須白天睡覺。我想跟我說這些幹甚麼，米雪的事跟我無關。原來米雪就是爸爸拋棄我們的原因，她年輕漂亮，跟她在一起，爸爸變年輕了，也許他也找到快樂。可是跟我們在一起生活就不快樂嗎？我不記得爸爸不快樂過。也許我從來沒有注意到這些，也許爸爸掩飾得太好，連媽媽也騙過去。我看爸爸，容光煥發，正好跟媽媽相反，他的快樂建立在媽媽的愁苦上，這太不公平。

爸爸跟我說，媽媽要我跟他住，但米雪不喜歡小孩，他希望我還是跟媽媽住。我說我從沒想要跟他住過。他又說媽媽說養不起我，我漸漸大了，開銷也多了。我說爸爸給媽媽錢不就解決了嗎。他說看看這間房子和車子，每個月要還期已經逼得他透不過氣，實在沒有餘錢給媽媽。我一時很氣憤，我說那他太不負責任，我們再

怎樣都是他的孩子，他不要媽媽總不能連我們都不要。他一副無辜的樣子，口口聲聲說沒辦法沒辦法。我賭氣不跟他說話，他們帶我出去吃飯我也不肯吃，他沒法子只好送我回家。

回到家見到媽媽我就崩潰的流下淚，求媽媽不要攆我走。媽媽也掉淚，她說沒辦法，我最大，只能把我送走。我說但是爸爸並不要我，我無論怎樣都不肯跟爸爸住，他有另外的女人，我不能接受。我說我不要唸書，我出去做工幫補家裏。媽媽說甚麼都不答應。我窩在床上流淚，想著媽媽的困難，又想著爸爸的無情，我那麼愛爸爸，想不通為甚麼他會不喜歡跟我們生活。

我又到我的天地躺下來。又是一個炎熱的午後，我的青草床涼著我的背脊，我閉上眼，甚麼都不想。可是躺一下又開始想我的處境。爸爸希望我不跟他住，媽媽不想養我，我要何去何從？我分析來分析去，總覺得這其實不是一個大問題，關鍵在錢上面。如果爸爸給媽媽錢，那麼媽媽就養得起我了。可是爸爸就是不肯給錢，媽媽沒錢，我就成了問題。我感到委屈，我是一個沒人要的人，爸爸媽媽都想把我推給對方，我已經儘量節省了，甚麼錢都不敢花，為甚麼媽媽還是說養不起我？也許我應該養自己，我已經十五歲，我能做工賺錢，我不用任何人養。媽媽要我跟爸爸住這件事因為我不答應暫時擱下來。爸爸沒有再出現，媽媽也沒再說甚麼。可是我心裏頭有了一個結，放在心裏很悒悶，吐又吐不出來，我感到很難呼吸，好像不夠空氣，所以我時不時需要喘大氣。只有躺在我的綠窩裏我比較舒緩，能夠靜下心來。我又想，只要再等兩年，等我念完國中，我就能夠工作賺錢幫媽媽。

我曾經想過將來要上大學讀博士，每一次寫作文我的願望時我都寫我要做個文學家。文學家是甚麼我很模糊，只知道那是個有高深學問的人。現在我不能繼續讀書了，文學家這個願望只好取消，我變成一個沒有願望的人。我剩下的願望是媽媽不要這樣苦，弟妹

將來有成就。我,我就做工,甚麼工我不在乎,只要有錢賺,不用依賴媽媽。也許我去學一門手藝,做裁縫或美髮師,不然去賣麵送報甚麼的,總有我能做的工作。我喜歡讀詩讀小說,不一定要上大學才能讀,只要我工作了有錢了就有能力買書來讀,我白天工作晚上讀書,不一定要做文學家。這樣想我心裏好過得多,總算有一個目標,有一個依據,不再那麼徬徨。

雨季過去,每天都放晴,太陽特別強烈,曬得人頭發脹,太陽穴抽痛,恨不得整個人浸在冰水裏。天藍得發顫,看上去像深谷,看久了彷彿天搖盪起來,深谷變成了海洋,一波一波地幌動,看得目眩,頭就更脹了。我熱得垂頭喪氣,媽媽卻容光煥發起來。我一直沒注意到,不知何時起,媽媽變得積極有生氣,行動輕盈,眉頭舒展,不再皺眉。她又跟以前一樣的開朗,好像已經跳脫出失去爸爸的傷痛。接著我發現媽媽下班有人送,一部紅車開到巷口,媽媽輕快的下車,輕快的走回家。媽媽照常做飯,我們照常吃晚飯,媽媽甚麼都沒提,我也不問,只是心裏想著,送她回家的是甚麼人?也許只是同事,順路送媽媽回家,也許我過於大驚小怪,過度敏感。

而我並非過度敏感,媽媽開始請這位「同事」回家吃飯。媽媽叫我們叫他大衛叔叔。大衛叔叔跟爸爸是完全兩種不同的類型,爸爸健壯而不肥胖,大衛叔叔卻是虎背熊腰,屬於重量級的形態。爸爸配媽媽,像才子佳人,大衛叔叔配媽媽,像大樹壓小草。大衛叔叔很沉靜,跟我們很少話說,我不知道他是不是生疏拘束還是性格如此。反正我也不想跟他打交道,他是怎樣的一個人我不管。只是我總拿他來跟爸爸比,而爸爸總是比他出色。我不動聲色的窺視大衛叔叔和媽媽的動靜,打從心底的不高興。我不高興媽媽有男朋友,不高興家裏出現一個闖入者。他們坐在客廳裏談天,我在房裏豎起耳朵聽。媽媽時不時一串嬌笑,讓我又想起爸爸和米雪的親熱舉動。我不喜歡爸爸跟米雪好,更不喜歡媽媽跟大衛叔叔好。可是

我甚麼都不能做，我不能使爸爸再回來，也不能阻止媽媽跟大衛叔叔好，我只能兀自苦惱。

學校放假，我呆在家沒事做，就整天躲在我的窩裏。我帶了唐詩三百首，斜靠著一頁頁隨便翻。翻到「琵琶行」，就開始重背。上華文課時老師叫我們背過兩段，從「潯陽江頭夜送客」一直背到「猶抱琵琶半遮面」然後又從「大弦嘈嘈如急雨」背到「此時無聲勝有聲」。我閑著沒事，加上很喜歡這首詩，就整首拿來背。很奇怪，一首詩讀時喜歡，一旦把它背熟，就會感覺到很貼心，好像很瞭解它，它也瞭解你。我閉上眼睛背，腦海裏現出一幕幕的畫面：深秋的渡頭，一個女子抱著琵琶，白居易住的地方，白居易的青衫濕。背詩的好處就是這樣，能夠看到詩的意境，不只是感到，而是看到。我喜歡背詩，老師叫背的我背得滾瓜爛熟，沒叫背的我也自己背，這是我自己的遊戲，樂此不疲。背熟了「琵琶行」，心裏頭很舒暢，我躺下來，大大聲的朗誦，我的聲音繞過青草，繞過牽牛花，又在灌木叢中迴旋蜿轉，好像周圍的草木都在回應我。

晚上媽媽跟我們說要搬家。要搬去跟大衛叔叔住。我第一個反對，我說我不要跟大衛叔叔住。媽媽說跟大衛叔叔住我們省回房租錢，大衛叔叔會照顧我們。我希望弟弟妹妹也反對，可是他們甚麼都不說，還問媽媽大衛叔叔的房子大不大，他們要一人一間房。媽媽的主意已定，我再反對都沒用。我沉默了，好幾天我都不肯跟媽媽說話，我不能改變大勢，只能消極地抗議。我想，如果跟大衛叔叔生活，那他就會變成我們的新爸爸，我不能接受他，我的心只能容納一個爸爸，儘管我的爸爸不要我。

媽媽開始收拾家裏的東西，大衛叔叔開車來載。媽媽叫我們收拾我們的東西，我都不動手。慢慢的，媽媽一天一點的搬，家裏的東西越來越少，我還是不動手收拾我的東西。到最後一個星期我跟媽媽說我要去跟爸爸住，我很堅決，不讓我跟爸爸住的話我就賴死

在這裏，說甚麼都不搬去跟大衛叔叔住。我其實知道，跟爸爸住也不是辦法，他有一個米雪。但米雪看起來才大我沒幾歲，她決不會成為我的新媽媽。我是到了走投無路的地步，只好出這個下下策。媽媽拿我沒辦法，只好把爸爸找來。爸爸帶我到教育局辦轉校手續，就在媽媽和弟弟妹妹搬家的那一天，爸爸來接我。前一天我到我的綠窩流連了一個下午，這次離開，恐怕不會再回來，別了蕹菜園，別了牽牛花，別了我的天地。從此我要在一個完全陌生的地方過新生活，是吉是凶我顧不了那麼多，走一步算一步。

我來到爸爸的家安頓下來。爸爸交代我千萬不可得罪米雪，我就整天留在房間裏。幸好他們給我一間自己的房間，我至少有一個自己的空間。米雪不像媽媽那麼會做菜，她連煮快熟面都成問題，有時爸爸不在家，她就吃麵包，連出去買食物都懶。我能感覺到米雪不喜歡我，她在家時我都儘量留在房裏避開她。她不在家的時候我就出來煮快熟面吃，看看電視，看看園裏的花。爸爸給我零用錢，叫我自己出去買食物，我就買了一大堆快熟面，其餘的錢都存起來。因為學校還在放假，我人地生疏，實在沒有甚麼地方好去，就留在家看書。

看書有很多好處：打發時間，看一本書，一天很快就過去。然後看書能讓人忘記不快樂的事，暫時把煩惱放一邊。如果看到快樂的書，心情會跟著好起來。看書又很省錢，買一本書能夠看很多次，不像看電影，看一場就完了。我手邊帶的書不多，以前都到學校圖書館借，現在要進新學校，就不知道有沒有圖書館。爸爸說中華大會堂就有圖書館，他載我去借書，然後我嘗試搭巴士去。去了幾次，熟了就常常去。米雪在家時我就去圖書館，這樣我自由得多，不用整天呆在房裏。

在圖書館看書看累了，我就到關仔角去看海。我沿著堤岸漫步，想念我的綠窩，想念媽媽弟弟妹妹。我發現海是看不盡的：近

看是淺棕綠的，不是太清澈的推著上岸的水，水盡處是白色泡沫的浪頭。遠看是深綠的一紋一紋的幌蕩的水波，看久了連眼光都隨著蕩漾。更遠一點有時能看見郵輪慢慢的前進，沒看郵輪的時候就看到對岸的北海，淺灰的背著天。天有時是蔚藍的，有時是多雲的，有時是暗灰的，每天都不一樣。現在關仔角代替了我的窩，我每天都去坐在堤上看海。午後的堤岸很少人，常常就只有我一個，坐到四點多，人就漸漸多了，人一多我就離開，回去爸爸和米雪的家。

開學了，我到新學校上課，慢慢的認識新同學。上了學在家的時間就少得多，跟米雪就不常碰在一起。可是她時時和爸爸鬧情緒，我知道那是因為我。她的脾氣很大，又相當孩子氣，總無緣無故跟爸爸吵鬧。一次她竟誣指我偷看她換衣服。我力辯我沒有，是她自己換衣沒關門，我經過看到的。爸爸很疼她，總聽她的，我再分辯都沒用。我很委屈，又投訴無門，只能關起房門獨自流淚。米雪鬧的次數多了，我越來越感到一種壓迫感，我感到她是要我走，容納不下我。我要怎麼辦呢？

那種窒息感又回來了。缺氧，必須喘大口氣，胸口緊縮，恨不得用刀子捅開一個洞讓空氣進來。我上課不能專心，月考考得很差，很沒有信心。我越來越少回家，學校有圖書館，我放學後留在圖書館做功課，到下午圖書館關了我就到關仔角看海，一直到傍晚才不得不回家。有時我想，這樣的日子要過多久呢？我是熬不下去了。我很軟弱，常常流淚，每一次掉淚後就很懊惱，恨自己的脆弱。男子漢竟那麼會流淚，我還有甚麼用！

我決定放棄求學，還剩一年，我卻等不下去，再耗下去我想我會精神崩潰。我開始存錢，爸爸給的零用錢我統統存起來。媽媽的家我是不會去的，爸爸的家我再住不下去，我只有一條路：自立。

早上，米雪在工作還沒回來，爸爸已經去上班，我在去上學的途中折回來。預先已經收拾好的衣物書本我帶著，把寫好的給爸爸

的信我放進信箱，然後上路。我坐渡輪到北海，搭上南下的巴士。
此去也許能找到一份工作，也許流落街頭，我顧不了那麼多了，走
一步算一步。巴士穿過北海街道，轉上高速公路，繞過一個大交通
圈，我看到路標寫著「怡保」，巴士走上了那個方向。我茫茫然的
看窗外的景物，甚麼都不想，心情反常的平靜，有了斷一切的釋
然，「小舟從此逝，江海寄遺生」，彷彿坐上的巴士將不會到站，
前面的路永遠走不盡，我的人生路也不知要走到何年何月何處，我
暫時不去想，不再想，只隨著車子前進前進。

榴槤王

又到榴槤飄香的季節了。我家旁邊的曬可可場上開始堆起了榴槤。倫昌伯用摩托車把一籮籮的榴槤從榴槤園裏載出來，每天早上就會有小貨車來到我家，把榴槤載到城裏去。爸爸這時很忙，除了平時管的可可事務，現在又要管榴槤事務，沒有一刻空閒。倫昌伯送完榴槤，爸爸總會叫他進屋來喝杯冷飲。倫昌伯照例喝媽媽每天給他準備的冰咖啡烏。喝完咖啡倫昌伯不多說話，就騎上摩托車回榴槤園去。

倫昌伯替爸爸守榴槤已經十多年，平常他在城裏一家工廠打雜，一到榴槤季節他便回到榴槤園來。他出現在我家時爸爸總是說：回來了？倫昌伯回答：嗯，回來了。彷彿榴槤園是他的家。彷彿他是遠遊回歸，而不是來工作的。媽媽煮了一桌菜，好像是接風，也好像是送行，因為倫昌伯一進榴槤園就會駐守三個月，獨自在園裏生活。媽媽請他吃一頓，以後他就要自己煮生力麵渡日了。

爸爸要我們尊稱倫昌伯，因為爸爸跟他是同鄉同宗同輩，他的年紀比爸爸大，所以我們叫他伯伯。我不知道倫昌伯年紀有多大，他看起來很老，比爸爸老多了。他的臉滿佈皺紋，曬得很黑。因為皺摺多而深，他不大的眼睛就陷在皺摺裏，幾乎看不到了。我常常納罕，倫昌伯的眼睛埋在皺紋裏，不知會不會影響他的視力？不知他看不看得見？但我的擔心是多餘的，倫昌伯不但看得見，還很醒目，有人要偷榴槤，總逃不過他的法眼。

爸爸常常說起他從中國南來的故事，如何坐船，如何工作，然後如何創業。他也常常說起他和倫昌伯的淵源。倫昌伯比爸爸早來

南洋，一直在樹膠園工作。辛苦賺來的錢他按月寄回中國。在膠園做得老了，換到工廠做比較輕鬆的事。倫昌伯喜歡榴槤，曾開檔賣榴槤，後來爸爸需要人看園，就請倫昌伯來。以後每年兩季倫昌伯自然地來看園，一做就做了十多年。

學校放假，我得到爸爸的許可，興高采烈地跟倫昌伯進園。說是榴槤園，其實該是榴槤山。我坐在倫昌伯後面，一路上坡，走的是不平的山徑，我被甩得忽左忽右，忽上忽下，顛簸不停。榴槤園藏在深山裏，我們騎了好久的車才到。只見一棵棵高上雲天的榴槤樹上果實累累，我有點怕榴槤會掉下來把頭砸破，閃閃縮縮地跟著倫昌伯走到他的寮子。

那是一間用亞答蓋成的浮腳小寮，屋頂用的是鋅板，因為要耐榴槤下落，其他如牆壁窗子，都是亞答鋪成的。寮內沒有床，只有蚊帳鋪蓋攤在地板上。在一個角落有簡單的炊煮用具。除此之外，沒有甚麼東西了，就連桌椅也沒有。我想，吃飯大概是坐在地板上吃吧。

倫昌伯帶我走一圈，榴槤園很大，沒有路，因為榴槤樹遮蔭，地上的野草雜叢長不高，但地面崎嶇不平，很難走。倫昌伯健步如飛在前面帶路，我上氣不接下氣地盡力跟。走了一陣，我回頭看寮子，卻找不到它，我失去了方向感，不知身在何處了。只見一棵棵的榴槤樹，忽而在前，忽而在後，看上去每一棵都一樣，簡直就分不清哪一棵是哪一棵。

倫昌伯在一棵榴槤樹下停下來說：你看這一棵，榴槤王。

我不明白，仰著頭不解的看他。

他解釋說：這棵生的榴槤最好，果大肉厚，味香順口，連老虎都喜歡它。

我問：老虎也會吃榴槤的嗎？

倫昌伯說：當然會，還專門吃上等的榴槤呢！

我興奮地請求：倫昌伯，晚上帶我看老虎吃榴槤好嗎？

倫昌伯搖搖頭說：危險，被老虎發現你會把你吃掉。

我走得累極了，倫昌伯就帶路回寮。我緊緊地跟著他，生怕被遺留在園裏迷失。

傍晚，肚子餓了，倫昌伯拿出兩粒榴槤開來吃。我一直以為倫昌伯吃生力麵渡日，卻原來他是就地取材，吃榴槤餐。他開的是榴槤王，果然名符其實，我大快朵頤，吃得一頓飽。

天漸漸黑下來，倫昌伯不點燈，帶我鑽進蚊帳裏睡覺。我不習慣那麼早睡，翻來覆去難入眠。而倫昌伯很快就睡著，發出輕輕的鼾聲。山裏的黑夜真的特別黑，伸手不見五指。暗夜裏傳來各種聲響。有唧唧的蟲鳴，有貓頭鷹的長嘯，還有不知來歷的怪聲，聽得我毛骨悚然，害怕得三番幾次想叫醒倫昌伯。不知折騰了多久我才疲倦得入睡。

當我突然睜開眼醒來，天已經濛濛亮，倫昌伯不知去向。他可能出去巡園了，但我不敢出去找他，怕榴槤掉在頭上，也怕迷路，在這個園裏，只有倫昌伯是我的明燈，沒有他我寸步難行。只好繼續躺著，耐心等倫昌伯回來。等著等著，我開始疑神疑鬼，萬一有老虎出現，我們的草寮絕對抵擋不了襲擊，只不知道老虎會不會在白天出來。也許有毒蛇甚麼的，想到這點我趕忙爬起來，仔細審視寮子的每一個角落，看有沒有空隙，怕蛇類會爬進來。

突然我聽到沙沙的甚麼東西在地上拖的聲音，嚇得腳軟，這時門打開，原來是倫昌伯拖著一籮的榴槤回來了。只見他戴著鋼盔，身穿背心短褲，不高卻很壯碩，額頭沁汗，顯然已經開始一天的工作了。

我問他：倫昌伯我跟你去拾榴槤可以嗎？

倫昌伯說：不怕累就跟我來。

他讓我也戴上鋼盔，我們就一粒一粒的拾，拾滿一籮就拖回寮子。當我拾得不亦樂乎時，倫昌伯拾起一粒只剩一半的榴槤給我看。

他說：看，這便是老虎的傑作。

我好奇地問：倫昌伯您看過老虎吃榴槤嗎？

他說：看過。它用前爪砸開榴槤，不怕刺的哩。

我又問：老虎不咬您嗎？

他淡淡地說：它認得我，我們是老相識了。我讓它吃榴槤，它不會咬我的。

我很羨慕他，能跟老虎做朋友。

我們拾完了榴槤，把籮筐都集在寮子外。我幫倫昌伯把滿籮的榴槤搬上摩托車，綁牢後，倫昌伯便一籮一籮的把榴槤載出去給爸爸。我在園裏等他，等得無聊，便想到老虎。想到榴槤王下找尋老虎遺留下來的蹤跡。腳印還是甚麼的。只是，榴槤王在哪裡我可不確定，自己去找，萬一迷路了怎麼辦？我在胡思亂想中倫昌伯回來了，帶了兩包咖哩飯，說是媽媽買給我們吃的。倫昌伯讓我先吃，他還要載榴槤。我吃完了飯，又開始想老虎。我便壯著膽子去找榴槤王，憑著早上的印象，慢慢的尋進去。

我走了一段路，認定了哪一棵是榴槤王，便低頭觀察地上的草叢。可是我們一早拾榴槤，已經把草踐踏得零亂倒蹋，就算有老虎來過，也分不清哪些是老虎印了。我沒趣地在榴槤王下徘徊一陣，上午的空氣裏醞著一縷一縷的榴槤香，陽光從葉隙篩下來，零零碎碎的，在樹高葉密的榴槤園裏發不了威。我發覺在這裏我一點也不熱，風吹過，還感一片涼意呢。

囝仔，囝仔，你在哪裡？

我聽到倫昌伯喚我，便轉回寮子。可是轉了又轉，竟轉昏了頭，找不到來時路了。我大喊：倫昌伯，我找不到路了？

　　倫昌伯聽到了，叫我莫動，他來找我。他就一路叫：囡仔，我一聲：倫昌伯，慢慢的他的聲音越來越近，我聽到沙沙的撥草聲，倫昌伯鑽了出來，我歡喜得撲到他身上。他說：以後不要一個人亂跑，這山裏有山瘟，會迷人，把人引到懸崖，讓人跌死。

　　我吐了吐舌頭，表示以後不敢亂跑了。

　　倫昌伯把最後一籮榴槤載完，已經過了中午。他吃過媽媽買的咖哩飯，就問我：熱不熱？要不要沖涼？

　　我看看周圍，可沒有浴室設備，不知要在哪裡沖涼。

　　倫昌伯說：走吧，沖涼去。

　　他帶頭，我拿了浴巾跟著他。我們在榴槤園裏東轉西拐的，漸漸聽到流水聲。到了一塊沒長樹平臺般的大岩石上，我放眼一看，原來前面竟是一面大瀑布。白花花的水從前面的山嶺瀯落下，注入一口深潭。瀑布是白色的，下到潭中變成深綠，落潭處升起濛濛籠籠的一層煙霧。一股寒氣從水上漫延開來，我不禁打了一個冷顫。

　　倫昌伯脫了個精光，一躍就投入水裏。他在水中抹擦身子，一會兒潛入水裏，一會兒浮上水面。他在水中「沖涼」，身手靈活，一點也不老。他的皺臉似乎也變得不怎麼老了。我看倫昌伯看呆了，直到他叫我下水我才醒過來，連忙也脫了衣服跳入水中。水很涼，我游了一陣就爬到岩石曬太陽。倫昌伯起來，拿了衣服到淺水處搓洗，擰乾後把衣服平攤在岩石上曬。他就躺下來，也讓太陽曬乾自己。我穿好衣服，也躺在倫昌伯的身旁。

　　我說：倫昌伯，說說您從中國來這裏的故事。

　　他說：我來到就在膠園做工，沒有甚麼故事好說的。你要聽故事，我說一個別人的故事給你聽好了。

　　我說：好，好。甚麼故事都可以。

　　他便開始說：有個唐山伯，攢了一筆錢，經人做媒，討了一個番婆過活。日子過的很好，兩人的感情不錯，兩年後生了個男孩，

唐山伯疼得甚麼似的。一天一個侄兒從唐山來投靠他，就讓他住在家裏。誰知這侄兒跟番婆姘上了，卷了唐山伯的所有錢財，丟下兒子私奔了。唐山伯一個人照顧不了孩子，只好把他送人，留下自己一個人過活。一幌也有十多年了。

說完故事倫昌伯靜下來，呆望著天空，若有所思，神態落寞。我聽爸爸說過，倫昌伯曾有過一個家，現在這段故事顯然是倫昌伯自己的故事，我也靜默下來，感到他很可憐。我看他，皺摺裏的雙眼像有一層淚光。

突然倫昌伯說：囝仔，如果那孩子還在，也差不多跟你一樣大了。

我一下子了悟，為甚麼倫昌伯老叫我「囝仔」，我都十三歲了，已經不是小兒了。他一定是在想著他的孩子，把我當孩子叫的。

我們就靜靜的躺著。耳邊有小鳥的吱喳鳴叫，還有瀑布滔滔的流動聲。我躺著躺著，就朦朧的睡著了。不知過了多久，倫昌伯搖了搖我說：我們去找晚餐。

我睜開眼，倫昌伯穿上已經曬乾的衣服，說：走吧囝仔。

我們又進入榴槤林裏。走了一段路，來到一片比較矮的林子。我一看，就看到每棵樹上掛了紅紅彤彤的紅毛丹！我歡呼一聲，跑去摘紅毛丹。倫昌伯取了靠在樹幹上的一根長竹杆，伸到樹上采折紅毛丹。采了一把，那就是我們的晚餐了。不吃飯吃水果，這對我是很新鮮的，我欣然跟著倫昌伯照他的方式過日子。

我問倫昌伯每天晚上幾點去巡園。他說在下半夜。下半夜榴槤差不多都掉完了，這時偷榴槤的人就會出現。

晚上我睡得正沉，忽然聽到有人吆喝的聲音。趕快爬起來看，只見手電筒的光環四下移動，我聽得出倫昌伯的吆喝聲。我悄悄地摸到門邊，把門開了一條縫，看到倫昌伯一手揪著一個人，一手用手電筒照著這人的眼睛。那個人蹲在地上，用手遮著眼睛。倫昌伯

衝進寮子，差點把我撞倒，他無暇理我，匆匆的取了牆角的巴冷刀，出去抓住那人的頭髮，作勢要砍，嚇得那人嗚嗚呀呀連聲求饒。我的眼睛適應了黑暗，看得出那人是個原住民。倫昌伯問他下次還敢不敢偷榴槤，他連聲說不敢不敢。倫昌伯就說：走吧，這次放過你，再給我捉到，砍了你的頭。那原住民還是說不敢了不敢了，一路逃開去。倫昌伯進屋來，問我：把你吵醒了？

我說：倫昌伯為甚麼您不把他送到警察局去？

倫昌伯說：只是個原住民，放過他，諒他也不敢再來。我一向都是捉到榴槤賊都放過他們，嚇一嚇他們就夠了。

我在榴槤園裏住了一個星期，倫昌伯就載我回家。我跟倫昌伯說：明年再來。他笑笑說：好，明年再帶你進園。

回到家裏我興高采烈的跟媽媽敘述在榴槤園裏的生活。說到老虎吃榴槤時，在一旁聽的小叔很感興趣地東問西問。

小叔說：你不要編故事騙人。

我不服氣說：你自己進園去看是不是真的。

小叔就說：好，明天我就進園去看個究竟。

第二天小叔真的就自己騎了摩托車進園去。我看到他還背著獵槍。難道小叔要去射老虎？我不禁暗暗的擔起心來。

過了兩天，小叔還沒有回來。倫昌伯送榴槤來時跟爸爸說：不能讓阿春射殺老虎，這山上就只剩下這麼一隻了。

爸爸說：明天叫他回來。

誰知明天就出了事！

黎明時分小叔嘩喇喇的叫門，把每個人都吵醒。爸爸開門一看，只見小叔扶著倫昌伯，兩個人都滿身是血。爸爸驚問：發生了甚麼事？

小叔嚷道：快，快把倫昌哥送進醫院。我射傷了他！

爸爸立刻開車載了倫昌伯去醫院。

　　媽媽讓小叔換洗後問他：到底發生了甚麼事？

　　小叔搖搖頭說：倫昌哥腦筋有問題！護老虎，自己不要命！

　　媽媽問：怎麼說？

　　小叔說：本來我已經瞄準了老虎，正要射時倫昌哥竟衝到老虎前擋住老虎，我來不及收手，就射到了他！

　　我聽了又安慰又擔心。安慰的是老虎沒被射死，擔心的是倫昌伯不知傷勢嚴不嚴重。

　　我們等到中午，爸爸才回來。爸爸說倫昌伯已經沒事了。傷了左肩，要住院幾天，回來要休養個把月才能工作了。

　　等到倫昌伯出院，媽媽就安排他在我們家休養。倫昌伯比以前更沉默了，看到小叔都不睬他，小叔也不敢跟他說話。養好了傷後倫昌伯還是回榴槤園去。小叔也不敢再去射老虎了。

　　過了一年，我又跟倫昌伯進榴槤園，倫昌伯還是過同樣的日子。我問他：倫昌伯，帶我看老虎好不好？

　　他說：沒有老虎了。自從上次射老虎的事件後，老虎都不來了。這一整個榴槤季它都沒有出現過。

　　他說完，呆了一陣。我看他臉上一片黯然，好像很傷感，也就不說話。我跟倫昌伯過了一個星期就回家，後來的幾年因為要補習參加會考，放假都沒有再進榴槤園。

　　榴槤季節還是會看到倫昌伯載榴槤，他還是一樣老，沒有更老。也許人老到一個程度就不會再變，倫昌伯十年前已經這樣老了，現在看起來還是一模一樣，十年如一日。每一次看到他我總要問他老虎回來了沒，他總是說沒回來。看來，老虎是再也不會來了。不知倫昌伯心裏怎樣想？我沒問他，不想引他傷感。

　　我看著倫昌伯的背影，騎著摩托車，進入山林。看樣子倫昌伯還能守榴槤守多十幾年，也許有一天他能守到老虎再出現呢？

靜候黎明

　　媽媽買了一頂漂亮的草帽給我。草帽有一條窄窄的帽緣，一簇粉紅色的小花裝飾著一邊。媽媽說我可以戴上這頂草帽去上學。可是我不願意，我寧願仍然戴著我的鴨舌帽。可是媽媽不明白，一直要我戴上這頂草帽，我一時逼得流淚，說甚麼都不肯要這頂草帽。媽媽看見我流淚，也開始掉淚，她說她只想我快樂。我擦了擦淚，反過來安慰她。我說我只是不想太招搖，帽子我喜歡，但不要上學戴，出門時才戴好了。媽媽說隨你好了。

　　我到鏡子前試戴帽子，戴在頭上很貼實，大小完全合適，也看不到我的禿頭。我脫掉帽子，端詳我的頭。頭光光滑滑，沒有一絲頭髮，像兒童公園裏的滑坡，發著亮。我的頭很白，沿著兩額有一條青筋爬到頭頂。兩扇耳朵很明顯的從頭的兩邊探出來，我有招風耳，這使到我的頭更像外星人了。我回想有頭髮時是甚麼樣子，但是那是很久以前的事了，我已經記不起來。只記得我那時有兩條長辮子，記得更清楚的是掉頭髮的情形。

　　掉頭髮真的很可怖，儘管我有心理準備，還是膽顫心驚。早上梳頭時就是一撮撮的黏在梳子上，用手一撩，就是一把繞在手指間，我嚇得不敢梳頭。不梳頭，頭髮照樣掉落，枕頭上，地上，肩上隨時隨地附著一團團的落髮，我看到落髮就噁心，趕忙打掃，掃完了一遍立刻又有新的落髮，奄奄一息地躺在那裏，隨時提醒我頭上的髮絲是越來越稀薄了。漸漸的我的頭髮稀得再不能編辮子，媽媽幫我把剩餘的頭髮剪短，我覺得我的頭越來越大，逼得我的臉變小了。最難看的是頭上只掛著稀稀落落的幾條髮絲的時候，看起來

像個小老人。當掉到完全沒有頭髮時反而感到釋然，至少周圍乾淨了，不再看到滿地滿床的落髮。

掉頭髮的那陣子我在家養病，沒有上學，就避過了許多難堪。只是我不能永遠留在家裏，身子稍為好些時爸爸就叫我回去上學。帶著這一顆禿頭我說甚麼都不肯出去見人，媽媽就說戴上帽子出去吧。媽媽先跟老師關照過，允許我上課戴帽子。同學們開始都很好奇，過了一段時日也就習慣，只是他們偷偷給我取了個綽號，叫我E.T.。

我看鏡裏的自己，戴鴨舌帽時像個小男生，現在戴這頂草帽，看起來秀氣多了，比較像個女生。只是我不要標新立異，儘量不要跟其他的同學不一樣。可是我已經是不一樣了，改不了了。我有病，他們健康。我常常缺課，功課跟不上，他們樣樣比我強。我每隔三個月就得去化療，過後會很辛苦，全身虛脫，吃不下，只想吐，化療回來就不能去上學，得休養一段時日。我本來功課很好的，現在顧得了醫病顧不得功課了。我在家的時候比上學的時候多，又沒有精力溫習功課，功課完全跟不上，我很懊惱，很難過。

傍晚六點鐘，媽媽就到夜市開檔賣成衣。爸爸坐在他習慣坐的一角，埋頭寫作。爸爸在報館裏當翻譯，晚上就寫作或為出版社翻譯稿件，賺取外快。我們四兄弟姐妹，都在讀書，加上我的一大筆醫藥費，爸媽的負擔很大。我問爸爸寫些甚麼，他說寫小說散文社論。我又問登出來的機會大不大，爸爸說有時有刊登，有時被投籃。我很希望爸爸的作品每篇都刊登，這樣他的收入就會多一點。如果爸爸寫得出名，像施亦謙那樣，一定會賺很多的錢。

媽媽也很累，每晚都出去賣衣服。哥哥也出去幫媽媽，晚上都沒時間溫習功課。我很希望也能為家裏出點力，可是媽媽不要我幫手，叫我在家好好養病。我很快累，做不了一點事就累得全身脫力，所以我總是躺在床上休息。弟弟妹妹雖然比我小，卻時時刻刻照顧著我，我要做甚麼他們都搶著幫我做。我得了這個病，逼得變

成寄生蟲，處處依賴家人。我常常感到虧欠，家裏人個個都護著我，而我甚麼都沒有付出。也許我在這個家是個累贅，我的病拖累整家人。

如果我死去呢？家人會不會輕鬆一點？我知道得白血球過多症的人很多都死了，我的主治醫生沒有保證我不會死，即是我死的可能性很大。我很害怕，死是很可怕的一件事，一個人死去的話他就要遠離親人，他將失去所有的東西，很多事來不及完成，突然就中斷了。我說不出為甚麼我會害怕，總之我很怕死，我不要死。可是這樣子活下去我也不要。吃藥，化療，真的很辛苦。當我被各種負作用煎熬時，就會感到不如死掉的好，吐得整個胃都翻過來時我實在受不了，簡直是生不如死。

我的醫生是個胖胖的馬來人，大概五十多歲，他很和藹，要怎樣治療他都很有耐心地解釋給我聽。我馬來文很差，有五成聽不懂，他就叫爸爸翻譯，務必要我完全瞭解了才開始治療。他說這個病是一輩子的病，不能治癒，只能壓制。他稱讚我勇敢，能夠忍耐治療。爸爸帶我定期到吉隆坡去看他，每次見到他我就增加信心，我深信他能幫助我。可是我真怕化療，每次要去化療我就不安害怕，總感到寧可病死也不要化療。

這天爸爸下班回來很興奮地宣佈，報社員工要舉行義賣會為我籌醫藥費。已經定好在一個星期天在報社停車場舉行。全家人都很高興，七嘴八舌地談論著這個義賣會。

到了那一天，我戴上那頂美麗的草帽，一家人興奮的早早便到報社。只見場地上搭起帳蓬，一攤攤的檔口排成一個U形，中間擺放著十幾二十張桌椅。我們一檔檔走過，有賣雲吞麵的，有賣炒粿條的，各種各樣的熟食，應有盡有。除了賣熟食的，還有賣字畫的，一個報社的記者當場揮毫，寫對聯，畫山水，吸引了不少人。另外還有賣手工藝品的，賣零食的。來光顧的人很多，一時人聲沸

沸，場面熱烈。爸爸帶著我站在出口一一跟顧客們道謝。我站到午後就乏力，媽媽看我支持不住了便帶我回家休息。我很亢奮，躺在床上並沒有睡，腦中盡轉動著義賣會的情景。

第二天爸爸又帶我去報館，他們有一個儀式，把支票交給爸爸，讓我站在中間，擺姿勢給記者拍照。總共籌了六千六百五十零吉，爸爸在致謝時禁不住流淚，我看著也鼻酸起來。回家的路上爸爸說那麼多人關心我，為我籌錢，我一定要好好活下去。他的話有起死回生的作用，我感到意志高昂，彷彿烏雲散盡，陽光普照，我對生活頓時充滿了信心。我忽然有信心活到七八十歲，子孫滿堂，那是多麼美好的人生喔！

還有一個人使我有活下去的意念。那就是壽康。我們是在同一個時間化療時認識的。他也是阿羅士打人，也是爸爸帶他來化療，認識了兩家人便有來往，為了我們的同樣的病，父母們互相交流，見面就談我們的病，互相鼓勵。我跟壽康成了好朋友，我們同病相憐，一開始便很投機。有時我們都很辛苦時就靠在一起流淚。不知道為甚麼，我獨自在家裏哭泣時很孤苦無助，跟壽康一起哭時感覺卻很好，雖然是哭，卻哭得有一絲安慰感。有了壽康我的病就比較能忍受，因為還有一個人跟我一樣，我並不孤獨。兩個E.T在一起，有了依靠。

壽康喜歡玩電腦遊戲，我到他家找他時他總忙著玩他的電腦，沒有時間應付我。我也不要他應付，我只要坐在他旁邊看他玩，只要在他身邊就夠了。有時我去找他時他不舒服，躺著休息，我便守在他身旁，這樣的時候他總睜著空洞的眼睏著我，好像有千言萬語，卻又說不出。有時壽康來找我，我就給他看我的畫。我喜歡畫畫，媽媽讓我去學畫水彩，畫畫老師說我有天份。我精神好時畫很多畫，喜歡給壽康看。我不好時輪到壽康守著我。我喜歡他這樣守著我，這樣的時候我會想到一些天長地久的問題。

　　我會想，如果我們都能長大成人，那麼我要嫁給壽康。病，我們就病在一起。我們要互相照顧，互相扶持。我很想知道壽康的心意，可是我不好意思問他，我好想壽康喜歡我，就像我喜歡他一樣。我相信他不會嫌我禿頭，因為他自己也禿頭。可是我又擔心，萬一他病好起來而我的病沒好起來，那他就會遺棄我，去找別的健康的女生了。那樣的話我會很傷心，也許我就乾脆不去醫病，讓我病死算了。

　　這陣子天天下大雨，不知要下到幾時。一到雨季媽媽就很緊張，不讓我去上學，每天關在家裏，一滴雨水都不讓我淋到。我很容易感冒，天一冷就要穿棉衣蓋厚被，一淋到雨就會病倒。如果我感冒了就會很虛弱，媽媽很怕會變成肺炎。醫生吩咐過要小心我的健康，不能得小病，因為那很容易會變成大病。我不能病，一病就會牽扯上生死邊緣。我有時想畫畫雨，可是畫來畫去都畫不好，就乾脆不畫，坐在窗前看雨出神。天為甚麼會掉下雨來的呢？雨是雲帶來的，雲是水蒸發聚成的。可是為甚麼水一定要蒸發飛上天呢？如果水不會蒸發，那就不會有雲。那時天天都是藍天，不會有烏雲，不會下雨。不下雨那草木要怎麼活？是甚麼東西安排使到水會蒸發，天會下雨呢？又是甚麼東西安排人會生病呢？而為甚麼偏偏是我得病呢？是不是我前世做了不好的事，也許殺人放火，所以今生要受懲罰呢？但這不公平，我活到現在都沒做過甚麼壞事，我甚至從來沒有跟誰吵過架，前生做過壞事應該前生處罰，怎能留到今生來處罰我呢？我越想就越覺得自己無辜，無端端的就得了病。

　　要是我沒有病多麼好。我就能做很多事，爸爸媽媽也不用為我的醫藥費傷腦筋。等我長大了能成為一個大畫家。我的願望是做個大畫家，開畫展，名滿天下。所以我一定要用心畫，不管能不能長大，我要為前途努力。

媽媽帶我到觀音廟裏拜瘟神打小人。媽媽帶了一塊肥豬肉兩粒鴨蛋，我們到了廟裏媽媽買了一份黃色的神紙，交給一位大嬸。這位大嬸帶我們到一個神像前，我看這個瘟神不像一個人，而是一隻獸類。它半蹲著，微張著口，神情有點猙獰，看起來既像一隻狗，又像一隻麒麟。就是它掌管所有的疾病，祭拜它就能去病消災。大嬸叫我在瘟神前的香爐裏插香，她拿起豬肉在瘟神嘴上抹三次，念念有辭，說敬你豬肉請你消災。然後又敬它鴨蛋。敬拜完了瘟神就要打小人。媽媽買的那份黃紙上有一些圖畫，大嬸取了一支香點畫上的小人。另外有紅白兩色紙剪的人形，大嬸脫下一隻日本拖鞋，用它來打白色的人形，口中一直念著各種口訣。打過小人就把人形貼在瘟神身後的牆上。牆上已經滿滿地貼了好多紙人，都是紅人在上，白人在下。叫我又合掌拜了拜瘟神，才大功告成。拜過瘟神我心裏踏實了很多，希望瘟神吃過豬肉鴨蛋會創造奇跡使我的病好起來。

壽康住院了。我聽媽媽說是得了肺炎。住了幾天就轉去檳城的中央醫院。我沒有機會去看他，就是有機會我也不准去，因為怕被傳染。我問肺炎又不是肺病，會傳染嗎？但媽媽還是不讓我去。我祈禱壽康能好起來，希望他能夠過這一關。這些天我都很心焦，沒有壽康的消息使我坐立不安。但我回頭想，沒有消息也許是好消息，這意味著壽康病情沒有惡化。

爸爸去探過病，回來說壽康的病有了好轉，看來慢慢會康復。我聽了不由得放下心來。我就等，等他病好回來我們又能見面。不料過了一個星期，壽康的爸爸打電話來跟爸爸說壽康突然惡化，沒有搶救回來，他去世了！爸爸小心地跟我說很多安慰的話，我一句都沒聽進去，腦子裏一直繞著：壽康死了壽康死了！一切變得像在夢境中，那麼虛幻，那麼不真實。我一時不能明白壽康怎麼竟死了。我不能接受這個世界上沒有了壽康。沒有了壽康，我的世界完

全垮了。怎麼辦？我迷迷糊糊的問自己。壽康拋下我走了，我不知道我獨自一個人今後要怎麼辦！

我怔怔地躺下來，我只能躺著，甚麼都不能做，甚麼都不會做。媽媽跟我說：你哭吧，哭一哭會好一點。可是我哭不出來，我只是不相信，一個人那麼小就死了。我一直問天：公道何在？主宰生命的神明，為甚麼讓壽康死掉，這不公平！不公平不公平不公平！我心裏在抗議，但是不知道要向誰抗議。所以我只能躺著，靜靜一動都不動，就像我已經死了一樣。

忽然我看見壽康遠遠的向我招手，我就拼命地向他跑去。可是我跑得好吃力，一步一步的跨出去，卻還是在原地跑，我喊壽康壽康等等我，一邊拼命的提腳向前跨步，而壽康卻老是在那麼遠。後來我真的移動了，卻咚的一聲跌落床，我驚醒過來，發覺這原來是一個夢。我走到窗前望，遠處只有熙熙攘攘的馬路，沒有壽康。

壽康壽康，我心裏一直呼喚他，除了呼喚他我不會想別的事了。我昏昏沉沉地躺在床上，不知年月。我不想一個人活下去，突然之間「死」變得一點都不可怕，我情願死去，一了百了。我躺著躺著，不知過了多久，我聽到有人在呼喚我的名字：「德莉，回來！德莉，回來！」我張開眼，面前的事物很模糊，我彷彿看見房門外有一些人，像在拜拜。有一位大嬸走進來看我，我看回她，她就很高興地說：「醒了，醒了！」我又看見媽媽來到我的床前，我叫了聲「媽」，媽媽卻抱著我哭了起來。我想起身，卻全身乏力，眼冒金星，一陣噁心，口裏苦苦的。媽媽餵我喝一點水，我覺得清醒得多，就看見原來全家人都圍在我身邊。我茫然地看他們，不明白到底發生了甚麼事。然後他們輕手輕腳的出去，只留下媽媽陪我。我問媽媽我怎麼了，媽媽說我已經昏迷了三天了，再不醒來就要送醫院了。我輕輕的歎了一口氣，似乎把一股憂怨噓了出去，胸口舒暢了一些。

　　媽媽每天喂我喝薏米湯，慢慢的我恢復了一點體力，有精神起來走走。沒有人提起壽康，我也沒有提起他，好像他已經完全在我的世界裏消失。只是，我知道，他其實已經深深的根植在我的心靈裏，活在我的心靈裏，永遠不會磨滅。

　　我看我的家人，大家都那麼疼我，對我那麼好，我知道他們都想我活得好，我不能光想著壽康，而不想想他們。當我一個人躺著的時候我就想像壽康現在去了個甚麼地方。不知他在陰間活得好不好，也許他不用再生病了，已經脫離了生老病死，得到永生。而我必須在這個人世間活下去，活多少年我不知道。我今年十一歲，如果能活到十三歲就算好運，如果活到二十歲就是長壽。二十歲那太遙遠了，我現在只能想想近點的事情，譬如活到十三歲就要上中學，不知上不上得到中學？

　　我在報紙上看到過有父母為死去的兒女舉行冥婚的。我就想，要是我活到二十歲我就要求爸爸媽媽讓我跟壽康結婚。只是，冥婚是雙方都已經死去的，我和壽康一個已經死了，一個還活著，怎樣結婚呢？那麼我希望我也活不長，當我死去後就要爸媽安排我跟壽康在陰間結婚。我偷偷地給爸媽寫了一封信，說明我的意願，然後把信壓在抽屜裏，我想：萬一有一天我死了，媽媽清理我的東西時就會發現這封信，這樣他們就能知道我的願望。把信寫好後我心裏踏實得多，心情也開朗一點。至少我有了一個目標，雖然這並不是個怎麼吉利的目標。

　　我安靜的過了一段時日，爸爸叫我進去房間，有話跟我說。他說壽康已經解脫了，我就不要過度傷心，就想像他已經到了極樂園，那裏沒有病痛沒有困難，他已經到了個永生的地方。我當下要想的是要勇敢的活下去，我還有爸爸媽媽兄弟姐妹，大家都愛我，都不願意我離開他們，所以我要為自己也為家人活下去。我跟爸爸說我會活下去，但如果我死去，他們也要想開點，不要太悲傷。爸

爸說一定要我活長久，我說我儘量，但命運由不得人，我要爸爸答應如果失去我一定不可太傷心。我們談完，兩人都有了默契，我感到和爸爸是那麼的親近。

我又開始畫畫。我不再畫陰霾的雨天，我畫大太陽，遍地開滿各色各樣的花兒，草木欣欣向榮，整幅畫充滿生機。我在後院種下一棵芒果樹，每天看它有沒有長高。我立下又一個目標：我要看到芒果樹開花結果。我要把第一粒芒果獻給壽康。

拍遍欄干

　　我放工後去找良。我騎著機車，隨著夕陽的尾巴，一路逸暇。多少個這樣將暗未暗的傍晚我像赴約似地去找良。良的家是我們的集聚點，我到的時候阿韓也到來，還有豐雲，有進，都早到了。良的家是馬來式房子，上樓梯來有一個大陽臺，我們盤腿坐在陽臺上說笑。每晚都有不同的話題談。良穿著短褲背心，搖一把蒲扇取涼。天氣真熱，我穿了短褲T恤，坐著不動，還是流了一身汗。良的爸爸搬了一台落地電風扇，接上插頭，良扭開了風扇，立刻涼風習習，聊起天來舒服多了。有了風扇，良還是點上蚊香，說雙管齊下，一百巴仙驅蚊。

　　我坐在大門對面，遠遠看到門內客廳裏良的媽媽，姐姐和妹妹在看連續劇。良的妹妹長得挺像良，不過良的五官線條剛勁，他妹妹卻柔和。她的眼睛大而靈活，皮膚因為喜歡運動曬得深棕色。鼻子小小，像一枚小貝殼，嘴唇飽滿，淺淺的玫瑰紅，讓人聯想到半開的蓮花。

　　連續劇播完後，良的妹妹總會捧來冰可口可樂，一個一個分給我們。先擺上玻璃杯，裏面裝了半杯冰塊，然後一人一瓶可樂。她說：「來，喝個涼。」我們問她：「甚麼時候學聯籃球賽開始呀？」她說：「下個月。你們要給我打氣啊！」我們齊聲說：「當然，當然，二小姐打球，一定捧場！」

　　良的妹妹不止籃球打得好，羽球也一流，田徑也有份。良很疼她，每次她有比賽，良都要率領著我們一大群去打氣助陣。她給我們張羅可口可樂時我看她披肩的染成淡淡棕色的油亮油亮的頭髮。

這頭秀髮有著莫大的吸力，我不禁想去觸摸它。她打球的時候總紮條馬尾，跑起來一甩一甩的，我的眼睛就跟著一上一下追隨它。

我還喜歡看她的修長的腿。她上籃的時候，一二三，兩條腿無限優雅同時有勁地跨那三步，良大聲的喝采變得很遙遠，我只看到她的上籃彷彿是慢動作，彷彿世界就靜止在她的腳步下。我常常有個錯覺，好像良跟阿韓，有進，豐雲，統統都不在身邊，好像只有我跟她，她的動作是專門表演給我看的。

良的妹妹把飲料分完，站在一邊聽我們聊天。她並不出聲，我們講到好笑的事時，她就跟著笑。站了一會兒她就回到客廳裏做功課。我感到這個晚上的最重要的約會就在她離去時結束。我到良的家，等的就是這一刻：她端可口可樂給我，她的片刻的逗留，她的笑。我整個晚上就會回味她的一顰一笑，遠遠地看她伏在桌上做功課。

良住的村子裏有一個羽球場。我們幾個每星期三晚上打羽球。星期二是良的妹妹跟一群女生的時間。我們打羽球的時候女生們喜歡站在一邊看。一面嘰嘰呱呱的聊天，我們在場外沒打球的時候也跟她們有說有笑。輪到我進場打球的時候，我希望良的妹妹看我打球。我的球技不是特別好，一般而已，但如果良的妹妹在一旁看的時候。我就打得分外起勁，表現得更好。如果遇到她考試，在家溫習功課不出來看我們打球，我就打得沒精打采。打球也好，在良的家聊天也好，只要她在，只要讓我看到她，整個晚上我便有點輕飄飄，感到莫名其妙的興奮。

晚上睡覺時，我會想：我是不是喜歡良的妹妹呢？我的確是很喜歡看她，也喜歡她看我。喜歡了又怎樣？我不知道要怎樣做，光是能夠天天看到她我就很滿足，我希望能這樣一直下去，我就不再要求甚麼。但我又感到並不完全滿足，好像缺少一點甚麼，有時我會無端端煩躁，朋友們說笑使我感到無限的厭惡，只想遠遠離開

他們，自己出去透氣。我煩躁的時候便是我最想觸摸她的頭髮的時候，不知道為甚麼，她的頭髮會有這麼大的魔力，老吸引著我蠢蠢欲動的手。我每晚悄悄地瞟她，有一絲安慰，等到回到自己的家時卻感到若有所失，百無聊賴。

學聯籃球賽開始，良載他妹妹去吉華學校籃球場，我們各自騎車跟去，早早就選了好位子等開鑼。我們來得早，坐著聊天，還沒有其他觀眾來，座位上就只有我們。夕陽餘暉斜照，天邊已經升起一彎新月，淡淡的貼在漸漸暗下去的藍天。噗地一聲，球場的燈亮了起來，眼前大亮，天空突然就暗淡了。兩隊球員上場熱身，跑步傳球上籃，年輕的女生個個活力四溢，做好準備來一場精采的搏鬥。開始陸續來了許多觀眾，球場上吵吵雜雜地大家都在說話。

裁判哨子一吹，大家靜下來看開球，裁判一拋，籃球凌空飛起，兩隊球員跳起來搶球，開始了你爭我奪。觀眾高聲打氣喝采，球場內戰況激烈，球場外一片沸騰。我們一夥給良的妹妹喝采加油，她投進籃時我高興得站起來大聲鼓掌歡呼。我感到我跟良的妹妹是那麼接近，她拼命搶球我拼命加油，我的情緒隨著她的得失忽高忽低，我恨不得把整顆心喊出來獻給她，恨不得下場幫她排除敵手。

良的妹妹打得很好，可惜對手比她們強，她們節節敗退。良很焦急，一直喊：「加油加油！」我喊：「進攻進攻！」到最後哨子長長的一吹，球賽結束，良的妹妹的球隊輸了十二分。一陣鼓掌喧囂，觀眾漸漸散去，我們走到停車場等良的妹妹，一邊熱烈地談論戰況。我感到很沮喪，良的妹妹輸球好像我也輸了，她出來時我多麼想上前去抱抱她，讓她知道我有多在乎她。事實上她打球輸贏跟我在乎她是兩回事，只是我沒有邏輯地把這兩件事連在一起，自己也不知道是甚麼原因。

良的妹妹出來並沒有垂頭喪氣，她是個開朗豁達的女生，勝敗乃兵家常事，還有很多場比賽，輸一場沒甚麼。她瀟灑地跨上良

的機車，一逛喊餓，我們就到附近的茶室吃宵夜。我們叫了一大盤沙河粉，良一直給妹妹夾蝦夾肉，我想，要是我也能為她夾肉多麼好。只要我能為她做一點點事我就會幸福得死去活來。譬如，載她去打球，帶她去吃麵，還是給她買飲料等等，我悄悄地希望有一天能為她做這些事。良的妹妹賽球賽了兩個月，我們也跟她出入球場兩個月，給了她百份之百的支持。

　　良的姐姐有個男朋友，天天來帶她出去。他來時總先跟我們坐在一起談天，良的姐姐要看完連續劇才出門。我常常想，他們每晚出去，去哪裡呢？是不是像人們說的去獨立公園拍拖？天氣那麼熱，又有那麼多蚊子，在獨立公園一定不會好受。要是我拍拖，我會去咖啡館。有冷氣享受，又有情調，還有人輕輕唱歌。我有點羨慕良姐姐的男朋友，他在聖邁高中學教書，有一輛Proton Saga，經濟很好。不抽煙不喝酒，對良的姐姐很體貼。我有時會納罕，他們拍拖，走下去是不是就要結婚？而為甚麼男生跟女生會發生愛情？為甚麼人到了一個年齡就會談戀愛？我今年二十三歲，還沒有談戀愛的經驗，迷迷糊糊的會有些嚮往。只是我還沒有想到結婚那麼遠。我哥哥三年前結婚，現在有了一個小娃娃，好像人生就是要這樣：戀愛，結婚，生子。可是在我心裏有個模糊的意念，我暫時還不會談戀愛，我要等，等到良的妹妹唸完書。求學的時期不宜談戀愛，我會耐心地等她長大。近水樓臺先得月，我天天到良的家守候，跟她那樣接近，我有信心能等到她。目前我要做的是努力工作，儘量儲蓄，我要做到像良的姐姐的男朋友那樣有一部車子。

　　天乾旱了好幾個月，每天萬里無雲，太陽狠毒地肆虐大地，樹木都乾渴得發焦，一棵棵乏力地讓乾脆的葉子飄落一地。天空是那麼樣的藍，藍得叫人發慌，一走出去就被熱氣逼得走投無路。機車行駛在路上，總被滿路風塵蒙得灰頭灰臉，咳嗽連連。有人說旱季越熱越乾，越能激發水果的質量。越熱芒果就會越甜，榴槤就會越

香醇。是甚麼原因沒有人知道，老人家都這麼說。旱季裏流行性感冒總很猖獗，大家輪流著感冒。我也感冒了。發燒咳嗽，躺在家裏不能上工。我蒙在被窩裏時睡時醒，迷迷糊糊有點神志不清。不知這樣睡了多久，朦朧中我彷彿看到良的妹妹款款地趨近，就坐在我床邊，柔柔地用手背探我的額頭，看我有沒有發燒。然後她一下一下地輕撫我的頭髮，慢慢地滑下我的臉龐，她就這樣撫摸我的臉，一面深情地凝視著我，良久良久，她俯下來用她蓮花的唇印上了我發燙的嘴。我一陣灼熱，體內有一團火要衝出來，也好像喉間滾動著雷雨，非要高呼不可。突然那團火轟的一聲爆發，我像汽球破裂一樣頓時釋放出來。我睜開眼，良的妹妹不見了，只有我一個人還躺在被窩裏。我感到胯間異樣的有點溫熱，好像是尿褲了。我一驚，趕快爬起來查看。發現那不是尿，是別的甚麼液體，我一時有說不出的羞愧，做錯事般的自責不已。我躺回床上，感到周身軟弱無力，十分懊惱，閉上眼是良的妹妹，睜開眼也是良的妹妹，揮之不去。無邊無際的罪惡感緊緊把我包圍著，我一直譴責自己不該這樣褻瀆良的妹妹。她是那麼出水芙蓉清清靈靈的一個乾淨的女孩，即使是在做夢，我也不應該沾汙她的聖潔。

　　我病好了卻不敢立刻去找良。每個傍晚我騎機車到處兜，累了就回家蒙頭睡大頭覺。良打電話來，問我病好了沒有。我假裝還沒病好，說還要好幾天才有精神。又過了一個禮拜，我忍不住了，思念像蠶絲，一圈一圈地纏緊我，我幾乎要窒息，好像若不再見到良的妹妹我會斷氣而死。我那麼渴望看到她，那麼渴望讓她看我打球。思念她的時候我的心一陣陣酸絞，甚麼事都不能做。於是我又去良的家。

　　良的妹妹問我病好了嗎？我作賊心虛地嗯嗯回答她。跟她說話時我不敢正視她，閃閃縮縮迴避她的眼光，當她離去時我又巴巴的用眼尾追隨她。整個晚上我恍恍惚惚的不知身在何處，大家笑時我

跟著笑，整顆心卻掛在良的妹妹的身影上。我模糊的意識到，從今以後我跟良的妹妹是不一樣了，我一方面覺得對不起她，另一方面卻感到我們是接近得多了，儘管我們連手都沒碰過。

良的妹妹暫停打球，專心准備考SPM。我很高興她終於要考SPM了，因為這意味著她的學業將告一個段落，我一直都在等她唸完書。良的妹妹功課如何我不清楚，好像平平，不怎麼特別好。這樣很好，我想。她會跟我一樣畢了業就找一份工作，等她安頓下來我就可以開始進一步跟她接近。至於要怎樣接近她我毫無頭緒，我只模模糊糊在心裏盤算，也許約她去看電影，也許給她買小禮物。最大的障礙是良和朋友們。我上門一直是找良，一旦上門不找良找他妹妹，不知從何做起。在她考SPM的整個時期，我就一直在揣摹接近她的方式。想呀想，想得我頭昏腦漲還是想不出一個上上之策。

良的妹妹畢業後晚上不在客廳裏做功課了，我看她的機會變少，有點失落。我找良聊天的時候她也去找她的朋友聊天，這樣變成我們錯開了。我見不到她很是懊惱，整個晚上一面談天一面等她回家。有時她早回來，會坐在一邊聽我們說話，這樣的時候我總找些話題引她說話，只要能夠跟她說上幾句話，我心裏就會漲得滿滿，像倒了一大瓶的蜜糖，甜滋滋的，說不出的歡喜。我暗暗的忖思，是時候接近她了。可是要怎樣接近她我還是想不出一個好辦法來。

這天晚上良說他妹妹要到臺灣唸先修班，已經在申請。我聽到晴天霹靂，整個人呆掉。這怎麼可以呢？我的計劃難道就這樣胎死腹中，永遠不見天日？呆過一陣，我開始著急起來，我馬上開始行動不知來不來得及？可是我還是坐在那裏，甚麼行動也沒有。我一下子沒了主意，心裏亂糟糟完全不能冷靜思想。我看著良，他的嘴一張一合，說些甚麼我一點也沒聽到，我的眼光巡過有進，巡過豐

雲，阿韓，他們在笑，我也跟著笑，只覺得自己笑得很僵。他們熱烈地在談著甚麼，我沒聽進去，只一味在他們臉上巡遊。我急得想哭，卻又欲哭無淚。

我始終沒有行動。良的妹妹申請學校很順利，很快的已經在採購必需品，準備出國。我們請她到海鮮廳餞行，大家興高采烈，吵吵鬧鬧你一言我一語。良的妹妹更是高興，沒有一點離情別意，像慣常那樣意氣風發。我食不知味，言不由衷，心裏隱隱地作痛，周遭的人沒有一個發覺我的心不在焉，我佯裝得很好。我深深的看良的妹妹，想把她的倩影牢記在心裏。她要走了，大好前程等待著她，我連等她回來的條件都沒有。此時此刻，還有甚麼話說？反正今後都不必再勞神苦思怎樣接近她了。

我們的歡送會盡興而散，良載著他的妹妹回家。我騎上機車，不想回家，只漫無目的地在街上兜。來到一家咖啡館，我不喝咖啡，叫了啤酒。悶悶的喝了一杯又一杯，想到喝了酒騎機車遇到警員怎麼辦？管它呢！我是一無所有了，遇警員罰款甚至丟執照又怎樣！我一直坐到咖啡館打烊，有點頭重腳輕的騎上機車。我開上高速公路，風馳電掣。半夜裏路上沒有其他車輛，我忽左忽右任意行駛，迎面冷風冰冰的像針刺。不知這樣騎了多久，車突然慢下來，我發現沒油了。機車停下來，我環顧周圍，前不著村，後不著店，我處在荒郊野外。蟲聲唧唧，繁星滿天，在黑暗的公路旁，我坐下來，淚水靜靜地流淌滿面。

重圍

　　劉平衝出房間，衝進沖涼房，用瓢舀水，死命的漱口，把一切的汙穢吐出來，而心裏的汙穢是怎樣也沖洗不掉，越沖就越髒，他漱口漱得反胃，把胃裏的食物吐了一地。他開始沖洗全身，塗上香皂，厚厚的一層，使勁的刷，好像要把皮都刷破。

　　他總算沖洗完畢，感到虛弱如一張飄落的紙張，只想躺倒。他走到樓梯下陰暗的角落，小心的把二十令吉收入自己的旅行袋裏。又賺了二十令吉，他有點安慰，又有點羞愧。這二十令吉賺來不易，他想。他把旅行袋塞回角落，穿過廚房，進入店堂。把放在角落的帆布床打開，他就躺下來，安全了，現在整個店堂是他的，晚上關了店，就沒有人進來，只有他睡在這裏。白天，他在這裏工作，夜晚，他在這裏安歇。這家店跟他息息相關。這裏有他熟悉的味道：辣椒干，阿三膏，白菜干，裝各種豆類的麻袋味，各種雜貨味道紛陳，在這些雜味裏劉平有一絲安全感。

　　今晚的情緒被破壞了，劉平沒有心情看書，躺著不著邊際的想。他算算自己在這裏工作有多久，三年了，時間過得真快。他剛來的時候，就只是一個旅行袋，現在他仍舊是一個旅行袋，但袋裏多了一筆錢和一些書，旅行袋顯得重多了。老闆收留他在店裏打雜，給他吃住，一個月給他五十令吉工錢，他很感激，把每分錢都收起來。他流浪到這個小鎮，走投無路，要不是遇上好心的老闆，他不知自己會流落到哪裡。

　　店堂裏悶熱難當，劉平開了櫃頭上的小風扇，一下子呼呼的風聲佔據了整個空間。風聲大，風勢卻小，吃力地爬過每一樣物

件，上了天花板，反彈到劉平的身上，風力更弱了，瘦巴巴的，沒帶一丁點涼快。至少空氣不是靜止的，空氣跟著疲弱的風在店堂裏逡巡，如一條遲疑的蛇。好久沒看過蛇了，劉平回想起阿羅士打的蛇。他阿羅士打的家已經漸漸黯淡，他想到家鄉的時候只記得蛇。家的後面有蘿菜園，蘿菜園旁有荒林，他曾在荒林裏營造一個秘密的窩，每天放學回家就躲在他的窩裏看書，而這片荒林也是蛇的窩，常常有蛇在腳邊滑過。劉平從來沒被蛇咬過，他跟蛇相安無事，一同享用他們的隱私。這三年來劉平常常想起他的窩，現在他沒有窩了，他的隱私就在這張帆布床上，在這些雜貨間。

在這裏，有兩條蛇糾纏著他，比阿羅士打的蛇主動得令他感到窒息。他一方面怕他們的騷擾，一方面又願意敷衍他們，為了二十令吉。

劉平躺在帆布床上，慢慢放鬆心情，甚麼事只要習慣了就好，不能把一切看得那麼嚴重。他盤算著等儲蓄了一筆錢就離開，去學一門手藝，有一技之長，能討生活，此生就算有個著落。所以他願意多賺一些錢，每次二十令吉的進賬，比他一個月的薪水積蓄得更快，他告訴自己，忍耐，忍過這陣子，往後的日子會好過。

每天劉平最早起身，六點正，他進入廚房，先盥洗，然後吃麵包，同時燒開水。水燒開後他把水倒入熱水壺，一半倒入茶壺待涼。這時老闆娘也起身了，劉平就到店堂開店，每天准六點半就店門大開，迎接最早的顧客。劉平喜歡早上的氣氛，老早便有貴嫂送來托賣的蔬菜，跟貴嫂寒暄，把蔬菜擺放好，店裏就多了一縷青青的氣味，讓劉平想到他舊日的窩。

七點鐘老闆就出來坐在櫃檯上。一天的生意便開始。劉平喜歡顧客多的時候，他喜歡忙，最喜歡老闆派他送貨。其實送貨是他一天裏最主要的工作，他騎上腳車，一家一家的送貨，送完貨回來跟老闆報賬，時間過得很快。沒貨送又沒有顧客上門的時候他自動整

理店裏的貨品，把貨架擦拭得一塵不染，貨品排列得整整齊齊。再沒有事做的時候他拉一張小凳坐在五腳基上看街景。

雜貨店坐落大街旁，說是大街也不過一條狹窄的街道，來往車輛寥寥無幾，也算小鎮最主要的街道了。兩排店夾道而建，有洋貨店，服裝店，咖啡店，腳車修理店等等，麻雀雖小，五臟俱全。就是少了書店，劉平想。他自從有了一點錢，就想買書來讀，可是小鎮裏沒有賣書的，彷彿這裏的人不興看書。要買書得上怡保買。

劉平當初就是取道怡保，輾轉到這裏的。自從在這鎮上安定下來，他從沒有去過怡保。有個機會老闆要到怡保辦事，劉平就托老闆買書。買回三本書，劉平就兩遍三遍的讀，有書讀他感到滿足，白天幹事晚上看書，這樣的生活他覺得很好。

有時他會想，這份工沒有前途。而自從他離家出走就已經埋葬了前途，就算他留在家裏，又有甚麼前途呢？他學校裏的功課不怎麼好，讀完中學又怎樣？他現在中學沒讀完，出來闖，爸爸媽媽都不知他在哪裡，他狠狠地斷絕消息，寧可自己在一個陌生的地方從頭塑造自己的生活。就像一顆早熟的種子，從莢果迸裂出來，掉入河中，任流水帶他飄泊，至到擱淺，姑且就在這一個貧瘠的土灘上萌芽。他知道根很難紮實，枝葉也不會成蔭，他只是歇腳，在這兒得過且過，緩衝一下。他必須先安定下來，才能慢慢思考，下一步要怎樣走。

他留在小鎮裏，不知不覺的竟惹上這些纏身不去的魑魅。他起初很傷心，彷彿身子髒了，洗一輩子也洗不淨了。他也想到要離開，逃開這些糾纏。可他沒有逃走，自己也不知道為甚麼，他留下來，並且有一絲情願。

他彷彿看到老闆娘白蛇般的豐腴的身體向他游來，慢慢地一圈一圈把他纏繞，他感到一寸寸的被她癡纏，至到他窒息，如包覆成一個蛹，他在裏面蛻變，由一個少年變成一個男人。是的，老闆

娘的白蛇促使他早熟，沒有經過歷練，沒有經過年歲，他一下子成長，那麼突兀，那麼措手不及。他一方面自覺羞辱，而另一方面卻欲罷不能。

然後白蛇突然隱沒，背後伸來老闆巨蟒的蛇信，在他耳後吹氣。綠色的巨蟒張口就一下把他吞沒，他被捲入蟒身裏，浮游翻覆，黑暗兜卷著他，向前向後，向左向右，他失去了方向感，任由綠蟒吞吐，直到他昏暈幾乎至死，蟒蛇一張開大口，他噗地倒地，只覺遍體披覆了一層黏液，那麼的濕坭，那麼的腥臭，他只感到噁心想吐，想漱口想沖洗，想褪脫一身皮膚。

劉平沒有離開，他不知道為甚麼。他付出的代價有回報，那就是二十令吉。錢對他太重要，他要錢，而且要快。他沒有別的賺錢方法，暫時就這樣下去。他安慰自己，等存夠了錢，他要離得遠遠的，永遠不回頭。一個信念支持著他，他會找到一條路，一個乾淨健康的新生活。

老闆待他不錯，有到怡保時總會買書送給他。他的書越積越多，老闆給他找來一個木箱裝書。他有時想，幸好有書，在書的世界裏他能忘掉所有的恥辱所有的痛苦，書給他藉慰，書讓他感到安全，每晚躺在帆布床上讀書，他暫時找到片刻的平靜。他看書像上了癮，一天不讀書就心神不寧，他想，有人喝酒麻醉自己，而他則靠看書麻醉自己。老闆娘常常笑著叫他書呆子，又不是要考狀元，讀那麼多書幹甚麼。他只訕訕的咧咧嘴，不說甚麼。

逢年過節，老闆娘會給他買一套衣服，三年下來，他的旅行袋裝滿了。在衣服堆下有他的積蓄，常常，夜深人靜時他打開旅行袋，搬出所有的衣服，一張一張的算他的錢。錢每次都有增加，他感到安慰，他知道快了，他快要存夠錢了。可是當他知道自己快要離開時，反而有一絲不捨。這三年老闆夫婦待他都不錯，他過慣了這裏的生活，要另外開創一個未知的生活，他有點膽怯。

　　老闆娘只有一個女兒，名叫阿嬌。阿嬌是個癡女，十五歲了還像五六歲。老闆娘把阿嬌留在家裏，沒有送去上學。阿嬌很安靜，平常都坐在桌前畫圖畫。有時她也拉一張凳子跟劉平一起坐著看街景。有時劉平會好奇，不知道阿嬌腦子裏在想些甚麼。她看街景時眼睛不移動，只瞪著一個地方看，好像在入定。劉平想，她腦子裏一定是乾乾淨淨，沒有一絲雜念，沒有一點汙穢。這樣也許是福氣，不食人間煙火。

　　每天晚上老闆都會到咖啡店跟一些朋友喝酒聊天，老闆娘有時出去打牌。所以晚上多數只有劉平跟阿嬌在家。阿嬌一貫坐著發呆，劉平躺在帆布床上看書，一個在廚房裏，一個在店堂裏，劉平往往忘了家裏還有另一個人。

　　天氣熱，劉平脫了上衣到浴室洗澡。出來的時候阿嬌跟著他走入店堂。她平平靜靜地脫了衣裙，裸著身子躺倒在帆布床上。劉平不明白她要做甚麼，連忙拉她起來叫她穿好衣服，把她推回廚房。當他回到店堂時忽然醒悟，又折回廚房。他問阿嬌為甚麼脫光衣服，阿嬌說：平哥哥喜歡阿嬌。劉平又問還有誰喜歡阿嬌？她回答說：爸爸喜歡阿嬌。一剎那劉平明白了。他氣憤得漲紅了臉，畜生，他恨恨的罵，糟蹋了我不算，連自己的女兒都糟蹋。憤懣，不平，他覺得他一刻都住不下去，他想立刻就離開這個骯髒的地方。

　　他等到老闆回來，沉著臉跟老闆攤牌。他說你卑鄙無恥，為甚麼連自己的女兒都不放過？老闆會意，連忙低聲下氣的討饒，掏出兩張鈔票塞給他，求他千萬不可聲張，千萬不能讓老闆娘知道。

　　正在爭吵中老闆娘豁地衝進來嚷著說：你這個沒良心的，你怎能糟蹋自己的女兒呢？我跟你拼了！她拳打腳踢，沒頭沒腦地打老闆。老闆一面擋一面求饒說：下次不敢了下次不敢了！

　　劉平退到一旁，他看兩人揪打不散，像兩蛇相鬥，兩條蛇身上都長滿汙穢不堪的流著膿汁的疙瘩，當蛇身扭動時膿汁揮灑四周，

惡臭散播，整個廚房充斥滿痙攣的穢汙，逼得人窒息噁心。只有阿嬌，靜靜地坐在角落，對眼前的景況無動於衷。

第二天，劉平向老闆夫婦辭行，這地方他是待不下去了。他說他願意帶走阿嬌，他願意照顧她。老闆娘一邊揩眼淚一邊給阿嬌打點行裝。老闆給他一個信封，希望他好好帶阿嬌過生活。他沒有拒絕，他知道帶著阿嬌錢很重要，手上有錢，有安全感。他沒有透露要到哪裡，他從沒有告訴他們他從哪裡來，所以他們不知道他要回阿羅士打。是的，他要回去找他的舊窩，那裏是一塊淨地，他要回去洗滌他的身心。他將過一個全新的生活，他要跟阿嬌一樣純潔，心靈的純潔。

劉平牽了阿嬌上路，老闆夫婦跟著他們到車站等到怡保的巴士。老闆娘一直囑咐劉平安頓後給她一個地址，劉平點點頭，但他心裏明白他不會再跟他們聯繫。這一走，就是永遠的消失，他帶著阿嬌，永不會再踏足小鎮，也不會給他們任何消息。他要全然遺忘這裏的一切，斬斷這裏所有的絲絲縷縷。

車來了，兩人上了車，老闆和老闆娘一直揮手，劉平不回頭看他們，阿嬌一貫呆呆地前視，根本不知道生離死別。車慢慢開出小鎮，上了公路。不久就會到怡保，他們將搭上北上的長途車，回到他久別的家鄉。他將不會回家，他會在小城的另一端落腳，過自己的生活。盤算妥當，劉平呼了一口氣，頭向後靠，多年來第一次心頭那麼舒暢，他不知不覺坦坦然的睡著了。

休重憶

　　沒想一回亞羅士打就遇到禮米，是在熱鬧沸騰的百貨商場裡相遇的，我回亞羅士打過年，媽媽一直嘀咕我沒有新衣過年，我只好到城中買兩件衣服，排隊付款時覺得前面的人體態熟悉，多注意一下，這時他回頭來看我，兩個人都呆住，後面的人在等著，收銀小姐在等著，我回過神來，匆匆付了錢，走出去，他在一邊等我，我只好過去，我們對面站著，都很尷尬，一時不知要說甚麼。

　　還是他先開口問我近況，我們便談開來，他說他兩年前回來，現在當推事，我說很好，我說我在吉隆坡當文員，過得去。他問我沒升學嗎，我說沒有，然後他靜默，我也靜默。我知道他在惋惜我沒唸成大學，我便笑笑說我過得也不錯，沒有遺憾，我們站了片刻，我說有事要走了，便和他說再見。

　　我轉身離去，為自己的淡然感到有點意外，當年他離開時我不是這樣灑脫，那時才二十歲啊。送行時他一步一回頭，拼命揮手，我早已經哭成淚人兒，一方面哭他的離去，一方面悲我自己沒機會升學，肝腸寸斷，現在回想，那時真傻啊，可是也是那麼的純真。

　　我沿著東姑依不拉欣路走，午後的天氣酷熱，我撐著傘，一路避著陽光，一路揮汗，趕著到新車站搭巴士回家，回來真好，有一種歸宿感，東西又便宜，回來住的話也許能存點錢，就算不存錢，能補貼家裡也好，爸爸老了，近年來又出了好多年輕的補鞋匠，搶走好多生意，我看爸爸的生計越來越難，卻愛莫能助，哥哥的情況也好不了多少，一個打工仔，三個孩子要教育費，嫂嫂也出去打工貼補，他們自顧不暇，能有多少餘力顧及爸媽呢。可是我不能留在

亞羅士打，怕被人識破，這個城耳目太多，吉隆玻反而安全得多，至少對我而言是這樣。

於我，地方越大越安全，因為太多人，人種也雜，混在裡面是個沒有身份的人，沒有人關心你，沒有人在乎你的日常生活，更沒有人會留心你的底細，只有在吉隆玻這個人擠人的大城市，我才能如入無人之境。

我的中文名叫陳秀萍，馬來文名叫：法瑪阿都拉；種族：華人；宗教：回教。禮米的爸爸勸我皈依回教，他說一旦我成為回教徒他們就能幫我申請到獎學金跟禮米一同出國，我跟禮米那時感情已經深如無邊大海，他得到政府獎學金要出國，我連本地大學都進不去，我徬徨無助，一心一意只想上大學，本地大學不能唸，台灣中國我的成績夠資格申請，可是我知道爸爸沒能力供我出國，禮米爸爸的建議是一條路，家長們商量了很多天，然後爸爸跟我談，他說我們家信佛，從來沒想到回教，但是為了我的前途，他願意讓我改信回教，我那時對宗教很迷糊，我想回教就回教，信仰不重要，重要的是前途。

年少無知，爸爸媽媽沒受過教育，也不知道後果會怎樣，我們以為上得到大學就能改善生活，爸媽知道我的成績不錯，只是不夠好，進不了本地大學，禮米的爸爸那麼有把握，我們都信他。

禮米的父母開通，不因為我是華人而反對禮米跟我在一起。我的父母反而保守，剛開始非常反對我跟馬來人走在一起，但我不聽他們，跟禮米走得更近。我們同班，日久生情，每天在一起溫習功課，禮米的功課比我差，尤其是數理科。但是他的文科很好，會寫詩，經常給我寫情詩，我很崇拜他。我們總想，現在時代不同了，異族通婚越來越普遍，我們都不是那麼傳統的人，我們相信將來能快樂地共同生活。我們織的夢裡沒有離別，沒有挫折，太多的現實問題我們沒有考慮到。

　　也許是命中註定我們有緣無份，我們終究沒有在一起。這麼多年以後，我一個人在吉隆坡，每天上班下班，等待每個月底微薄的薪水。我沒有戴頭巾，沒有穿馬來服裝，皈依回教，華人叫做「入番」，等於做了馬來人，在亞羅士打，我必須照傳統穿著，一舉一動都有人注意，我受不了，跑到吉隆坡。在吉隆坡我在華人圈子裡交遊，大家都知道我是回教徒，但是沒有人在乎我有沒有遵照回教教條過生活。我常常這樣安慰自己，永樂多斯是回教徒，她都不用戴頭巾，我不戴頭巾沒有罪。然後我吃素，不吃肉類，就不用去擔心清真不清真的問題，雖然皈依，我對可蘭經十分陌生，書架上有一本可蘭經，是禮米爸爸送的，可是我從來都沒有去動它。我是個假回教徒，齋月我沒有齋戒，沒有人注意，所以我說吉隆坡是個讓我藏匿的地方。

　　皈依的情景我記不清了，只記得那一天很熱，我穿上長袖衣長裙，包了頭巾，熱得出一身汗，禮米的爸爸帶我去宣誓，回教長老問我考慮清楚了嗎，他強調一簽了字就不能回頭，皈依了回教就是一生的回教徒，不能改信其他宗教。我答應，就宣了誓。這樣一來就註定了我必須離鄉背井，永遠躲在吉隆坡。

　　我沒跟禮米出國，因為我的申請沒有通過。禮米的爸爸說我的成績比禮米好得多，我入了教，上大學肯定沒問題。沒想還是被退回來，理由是我就算是回教徒，但仍是華人，不是土著。非土著就沒資格享有優待，仍然必須根據固打制分配學額，我的成績夠不上，不能給我學額。這是晴天霹靂，我千方百計要上大學，這最後的一條路，堵死了，我沒辦法前進，就是要後退也不可能。我只能眼睜睜看禮米離去，去追尋比我光明的前途。

　　有時還會夢到學生時代，禮米在夢中給我唸唐詩，醒來不禁失笑，那麼荒唐，禮米只會寫沙雅，只會唸馬來詩給我聽，怎能唸唐詩呢。沒跟他在一起生活也許於我有益，至少我還能跟以前一樣

過華人新年，過華人的節日。如果跟他結合，那我就得過馬來方式的生活，能不能勝任我不知道，當年也沒去想到這種問題，唯一在心頭繚繞的是升學，真幼稚，以為上大學那麼重要，現在不也還好好活著嗎？沒上大學又怎樣？沒有大學資格反而輕鬆，沒有那麼大的壓力，我看見很多大學畢業生失業，太好的工作要求經驗，他們剛從學院出來，甚麼都沒有。太低的工作他們不屑做，結果不上不下，卡在那裡。像我，做一個普通文員，上司對我要求不高，做我份內的事就完，從不用負太大的責任。薪水少省著用還過得去，只是沒有多少能存下來，老的時候要怎麼辦我一點主意都沒有。暫時不去想那麼長遠，有一天過一天。

跟禮米並沒有正式談分手，我們開始時兩地相思，通訊頻密，不知怎的，慢慢竟淡下來。應該是他淡下來，我給他電郵，他越來越少回，我識相，知道他在大學裡生活多姿多采，我沒資格要求他對我怎樣，我們還沒有談婚論嫁，我不能強求。我在亞羅士打過得不愉快，太多約束，加上跟禮米的感情變質，我意興闌珊，便到吉隆坡找事。一留就留了這麼多年，事實上並非樂不思蜀，只是在吉隆坡我可以時時忘掉自己的宗教，不用像在亞羅士打那樣隨時隨地要留心。

現在有一個男朋友，也算男朋友吧，跟他單獨來往了一個時期，兩人很談得來，只是我沒有告訴他我的宗教，他是個虔誠的基督徒，曾問過我信甚麼宗教，我說甚麼都不信，我沒騙，我的確是沒有宗教觀念，不然當年也不會皈依回教。我不敢跟他說我是回教徒，一旦他知道後我們的關係一定告吹，但不讓他知道也不妥，他遲早會知道，在他之前我也交過朋友，在感情將更進一步發展的當兒，我坦露自己的宗教，那位男士一聽就打退堂鼓，他說他不願意也成為回教徒，我不能勉強他，只得由他去。這一次就比較小心，不先供出真相，姑且先交交朋友，走一步是一步。

　　跟禮米相遇後我忍不住想：不知他是不是結了婚？不知他還寫不寫詩？有點好奇，有點訕然，他當推事，似乎跟他的性向不怎麼符合。他跟我說過喜歡唸文學，將來做教師兼詩人，也不知他如何當上推事的，無論如何，馬來人機會多，推事比教師高級，人總是往高處爬。我偶爾會注意馬來文壇，希望看到禮米的作品，但是沒有看到，也許他已經不寫詩了，也許他用筆名，也許他寫得其實不夠好，只有我認為他好，只是，除了禮米，沒有別人給我寫過詩，每想到這一點，難免有些悵惘。

　　男朋友帶我上教堂，我聽他們禱告唱聖歌，自己一點聲音都發不出，不知道為甚麼每次到教堂我都感到惶恐，感到自己有罪，成為回教徒事實上並不是甚麼罪過，但我沒有做個真正的回教徒，就有罪了，可是我不知道要怎樣處理這個問題，牧師說神愛世人，只要你信主，就能得救，問題是我已經入了回教，不可能再去信別的宗教了。再說，基督教我也很陌生，要信也得先搞清楚它的性質，不能再像皈依回教時那麼不加思索。總之，現在才開始正視宗教已經太遲，不可能改變，只能維持現狀，馬大開放日，我們去遊園，我去參觀醫學院，然後去參觀理學院，看完我們去吃午餐，我坐在窗前的位子，周遭許多人，我有點恍惚，彷彿我也是這間大學的一份子，盪漾在花木扶疏的學習環境裡，走出大門，我拍了照，不能在這裡唸書，留個影也好。車子慢慢駛離大學區，我看路旁的行人，每個人都快步走，好像有甚麼重要的事在等著。我不急，也叫開車的男朋友不用急，慢慢駛。他說一上快車道就由不得你慢，大家都快，你不得不快。我說也是的，人總要隨潮流走，心裡卻想，我是一條獨自流淌的水，永遠匯不進主流，註定要永遠迷失，車子上了大道，加疾了速度，把一抹斜陽拋在後頭。

悟

　　黃昏，天將暗未暗，走在街上，來往的行人臉上罩上一層暗金色彩，看上去有點詭譎，像一縷縷魂魄，在陽光快消翳的當兒，輕飄上街道，街燈還未亮，可已經過了下班時段，交通不再那麼擁擠，街上人也不多，也許都是在巷口吃過晚餐，再出來逛夜街的吧。

　　我進入一家百貨商場，店面都冷清，平時這個時間我跟梅都在家裡弄晚餐，不會看到商店的青黃不接時段。我隨意在女裝店前瀏覽櫥窗裡的擺設，兩個模特兒，一貫的碧眼金髮，手腳修長，一個穿著時下流行的露臍緊身短衫，配淺黃三分褲，另一個穿紫藍吊帶半長裙，燈照下那紫藍蘊著一浪浪海一般的濤聲，使人一陣昏眩，我踱進店裡，想觸摸一下那衣料，看看它有沒有海水的觸感。女店員親切的來招待，我說只是看看，她說慢慢看沒關係，我便問她有沒有櫥窗裡那襲裙子，她領我到店中央一個圓轉衣架，上面掛了同樣式的裙子，除了紫藍，還有鮮橘色、桃紅、蛋青色和全黑色，我把紫藍裙襬捏在手指間細細摩娑，綢緞料子在手指間軟涼柔滑，真有水的感覺。我問自己這裙子穿在身上一定很涼爽吧，那女店員馬上回答說是呀，這衣料很涼爽的，我流連，海濤聲不停從裙襬傳進我腦中，女店員詢問地看著我，好像在問我好不好買一件給梅，我看看價格，好貴，梅絕對不會買這麼貴的衣服，可我還是說好，買一件紫藍小號的。

　　出來，我繼續走，感覺到走廊上人多了起來，逛夜街的人們開始充塞這寬廣的商場，本來嫌太大聲的音樂，現在被人們的話語聲濾過，只剩苟延殘喘的嗚咽，看到麵包店，進去瘋狂的購買所有平

時不敢碰的有餡麵包，順便買了一盒奧地利堅果巧克力，彷彿要慶祝甚麼。

離開百貨商場，已經入夜，天上半紅，是城市燈火的反照，看不到有沒有星星，閃爍的是繁忙的車燈和商店的霓虹燈，我回到家已過九點，梅給我留了飯菜，我說吃過了，早先已經跟她說過晚回，她還是執拗的留菜，這是她表示關懷的方式。我抖出裙子給她看，她又喜又憂，一直問我花了多少錢買這裙子，我不告訴她，只問她喜不喜歡，她試穿，在我面前旋轉，海浪又從裙襬衝擊著向我撲來，我又一陣昏眩。

我把麵包巧克力統統掏出來擺在桌上，準備大吃一頓，梅大驚小怪地嚷，怎麼突然不買全麥素麵包，卻買了那麼多不健康的東西，有沒有攪錯！我說豁出去了，那麼循規蹈矩幹嘛！然後我開了一瓶紅酒，我們有若在慶祝甚麼對飲起來，梅說從星期一起要積極找工作，我說不急，工作了那麼多年，趁現在失業休息一下。

在公司做了八年，以為穩了，沒想還是被裁。

不知道要抱怨甚麼，工作表現不能說不好，公司生意有盈無虧，唯一的錯是職位太高，高級工程師，只有三位，我的工作年數最短，只好走路.老闆不想讓我走，但情勢所逼，只好忍心辭退我，老闆苦情地跟我解釋他的逼不得已，我點頭，跟他說我瞭解，完全不怪他。

星期一，梅去上班，我也一早起來陪她吃早餐，她出門後我洗杯盤，打掃屋子，閒下來，我捧著一杯咖啡站到陽臺上看風景，右

邊是海灣，湛藍的天上浮游著雲絮，遠遠的接連到海灣，海水也一樣湛藍，只多了一抹灰，看起來深沉多了。我微瞇著眼，慢條斯理的吸啜咖啡，許久沒有這麼優閒了，沒想失去工作會給予我這份閒情，早已計算過，不工作一段時間暫時還不至於陷入經濟危機，梅有工作，我有積蓄，我們還撐得下去，所以難得清閒，我想過一過隨心所欲的日子，譬如像現在這樣飲咖啡，或看看書，聽聽音樂，不然出去散散步也不錯，九點過後的陽光照在皮膚上有點刺痛，我想起該出去買菜了，跟梅說好晚餐我打理，她辛苦一天回家應該享用晚餐，不用再忙著做晚餐了。

　　我給自己下了一碗生力麵加青菜和一粒蛋，吃過午飯，到海邊走走，低潮時分，海線退得很遠，我赤足在潮濕的沙灘上踱步，想起一些老朋友，許久沒有聯絡，大家都忙，我盤算著要去拜訪一下哪些人，或者約幾人一齊到咖啡廳吃點東西聊聊天，又想到這時間人家都在上班，哪有時間跟我出來聊天呢！我走了兩圈，慢條斯理的回家。早早就做好晚飯，等梅回來熱一熱就能吃，等梅時我看電視，拿著遙控器一台一台換，感到有點無聊，終於梅回來，我們又像往常那樣吃飯，洗碗，飯後梅就上網，我也跟平時那樣坐到電腦前，十點，上床時間，我跟梅躺在床上，梅問我這一天的感覺，我說感覺良好，失業第一天就這樣輕盈的過了，我相信下去的日子應該也容易過。

　　時間是如此捉狹，當你手邊很多事待辦時，簡直是跟時間賽跑，它非但不等你，還要遠遠把你拋在後頭，讓你呼吸急促，血壓升高，神經緊繃，趕完一樁又一樁，沒完沒了，可是當你無事可做時，它突然間停頓了，你熬了一陣再看看錶，發現才剛剛過了一分鐘，時間變得多得沒有邊際，教你無聊得發慌，我每天在陽臺上看風景，看了兩個月就膩了，海每天都呈藍灰色，天有時晴有時陰，

以前下了班出來看到天很快樂，好像看到最美麗的景色，現在看天，天就是一塊屏帳，越看越空無。我每天買菜做飯，開始時還樂此不疲，久了就麻木，喪失了挑戰性，下廚成了公式，我變得有點懶散。作息，有作有息配合得恰好的話人也就平衡，有作沒息會把人耗盡燃燒盡，沒作只有息呢？也許殺傷力沒有那麼大，不工作不活動光休息彷彿有福，可人是賤骨頭，休息久了會變懶，悶得不知所措，總要工作來填那份空虛感.我想我是勞累型吧？空閒不了多久就鬧出病來，我病了，躺在床上懨懨的，甚麼都不想做，也沒胃口，早上的陽光從玻璃窗穿進臥室，地板灑上金光，蜿蜒上床，在被子尾端亮麗著，我翻身面牆，避開那片耀眼的光，我們的牆是柔柔的鵝黃色，光禿禿的沒掛畫，梅說房間小，要像日本人那樣素潔，不要太多裝飾，把房間擠得透不過氣來，這時我卻希望牆上有點東西，畫也好花也好，熱鬧一點，當個伴，我沒伴嗎？突然想到這個問題，彷彿自己很孤獨似的，我安慰自己說我有梅，應該滿足，梅溫柔體貼，我跟她無所不談，從不會感到孤獨，我有梅這樣完美的伴侶，實在不能抱怨甚麼了，可為甚麼我竟會感到這般無聊這般空虛呢？好像遺失了甚麼東西，又好像一顆心被掏空了，我躺著，四周靜得像在古墓裡，我像一具死屍，與世隔絕。

梅下班回來，我還沒煮晚餐，她進臥室來摸摸我的頭，沒有發燒。她問我怎麼了，我說沒甚麼，一點不舒服，晚上梅沒有上網，她坐在床沿陪我，我感到好些了，有梅像有個靠山，我不再感到無依，梅問我有沒有想開始找工作，我回答說沒心情。

我一病就躺了一個星期。梅見我只是悶壞，就回到她的電腦前，任我躺著。我一個人躺了一整天，實在需要梅，就呼喚她，當她來到床邊時我又想不出要說些甚麼，她坐了坐，好像悶了，就好言安慰我，叫我躺著，她有事要處理，我只好由她去，她在書房裡

忙，我在床上靜聽，梅照常聽輕音樂，越戰獵鹿人電影配樂緩緩流出來，寧靜清冷，讓人想到晚秋的蕭颯，有如一個人徘徊山林中，周圍的樹在風裡發抖，抖落片片黃葉，落在帽上肩上，留下嗒嗒聲，迴盪半山，我矇矓睡著，梅不知何時來躺下，我再醒來時已經是半夜，再也睡不著，我瞪著黑暗，腦子裡空空洞洞，梅輕輕的呼吸聲，均勻像在打拍子，有著安撫作用，我就這樣無意識地聽著她的呼吸，等待天明。

週末梅依然早起，拉我起床，說要去晨運，我坐在床上不肯出門，頭昏腦脹，拉扯了半個鐘頭我畢竟起了身，咕咕噥噥地跟梅到植物園步行。晨運的人蠻多，一個個很精神似的或慢跑或快步行走，梅一路催我走快些，我喘著氣，感到昏眩，不知為甚麼近來老是昏眩，也許營養不良，也許患上了高血壓，也許腦子裡長了癌。我不禁有點擔憂，我和梅是保健一族，不吃色素，儘量吃高纖維食品，坊間有新的保健品我們總領先買來試，我一向精神不錯，感覺健康，從不曾想到病痛，我們雖不年輕，卻還未進入老的階段，還要好些年才算進入中年。「生，老，病，死」，我們應該還倘佯在「生」的氛圍裡，一切都還蓬勃，「老，病，死」彷彿還很遠，跟自己還沒有關係，我甩甩頭，企圖甩掉那份陰影，想必是睡昏了，走快點，出點汗，也許會好些。

迎面有人向我揮手，定睛看原來是漢生，他問我近來可好，我胡亂回答說蠻好，又問有沒有升級，我苦笑說失業了，他不相信，梅向他證實我的確是失了業，他說應該能很快又找到事，我們又談了一會兒才分別，見到漢生頓時像從迷濛中甦醒，他像一盞探照燈籠罩著我，刺眼的白光射得我無所遁形，是的，在漢生面前我是赤裸裸的，我永遠不可能向他隱瞞甚麼，因為他是我的好朋友，我發覺自己疏遠漢生太久，有一年多沒跟他聯絡，總是忙，總沒想

起他，現再空閒了卻又不願見他，看見他職場得意我心裡難受，怕他看出我的心事，就更不跟他聯絡了。我們兩個曾經旗鼓相當，既是死黨也是暗中角力的對手，從中一同班到中五，到大學才分別在不同的學校求學，他到英國唸機械工程，我到美國唸電子工程，中學那段日子，雖遙遠卻仍舊清晰，我們曾那麼意氣風發，組織了一個樂隊，在校內名噪一時，我們自己作曲填詞，演唱我們年輕的心聲，我們以為能永遠唱下去，以為永恆就是每日升起的太陽，每天藍著的天，永不缺席，近在咫尺。那個年代，總有許多念頭許多靈感，綿連不斷，有時來勢洶湧，擋都擋不住，那股勁，迅速化作無數蓬勃的歌曲，充滿無窮的生命力，我們的青春和理想，全部投射在青澀而勇敢的嗓音裡，向廣天闊地傳送。

有多久沒有搞音樂了？上了大學好像就淡了下來，然後工作，不知怎的就沒再想唱歌，現在想起來，有點惆悵，我想現在沒事做，不知能不能又拾起吉他重溫舊夢？回到家我翻箱倒篋的找吉他，梅提醒我說好久以前我已經把吉他送給了她妹妹，我「哦」了一聲，洩氣地歪坐在沙發上，一時興起的作歌情緒頃刻如一縷輕煙消散無蹤。

我終於提起精神寫自傳寫求職信，自傳上列出滿滿的各種活動和各種獎賞，我凝視著電腦熒幕，不禁顧影自憐，我的求學階段畢竟頗有收獲，我也不算平庸，總有公司願意僱用我，只要我努力一點，相信不會找不到事，求職信寄出去，我開始守候，原來等待是如此消耗精神的，我每天開著手機，有電話來心裡砰砰跳，沒電話來坐立不安，接到三四家公司約談，心頭充滿希望，約談過後繼續等待，這次的等待卻漫長無盡，一般上等一個月沒有下文就知道不被錄用，這家等一個月那家等一個月，一等就拖著好幾個月，我從開始就躍躍欲試，總提著心，以為一通電話來就可以再上班，過

了一段時日，知道沒希望了，只好又從新開始申請別家，然後又是等待。我每天神經兮兮，又是忙著寄求職信，一邊又趕場似的去面試，同時又盼望著電話，彷彿很忙似的，可是都是無事忙，我不跟朋友相聚，就是見個面也形色匆匆，老怕有電話來，梅說我其實不用那麼緊張，大可放鬆心情，一面等工作一面還是過正常日子，但是她不瞭解我是一心不能二用的人，做一件事我就一心一意的做，就是等待，我也只能一心一意的等，不能分心做別的事。

我又失眠，躺不下去，就輕輕起床，推開落地玻璃門，晚風徐徐灌進來，有點涼意，望出去，對面的樓房有點點亮光，那應該是樓梯間的燈光吧？窗戶都暗著，大家都在夢中，就不知有沒有其他甚麼人也睡不著，也在半夜這樣站在風中不知要做甚麼？是個沒有月亮的夜，天卻不黑暗，繁星滿天，映得周遭有些亮，我看星星，水鑽般閃著冷光，東一眨西一眨的，有些放淡淡的紅光，有些放淺淺的藍光，看久了眼裡盡是光光點點，我閉上雙眼，那些光點在眼皮裡繼續閃亮，我頭又暈了，揉揉眼，不看星星，伏在陽台往下看，從十五樓望下去，像站在井邊往井裡看，裡面一團黑暗，很深，深得有一股吸力，像要把人吸下去.突然有某種想望，很想放開一切就讓黑暗把我吸進去，在黑暗的環包中我將是沒有重量的輕如鴻毛的一個存在，甚至不再存在，沒有責任沒有需求沒有目的，只是輕輕鬆鬆的在黑暗裡飄浮，有如回到母胎中，那麼安全那麼平和。

梅說我該去看醫生，我說我沒病，她說我沒生病卻有毛病，她說我有焦慮症，有自閉傾向，我不以為然，不過有點煩躁吧了，那麼小題大作，前天漢生來，也勸我看醫生，我有點煩有點慍，我自己的身體狀況我自己清楚，他們為甚麼一直環繞著我嘮叨，好像我是未成年少男，心理發育不正常似的！只是，反感歸反感，我不能

也不願意跟他們反臉或爭執，我只是敷衍說過一陣才去看醫生。我趴在陽臺上，夜色趴在我的背上，越來越重，像梅和漢生的過份關懷，壓得我透不過氣來，感到胸口緊繃，彷彿落在水中不能呼吸，非馬上浮上水面不可，再慢一秒鐘就要窒息似的，我知道我生理心理都沒有毛病，但某一方面很可能有毛病，申請工作一直失敗，就不知毛病出在哪裡！我把視線拉離即將把我吸下的深井，及時回到現實，天色淡開來了，星光不知何時也已經褪色，就快天亮了，我又要開始等待的一天。

　　我等到一通意外的電話，舊老闆約我見面，我又回公司到經理室面談，讓我想起當年來面試的情形，那時我剛剛大學畢業，充滿理想和憧憬，信心比天還高，我知道自己帶著最新最先進的知識和科技回來，有點不知天高地厚，現在跟經理談，我謙虛得多，覺得自己開始老了，好像經理室牆上的那幅畫，年月久了有點潮了，發出舊的氣息，經理說願意重新聘請我，但不是以前的職位，而是助理，以前的高級工程師位置已經給了土著，但他不能勝任，又不能辭退他，只好找我回來幫他，不能給我一樣高的薪金，但卻高過新進的工程師，換一句話說，我還是做回以前的事務，而職位卻低了一格，設一個助理的位置，比高級工程師低但比平常工程師高，是為我著想，不願意太虧待我，我苦笑，已經降我級了還說不願意虧待我，真是世紀大諷刺，而我竟答應效勞，更是一個大笑話，無論如何，我回公司上班，比在家等待好，我跟經理說好，如果我找到別的工作，可以隨時離開。

　　我的上司，即我做他助理的工程師，出乎意料的是個和靄可親的人，他一點都不擺架子，甚麼事情應付不來他就跟我商量，由我出主意，他出面去辦妥，我其實是在處理以前我處理的事務，只不過退到幕後，我的上司李喀只要簽簽名或負責傳達訊息等，我是駕

輕就熟，他則如釋重負，據他自己說我沒來之前他攪得焦頭爛額，我來了像天降神兵，一切難題迎刃而解，我們合作得不錯，我的生活慢慢的又恢復以前朝九晚五的規律。

我上班半年還沒有申請到別的工作，開始有點鬆懈，可有可無，反正有一份事在做，當你在一個地方呆久了，多多少少有了一份眷戀感，有某種安全感，就不想動了，我就是這樣，怠惰起來天天上班回家吃飯睡覺，沒有精神積極起來，反正這份工熟，又沒了以前的職責，我沒有壓力，倒有點消遙，可是梅不讓我放鬆，總促我申請新工作，她問我難道甘心做李喀的部下，一輩子胡混著嗎？我說沒辦法，誰叫我不是土著呢！漢生也加入促勸陣容，他用民族尊嚴自強自救等等偉論向我曉以大義，我只聳肩不辯駁，他有鞏固的優差，不會瞭解我的處境，讓他也失業兩年，看他還會不會如此義正詞嚴，我依舊我行我素，任他們嘮叨下去。

李喀請我到美心吃西餐，我要了一客雞扒，李喀要了牛扒，等食物時李喀跟我說他已經辭職，另一家外商以更高薪聘請了他，我很感意外，他的能力有多少斤兩我最清楚，居然還有公司要用他，但回頭想，他是土著，到底佔優勢，我凝視自己的玻璃杯，暗黃的燈光把杯裡的白開水折射成茶色，看久了有些目眩，我想起好一陣子沒有暈眩了，怎麼現在又回來了呢？李喀在叫我，我回過神來應他，他說已經向經理推薦我接他的職位，我啼笑皆非，這個位子本來就是我的，現在反而要李喀來推薦，我跟他說他們還是會請別人的。他會意，說其實土著優先權對其他民族的確有點不公平，但如果沒有優先權，恐怕土著在職場上會被振出局，他又安慰我，說我的職位也不錯，我點點頭，心裡有一絲酸楚，侍者送上食物，我們默默的吃，各自想自己的心事，李喀忽然嘆氣，他說如果能帶我一起過去新地方該多好，我們可以繼續合作無間，我無言，難道我永

遠要做助理嗎？剎那間我省悟，不能再這樣下去，我到底委屈了多久而沒有自覺？但我不知道要怎樣跳脫出來，從小就慣於接受這個社會系統，做二等公民，沒有人抗議過，我只是一介凡夫，能有多少力量去反抗！我知道我不敢吭聲，太窩囊，但要存活，只能接受現實。

晚上我有點低落，梅馬上感覺到，我告訴她也許我得再度失業，這次是自己辭職，她說沒關係，慢慢總能找到事，也許薪水低些不要緊，我感動地抱了抱她，她也回抱著我，我們靜靜地擁抱，我就知道，在人生路上沒有梅的話，我不可能自己走下去，我感到平和得多，沒有了早先的委屈感，我決定再出發，不要再為他人做嫁衣裳了。

我跟李喀同一天離開公司，走出大廈，我覺得突然高過李喀，本來他是比我高一些的，這一霎間我卻長高了似的，心裡漲得滿滿，我偏頭看李喀，莫名其妙的朝他笑，他有點驚愕，好像我在發神經，他問我要不要一齊去吃飯，我搖搖頭，他又問我今後要怎樣打算，我仍舊搖搖頭，然後我跟他說再見，一轉身頭也不回地走了，我突然感到，這次失業跟上次失業不一樣，我好像長大了，開悟了，我好像知道今後要怎樣走，就是跌，我也知道要怎樣跌，下起雨，雨絲斜斜落下來，街上的人紛紛走避，有人撐起傘來，我稍稍停駐，然後瀟步走進雨的氛圍中，雨越下越大，打在臉上有如針刺，我走著走著，然後大呼一聲，向前奔跑起來。

芒果的滋味

　　阿公要我幫他種樹，我有點意外，阿公有專用的機器人，有甚麼事都由機器人去做，他有個大涼室，裡面種了各種各樣外面已經絕種的果樹，一切都由機器人打理，今天怎麼不叫機器人幫他，竟來叫我幫？這是阿公第一次找我幫他做事，我一時不知要不要答應。阿公像知道我的心事，他說：政府栽培出特種芒果樹苗，要我們種在荒地上，這種芒果不能用機器人，要人親手種才能生長的，你沒事就幫幫我吧！

　　我正在跟我的機器人明明下棋，阿公第一次叫我幫忙，我不好意思拒絕，只好放下棋子，我用白布把頭頸包好，套上白長袍，穿上長筒靴，戴上太陽眼鏡，穿上手套，全身包密實了才跟阿公出去。要出去荒地還要走一段路，我們的住宅區很大，周圍罩上太空玻璃，有空調系統，所以我們的環境四季如春，大旱大澇都有玻璃罩擋住，我們住在裡面甚麼都不用愁，但罩外的世界就不是那麼一回事了。那是一片荒原，只有黃土，草木不生，旱天裡土地龜裂，狂風一刮，立刻滿天風沙。遇到大雨時，會到處淹水，黃浪滾滾，所以我不喜歡出去，外面的天氣太熱，媽媽說太陽有毒，曬到會病倒，大家都躲在罩子裡，沒有人要出去受苦，要出一次得把全身包密密，不讓紫外線射到，真的很麻煩。

　　我們坐上阿公的自動車，穿巷過街，駛了半個鐘頭才到出口，一出去我就感到目眩，太亮了，就是有太陽眼鏡也能感到雙眼像被芒刺捅入，一陣閃爍，我不由自主閉上眼睛，好一會兒才再張開來，阿公已經在催我，我快步跟上他，熱浪像火蛇一樣迅速環繞著

我，我走一步它就囓咬我一下，走上幾步我已經像滿身傷破，熱氣從創口流竄而出，我熱得頭昏腦脹，阿公已經在鋤地，泥土很硬很乾，鋤了好久才挖開一個小洞，我把樹苗栽在洞裡，阿公堆上泥土便成，我們種了幾棵，阿公已經累得氣喘咻咻的，我便接過鋤頭鋤起地來，可是我從來沒有動手鋤過地，使勁刨都沒辦法把地刨開，阿公說：算了，我們明天再來種。在回家的途中阿公嘆了一口氣說：我們沒有動太久了，甚麼都用機器人，我們都要退化了！

到了家卻看到門洞開著，我們進屋，沒看到阿公的機器人徐徐，我進房找明明，它也一樣無影無蹤。奇怪，不知它們上哪兒去了，已經到了晚飯時刻，還不見它們回來煮飯。我們正在納悶，媽媽來了。媽媽不跟我們住，她有自己的住處，爸爸也是，媽媽很慌張，她說：京京罷工了，我沒有機器人不行呀！跟你們借明明用。阿公說：我們的徐徐和明明都不見了，難道它們也罷工了？正在猜疑的當兒，爸爸來電，阿公按下中央電腦，爸爸在螢幕上跟我們說：不得了了，全國的機器人總罷工，沒有人替我們工作了！我們都慌了起來，還是阿公鎮定，他說：大家來我這裡，我們商量一下該怎麼辦。過不久爸爸趕來，我們坐下來，大家面面相覷，不知如何是好。阿公說：我們都還沒吃飯，不如先煮飯吧！我們都看媽媽，媽媽慌了，她連忙說：我從來沒煮過飯，我不知道要怎樣煮。最後阿公說：還是我來煮吧，我年輕時還沒有機器人，飯我還記得要怎樣煮。

阿公煮的飯菜很糟糕，但我們還是勉強吞下去。飯後我們看新聞報道，由於全國機器人罷工，導致核電廠沒有員工，水電部沒辦法發電，從明天起全國被逼停電八小時，停電意味著我不能上課，爸爸媽媽不能上班，因為我們都用電腦，更糟的是我們的玻璃罩會失去空調，到時會有多熱沒有人知道。

我是熱醒的，整個房間像烤爐，窗玻璃濛了一層水蒸氣，而我感到透不過氣來，我叫明明給我倒水，想起明明已經跑了，只好

自己到廚房找水喝。阿公坐在客廳裡一面擦汗一面喘氣，看到我出來，他又叫我去種樹，我支支吾吾不願意去，阿公竟生氣地吼道：你還不知死，我們已經沒有多少時間了，這些樹非要趕快種下去不可！這是我第一次看到阿公發脾氣，嚇得不敢作聲，乖乖跟他去。

　　晚上我以為會來電，但等了整晚都沒有來電。第二天也沒有電，我們不能看電視，就聽收音機，只聽到機器人報導，原來我們的國家已經被機器人奪權，我們全被機器人控制，機器人不殺我們，卻要我們自己滅種，不給我們電不給我們水，讓我們自生自滅。

　　阿公下令大家馬上儲水，在自來水還沒切斷之前趕快用所有容器盛水，我慌慌地找桶找罐給阿公，我們盛了幾桶水，水就沒了。阿公叫爸爸媽媽把他們各自盛到的水全部集中到我們家，從今開始我們必須全家合一，節制用水，媽媽慌得哭了，我想到我們水一用完，不知要去哪裡找水，沒有水怎麼活呢，便也忍不住嗚咽起來。晚上，伸手不見五指，燠熱難熬，我很疲倦卻睡不著，聽到爸爸和阿公在嘆氣。風，突然我很想風吹一吹，我們住在罩子裡，從來沒有風吹拂，我這一生只感覺過一次風，那是多年前的清明，我們到罩外去掃墓，剛好刮起風要下雨，那風很涼爽，可惜是暴雨的前兆，風一起，我們都急忙退回罩子裡，避開那場雨，如果現在吹一點風多好，就不會那麼熱，我閉起眼想像風吹的感覺，不知不覺睡著了。

　　天亮，大家都聚到籃球場，個個驚惶不知所措，我們不渴死也遲早會熱死，有人提議把玻璃罩揭掉，寧可挨熱也不要被焗斃。但有人說下起大雨時怎麼辦？雨水會把我們淹死，大家建議這樣那樣，又一一推翻，始終沒有一個萬全的辦法。到中午，熱得受不了，大家垂頭喪氣地各自回家，阿公還堅持我們全家去種樹，爸爸說：我們人都要絕滅了，還種甚麼樹！阿公說：你們不知道這些樹的好處，它們是專家採取最好的基因栽培出來的樹種，耐旱耐濕，不怕太陽也不怕水淹，而且長得快，我們要存活，恐怕還要靠它

們。爸爸說：不如我們召集全區的人都去種吧！於是爸爸和阿公出去召集大家，我幫媽媽煮飯，我們正在手忙腳亂的當兒，爸爸他們回來了。大多數人都怕熱怕累，只有幾家願意去種樹，於是我們出去種樹，大家合作，種了蠻多棵，但大家都累壞了，都說明天休息一天，後天才再種，只有阿公一直堅持我們要天天種，把一千棵種完才罷休。他語重心長的說：這些樹重要啊！可是沒有人注意他的話。

日子一天一天過去，我們的存水只剩下一桶，阿公說他的涼室裡有荷花池，我們可以去汲荷花池的水，去到涼室一看，阿公的果樹都在掉葉子，一片片的轉黃的果葉漫漫地飄，景象一片蕭條，我們無心去管果樹，逕往荷花池走去，荷花池的水只剩淺淺的一汪，我們盡量輕輕舀水，盡量不把泥也舀上來。回家途中我們的車被一輛警車攔住，兩個警員說市長的家需要水，要我們讓水，爸爸說：還甚麼市長，政府已經沒有了，你們也不是警員了。他們亮出手槍，我們沒辦法，只好眼巴巴讓他們把水搶走。媽媽恨恨的說：手槍也不去對付機器人，用來搶水。爸爸說：機器人刀槍不入，有槍也沒用，解鈴還得繫鈴人，我們要找到製造機器人的人才能消滅它們。我說：可是他們在美國呀！怎樣去找到他們呢？爸爸喃喃地說：我也不知道。

我們不止缺水，還面臨絕糧危機，沒有水，連帶著也沒有蔬果，沒有肉類，靠海的地區也許還有魚蝦，我們的社區在內陸，只能一籌莫展。更糟的是：我們的自動車必須充電，充電站現在統統被機器人佔據，不準人類充電。我們的交通完全癱瘓，自動車只好廢置，每天我們走長長的路出去種樹，又累又渴，好不容易終於把一千棵芒果樹種完。種完樹我們沒有了目標，都慨慨的等，等甚麼我不知道，也許在等世界末日，也許在等奇蹟出現。有人抬高價賣肉，爸爸出去搶購，回來時手裡抓著一塊肉，他說就只買到這一塊肉，都被人買光了。

　　隔壁的陳先生來向我們借水，他說他家的水喝完了，孩子沒水快要支持不住了，他願意出高價跟我們買水。爸爸說我們也沒水了，實在沒辦法幫他。可是阿公厲聲說：我們不能見死不救，快給他一點水，爸爸訕訕地舀了兩瓢給陳先生，陳先生如獲至寶，硬向爸爸塞錢，爸爸婉拒不收，他才千謝萬謝的回去。

　　有幾家人來邀我們一起離開馬來西亞，他們打算去泰國，我們說沒有車怎樣去，他們說走去，我們這裡離邊境有四十公里，如何走得到呢！他們說與其等死，不如一試。我們猶疑不決，他們說等不了我們了，便告辭而去。爸爸跟阿公商量要不要離開，阿公說他老了走不動，不如他留下來，我們去到泰國買車充足電再回來接他。爸爸怕我走不動，叫我留下來陪阿公，他和媽媽先去，決定了之後，爸爸媽媽第二天一早便動身。

　　等待是這樣漫長，我和阿公坐在門前，等待爸爸媽媽回轉。過了三天還不見蹤影，我們開始聽聞附近死了人，渴死熱死的，再看看我們的水桶，水只剩一點，而且我們已經沒有食物。我慌了，一直在想著「死」字，我怕死，不想死，可是我隱隱約約的嗅到死亡的鐵腥味。

　　然後下起雨來，大家都衝到罩外接雨水，當開始積水時我們才趕快退回，把閘門關緊，阿公一面搬水一面說：天不絕人啊！總算我們暫時又能熬下去，可是水一淹起來，爸爸媽媽就沒辦法來接我們，要等到水退後才能回來，我們沒有其他辦法，只能繼續枯等，食物沒有了，我們只喝水。我這才瞭解餓的滋味，胃囊裡轆轆響，那種空的感覺，令人頭重腳輕，好像身體失去平衡，老要坍塌的樣子。

　　我們有了水很慶幸，卻不知道這雨水能使人瀉肚子，我瀉了兩天，已經手腳軟弱無力，躺著起不來，而阿公更是嚴重，瀉出了血，我們倆就這樣躺著，不知又過了幾天，我看阿公一直躺著不動，就叫他，他不應，我爬起身去看他，只見他睜著眼，卻不看

我，好像在看前面遙遠的地方。我一面叫他一面搖他，只感到他手很涼臉很黃，半天，我才意識到原來阿公可能已經死了，我一直怕死，現在看到死亡，我反而平靜。阿公死了，我不知該怎麼辦，有機器人時我會問明明要怎麼做，現在就只剩我一個人，我完全沒有主意，我又躺下來，我想：先睡一覺吧，也許睡醒時一切都好了。

我昏昏沉沉的不知睡了多久，有人砰砰敲門，我只聞到一陣惡臭，幾乎要吐，慢慢扶著牆去開門，是一個鄰居，他問我是不是我們家發出臭味，我怔怔的不會回答。他一面進門一面問我阿公在不在家，但當他看到阿公時他馬上掩鼻轉身，他把我拉出門外，跟我說阿公死了，我們得馬上把阿公埋葬。可是水還沒有退，有人說等不了了，只好把阿公丟到罩外讓水流送掉，我像在夢中，一切都那麼不真實，他們商量好就行動，突然我發現我和阿公就此永別了，有人幫我掃洗屋子，我又繼續躺下。

水終於退了，爸爸媽媽還沒有回來，我想到阿公的屍身，不知流落到哪裡。我餓得沒有希望，就想也許跟阿公去倒好，一了百了，死了就不用挨餓，沒有感覺多麼好，我決定出去找阿公的屍身，至少把他埋葬好了我才死，我拖著阿公種樹的鋤頭去荒原找阿公，四處走，太陽惡毒照射，我漸漸脫力，然後我看到一片青綠，再定睛看時，才想起那是我們種下的芒果樹，不知何時起，它們神奇地長大了！我進入樹蔭裡坐下來，涼意使我暫時清醒，我抬頭看樹葉，那麼的綠油油，我看見枝梢已經在打花，也許很快就能結果。我想到阿公說的話，他說我們將來要靠這些樹，果然沒錯，我也許能夠熬到芒果成熟，救我一命，我想到這樣，感動得流下淚來，又想到阿公已經嚐不到芒果，而我已經失去阿公，現在我才知道阿公對我是那麼重要，我就這樣坐在芒果樹林裡，痛哭失聲……

鬱金香的冬天

　　空氣裡浮動著隱隱約約的香水味，是那種有點嗆鼻又有點服貼的味道。我認得這種香味，很流行的牌子，遠遠聞到會感到帶香水味的女人像剛出過浴，很清新很涼爽。近聞的話卻嫌太濃，刺激著鼻子。現在坐在我旁邊的女律師時不時散發這種香味，導致我時不時走神。是如此莊嚴的大廳，我實在應該抖擻起精神，專心聽他們說的話。可他們說得又快又專業，我半句都沒聽進去，我的瑞典文委實太差。我的律師（即散發香味的這位女士）給我安排了一個通譯員，他就坐在我的左邊，很急的用波西尼亞文告訴我他們在說甚麼，我一面聽他在我身旁絮絮叨叨，一面巡視在場的人們：大廳正中一張大桌子後坐著的應該是法官，他不出聲，光聽別人說話。然後是斜對面的主控官（這是通譯員告訴我的），此刻他正在滔滔不絕地說我怎樣怎樣。他說我謀殺親子，我有點反感。他不明白我的心，我那麼愛我的可愛的小寶寶，他不明白。

　　我緩緩移動雙眼，看看那一排在主控官後面的人。他們個個凝神傾聽，神情莊重，像在面對大敵。我不知道他們是甚麼人，也懶得知道。再過來站著帶我進來的女警。她待我挺客氣的，要給我戴手銬還先跟我打招呼。在波西尼亞警員可沒這種耐心，總是粗粗魯魯。而更糟的是士兵們，他們來到便暴戾的打人。啊，想到士兵我不寒而慄，我那麼怕士兵！他們如影隨形的跟著我，由東到西，由波西尼亞到瑞典，日日夜夜在恐嚇我，令我膽戰心驚，魂不守舍。我怕士兵，其實我更應該恨他們。就是不知道為甚麼我那麼怕，怕到不會恨了。

先是爸爸。他們把爸爸拉走，以後我們再也見不到爸爸了。然後輪到哥哥和韓沙，也被架走，不知去向。我後來到處打聽他們的下落，到處尋找他們的蹤跡，無影無蹤。而那些士兵，他們不放過我們女人。那是多麼大的恥辱啊！我實在不能想。我只記得我很害怕，然後甚麼都不記得了。只要我閉上眼睛，那些黑幢幢的影子就湧上來，在我面前逼得我要窒息。還有那種汗味，我老是聞到那股臭餿餿的汗味，一聞到那味道我就忍不住要嘔吐。

懷孩子時我也嘔吐，我一直想把孩子也吐出來，用水沖走。多麼可怕，我是一個虔誠的穆士林，我還沒有結婚，卻懷了孩子。那是多大的罪啊。韓沙，我的白馬王子，我是永遠不能嫁給他了，因為我已經髒了。而韓沙現在是死是活我也不知道，我怕他還活著，看到我這個樣子，他會唾棄我，那我更生不如死了。可是如果他已經死了呢？我活著還有甚麼意思！

通譯員碰碰我，示意我站到前面，叫我跟著他唸：我發誓我所言皆實。然後主控官問我是不是把孩子浸入水裡。我說是。他問孩子有沒有掙扎，我說有。他問我是不是繼續讓孩子浸在水裡，我說我不知道。我的確不知道，我看見的是一個個面目猙獰的士兵，我就死命的把他們按入水裡浸死他們。可是當我睜開眼時卻看見我的小寶貝已經溺死，是我把他溺死的，我殺了自己的兒子，阿拉怎能原諒我啊！

主控官再問我好多問題，我沒辦法專心聽他說甚麼。我失去了孩子，我唯一的親人，我的心肝。我的人是空的，因為我的心已經完全碎了。沒有孩子我要怎麼過下去？而他們一味指責我，他們不知道我已經喪失了我最愛的孩子，他們不明白我的心傷我的苦。我想吶喊，可是我軟弱無力，我連說話都乏力。

主控官終於說完，輪到我的律師跟我說話。她問我知不知道浸在水裡的是孩子，我說不知道。她問我愛不愛自己的孩子，我說當

然愛。啊，我是在說謊，我愛孩子，可是我同時恨他。他瘦弱的雙手揮舞要吸奶，我便把他抱在懷裡，他貪婪地吮吸，我感到乳頭輕微的疼痛。我看著孩子，他吸得更用力，我怔忡地感到在波西尼亞的廢墟裡，士兵們瘋狂的吸咬我的乳頭，那麼刺心刺肺的痛。現在我的孩子在吸我的乳頭，他是我的孩子，也是敵人的孩子。天啊，我怎能愛敵人的孩子啊！我是那麼憎恨他，看見他我就看見那些狼虎禽獸。他是仇恨恥辱的化身，他的存在一直折磨著我。

多少個無眠的夜裡，我守著發高燒的孩子，他的面頰凹陷燒得發紅，呼吸淺弱如遊絲，我不知所措，拚命打電話到醫院求助。而護士只教我給孩子敷冷水，叫我等天亮。我怕等不到天亮，怕孩子熬不過去。我只能不停地禱告，求阿拉救我的孩子。天一亮我抱著孩子冒著風雪趕去醫院。當護士給孩子吃過退燒藥，我的心定了不少。當燒漸漸退時我感激得哭了。我喃喃感謝真主使我的孩子好起來。我對著蒼天，漫漫的白雪飄下來，落在我的頭上我的肩上，大地一片白，我匍匐在冰冷的地上，向阿拉保證我要好好愛我的孩子，只要他安然無恙地活下來。

通譯員帶我回座，法官說了一句話，然後大家站起來，法官離開場地，其他人也陸陸續續離開。我以為審判完畢，可是我的律師說要等到下午聽判決。我跟著女警進到小房間，除了手銬，她給我帶來一盤午餐。我一面吃一面想，如果判我有罪，也許他們要我賠命。死也好，我留在這個世界沒有用，不能回家，在瑞典舉目無親，學不會他們的語言，我寂寞無依。一個陌生的國家，當初我怎麼會來的呢？我不知道，在波西尼亞的難民營裡，他們說要帶我們離開炮火連天的地獄去一個好地方生活，我懵懵懂懂的就來了。如果早知道反正要死，倒不如不來，死在波西尼亞自己的家鄉強多了。我不怕死，早就想死了。當我發現自己懷了孩子時我立刻就想

一死了之。可是我是穆士林，不能自殺的。我只好忍辱活著把孩子生下來。現在好了，由他們判我死刑，一了百了。

吃過飯，我無聊的等時間過去。突然我看見韓沙走進來。我又高興又羞恥，他還活著！我牽掛的人！韓沙面對著我說不要怕，我來救你。我說韓沙我已經不配跟你在一起了。我已經髒了。韓沙說我都知道，不是你的錯。不要責怪自己。我說我殺了自己的孩子。他說不是你的錯。聽他這麼說，我心安了。我不管別人怎樣判我，只要我的韓沙不怪我就夠了。我感動得全身顫動，我不顧廉恥地投向他的懷抱。

我撲了個空，整個人撞到桌子上。韓沙不見了。女警過來扶起我，問我撞傷了沒有。我連忙謝她，坐下來。我向每個角落看看，整間房間只有我跟女警，沒有別人。韓沙韓沙，我默默的呼喚。你來了，你原諒我了？這樣我再沒有心事，任他們怎樣處置我我都不再在乎，只要你原諒我就夠了。

有人敲敲門，女警跟我說是時候了。我跟她出去，又坐回早上的座位。女律師拍拍我的手背。宣判了，我站起來受判，那一排人的其中一個說他們判決我有罪，然後法官說了一些話，通譯員跟我說我不用坐牢，因為他們說我精神失常，判我進入關閉精神病院。我怔怔的問我不用死嗎？他說不用。關個十五年你又自由了。我那麼失望，我已經很累了，還要活下去，如何是好？

女警拉我出去，一群人圍上來一直朝我拍照。我茫然的看他們。上警車的那一剎那，我瞥見花圃裡冒出一芽新綠，我認得那一點綠，那是鬱金香，我訝異，還沒到春天，鬱金香竟趕著要開花。再想一想，三月，在家鄉不正是鬱金香的季節麼？原來這新綠是要跟我打招呼的。

照相

　　走過相館，眼尾瞟到一個熟悉的影子，宜蓮回身看看櫥窗。裡面擺了兩張放大照，一張是新婚儷影，另一張是全家福。旁邊散放著幾幀小個人照。全家福裡的一家四口：中年的父母親和一男一女的十到十二歲的孩子，對人笑得多幸福。

　　這是守恆和他的那邊一家。

　　宜蓮看著這張照相，竟沒有一點醋意，她只是淡淡的想，這一家多溫暖，有點羨慕他們。不知道的人看到這張照片，一定會異口同聲讚賞他們的快樂。不然攝影師也不會把照片放大擺放出來。他們拍照的時候攝影師一定以為這是一個美滿的家，他不會懷疑在這個家的邊邊，守恆還有一個不美滿的家。

　　宜蓮不知道這還算不算一個家。不美滿的家至少還是一個家，而她的住所充其量只是一個住所，完全不再像一個家。守恆不常來看她，她也習慣了一個人過。都十幾年了。開始時她不是沒有哭鬧，但守恆提出離婚時她反而不鬧了，他要另起一頭家可以，條件是她不離婚，她還是坐大。守恆願意給她很多錢，讓她一世衣食無憂，買一個自由身。但是她不放人，給他自由，太便宜了那女人，她寧可委屈自己也不跟他離婚。

　　守恆，守恆，守恆這個名字令她怨恨。他對她，也不守也不恆，結婚才六年就有了外遇。他的理由是她的不育，她曾建議領養，但守恆不答應。他在外頭生了頭一個孩子後她才知道，已是不能挽救。這麼多年來，他對她只是義務上照看，譬如車壞了他找人替她修，房子舊了他安排髹刷，人有病住院他來看一次。

宜蓮看那張照片看了好一陣子，她這樣隔了一層玻璃看他們，自己反而成了第三者。他們是一個圓滿的團體，她是在邊緣繞圈圈的多餘的個體。她發了一回怔，突然想起自己許多年沒有照相了。

她一個人住一間排屋，挺大，一個人住總嫌空間太多，她沒事就跑古董店，把一件件稀有古物抱回家，以致屋裡擺滿了物品，倒不像是住人的了，而是一間小型陳列館。她缺乏安全感，有這些東西充斥著屋子，好像很熱鬧，至少琳琅滿目，把清冷驅走。跟守恆在一起生活時他們住另一間房子，是一間獨立式洋樓，本來守恆把房子讓給她，可是她嫌太大太冷清，守恆就給她另買了較小的排屋。她請了個女傭，起居打掃有人照顧，她就過清閒日子。

她回到家就等守恆來。剛開始跟守恆分居時她時時等待守恆過來她這兒。他來得也較勤，因為對她有歉意，不能一下子甩開。他來了她照常為他張羅晚餐，兩人在一起吃頓飯，飯後他們像往常那樣一塊兒看電視。可是一到晚上他就坐不住，不肯在她處過夜。她挽留了幾次他都沒答應，從此她也就沒再勉強他。漸漸的守恆來得越來越疏，這幾年幾乎只是有事找他才來。平時他會打個電話來問問有沒有甚麼事，沒事就掛斷，很乾脆。她也習慣了自己過，他要來了，倒不知要說甚麼，兩人之間已經沒有共同語言。她對他也淡了，需要錢時打電話跟他說，馬上就給她的戶口匯上錢，然後她便心安理得的消費。這一天她竟等起他來。

下一次他打電話來時她說要他幫忙搬一個大件古董，他不疑有他，來了，搬好了東西，她輕描淡寫的說好不好我們去拍一張合照，留作紀念。他楞了楞說再說吧。再下一次幫她做事時她又提起拍照的事，但他還是沒答應。她有點訕然，跟那一邊拍照是多麼高興，跟她拍照完全不情願。而這彷彿在她心底落地生根，不拍一張照她不死心。她並不懷疑自己的意圖，不過照一張相而已。也不知道是不是忌妒心理，那邊有的她這一邊怎能沒有？可是她並沒有感

到特別酸，還是一樣淡淡的，就是不能釋然，好像胸口扣著一個碗，老想把它反過來。

守恆公司裡來電話，說守恆心臟病發作，已經送院。她趕到醫院，看到守恆身邊守著那邊的女人。她大方地點個頭，跟守恆說話。已經沒有大礙，只是輕微的心臟病，還不那麼老，應該不會是甚麼大病。她放心，不好久留，守恆也叫她回家，她便離開了。沒想這一離開竟成了永別。當晚守恆又發一次病，這一次是大的，搶救不及，他就這樣斷了氣。

一個喪禮，兩個哭喪的女人。那邊的帶著兩個孩子，聲勢比她強多了。就是在那麼排場的多人的喪禮上，她仍然感到形單影隻。她沒有嚎哭，甚至沒有掉淚，那麼多年的疏離，她是甚麼感覺都沒有了。守恆在，她是一個人。守恆不在了，她是一個人。她的生活在十多年前已經有過巨變，現在不會有變了，她仍舊會過著一樣的生活。守恆留給她們一大筆遺產，兩個寡婦平分，相安無事。那邊的占了守恆這許多年，現在分財產也不好意思太爭。律師樓出來，兩人說再見，從此沒有瓜葛，成了兩個不相干的個體。

宜蓮沒有直接回家，轉到街角的相館。她請攝影師把那全家福裡的守恆分割出來，然後給她自己拍張照，再把她和守恆的照相合併，重拍成一張合照。經過攝影師巧妙的修飾，效果很好，看起來完全是兩人的合照。守恆微裂著嘴，莊嚴的微笑著，他身旁的宜蓮，頭髮吹過，蓬鬆大方，她笑得特別甜美，像個新婚少女。宜蓮很滿意，她寫了一張支票給攝影師，請他把他們的合照擺在櫥窗裡，換下那張全家福。

她回到自己住處，在大廳上掛上那張照片。感到這又像一個家了。似乎守恆又回到她身邊，似乎她從來沒有失去他。那一晚她睡得特別香甜。

霓裳曲

一

公車上了大街，行了一小段，突然右側竄出一團黑影，是一隻大黑貓，飛快地越過馬路。幸好公車開得慢，緊急煞車，車身只幌了幌，等黑貓跑過去，司機又若無其事地踏上油門，公車慢慢加速，街兩旁的店屋在窗外掠過。我坐在最前面，黑貓我看到了，心裡一陣不舒服。大清早，看到竄過的黑貓有點不祥的預兆，今天我要去見工，總不該給我一個壞兆頭。其實也不是真正的見工，已經說好的了，我是去當小妹，不是甚麼正式的工作。要去的地方是城中的裁縫店，我想當裁縫師，要學藝，就得當學徒，要當學徒得從小妹做起，這是規矩。其實我並不想這樣老式的拜師學藝，我想到S城進正式的服裝設計學院，可是學費加生活費房租等，是一筆龐大的數目，爸爸負擔不起。爸爸說有心不怕吃苦，他四處奔走為我找出路，最後託朋友的朋友向裁縫師說情，破例收我。說收其實還早，裁縫師態度保留，要先看我有沒有裁剪的素質，所以先當小妹，他慢慢觀察，要過一段時日才下定奪。

裁縫店做的是男裝，裁縫師大都是男性，現在收我一個女孩子，沒有人看好。就只有爸爸對我充滿信心，知女莫若父，我相信爸爸瞭解我，他一向放任我，給我一個足夠的呼吸空間，放任我不等於放縱，他只是在我孤軍奮鬥的過程中支持我，在家庭裡網開一面，我才有立足的地方。我是女兒身男人魂，從小就感到我這個皮

囊跟我的內在格格不入，總感覺到有個男生被困在我的軀體裡，像一個立方體被塞進一個圓形瓶子，卡在那裡，憋得透不過氣，很想迸出去，把瓶子炸破，讓真正的我釋放，升上青天，跟雲一道飛翔，我渴望那種自由，那種脫掉束縛的輕鬆感。哥哥和妹妹和媽媽是我在家裡最頭疼的阻力，媽媽老嘮叨：「凌，妳頭髮幹嘛剪那麼短？像個男生，隔壁的廖嫂在外面傳播謠言，難聽死了，妳還不快給我把頭髮留回來，像個人樣。」哥哥嚴詞警告我：「妳少裝神弄鬼，女扮男裝，丟人現眼！」妹妹刻薄諷刺我變態，他們要我規規矩矩做個溫柔嬌滴滴的女生，可我不愛打扮不愛撒嬌，我只喜歡跟男生玩，問題是沒有男生歡迎我加入他們，家裡人厭惡我，逼我守本份不要丟他們的臉，他們不知道我的無所適從，不明白我為自己的身份作的努力，幸好有爸爸，爸爸是唯一讓我隨性而行的人，他跟媽媽說：「妳不要逼她啦，她愛怎樣由她去，又沒有抽煙吸毒甚麼的，只要沒有變壞就好。」

在外頭可沒有半個像爸爸那樣容忍我的人，我要跟班上的男生一起踢足球，他們讓我做後衛，總得去攔阻對手，我跑不過人，老是失守，同隊的就埋怨我，他們罵人不留情面，說我弱質女子最好滾回女人堆裡，不要在這裡阻手阻腳，罵得我無地自容；而敵隊的人更可惡，幸災樂禍地戲言他們可以退出兩個人跟我們玩，一箭中的，嚴重傷了我的自尊心，不踢足球我改打羽球，打單打我總是疲於奔命，前衝後仰，打球變成追球，的確是，我打出去一球還沒來得及收勢對方已經把球送過來，打到最後我只有跌跌撞撞拾球的機會，通常是三兩下就打完一局，我有時好運得了一兩分，沒有吃雞蛋就很慶幸，連男生裡最差的都能輕而易舉的把我打擊得落花流水。他們喜歡說風涼話，笑我不當女生要當男生，又沒有那個能力，簡直是個四不像。有人畫了一隻馬頭牛身的動物，貼在佈告欄上，那些女生們吱吱喳喳地嚷嚷：「唉呀，那是甚麼動物呀？馬不

像馬，牛不像牛的。」然後竊笑著散開，我不出聲，我知道畫的是四不像，諷刺我的。

　　我學會用不出聲來保護自己，男生們唾棄我時我默默退出，他們不肯容納我，我沒有理由賴著不走，我不至於厚臉皮到跪求人家的地步。女生們的冷嘲熱諷我根本不屑去理會，女生，小心眼又沒有骨氣，喜歡落井下石，她們排斥我我才不在乎，不跟她們一般見識，她們怎樣在背後說我由她們去說，我用沉默來抵擋一切，我發現，當你默不作聲沒有抵抗周遭對你所作的攻擊時，其實正是最有效的抗禦，因為他們的攻擊會落空，像揮舞有聲的拳頭，擊在虛空中，只撈到空氣，甚麼都沒打中。所謂拳拳到肉，你不用肉身去迎他，給他一個迴遁，他就撲空了。我深深的瞭解了柔能克剛的道理，我對他們的嘲諷充耳不聞，反而使他們自己因達不到傷害我的目的而跳腳。沉默是我的金鐘罩，我不受傷害，就能我行我素地過我的日子。

　　我想當裁縫師或服裝設計師並非因為我喜歡縫紉，我沒有縫過衣服，幫媽媽縫過鈕扣，連衣服也很少燙，上學時媽媽給我洗燙，到出來社會後她說要我學習自立，就由我自己來。我懶，衣服不是很皺我就不理它，穿沒燙的衣服出去也沒有人說甚麼，反正我已習慣被人在背後指指點點，就是有人說我衣衫不整我也不在乎，我喜歡畫畫，喜歡畫很多美麗的衣服給紙娃娃穿，也許這是我唯一比較女性化的地方，我有兩個紙人，一男一女，自己畫的，我不拿他們來玩家家酒，只給他們設計不同場合的服裝，每天給他們換裝，我很滿足。我看出名的服裝設計師，男性女性都有，這是一種中性的行業，男女都能做，我相信最適合我。太男性的工作我做不來，太女性的工作我不願意做，找一份又男又女的行業我才能安身。

　　學生時代我過得不怎麼寫意，男生群厭煩我，女生群我嫌棄她們，攪到我兩頭不到岸，最後逼得形單影隻，進出都是一個人，其

實我並不樂意當獨行俠，我渴望有同伴，大家一起玩鬧，可是要遇上志趣相投的朋友何其難，沒有好朋友我寧可孤獨，寂寞的時候我畫一襲襲的時裝，讓我的紙娃娃穿上，幻想他們變成活模特兒在伸展臺上表演。這樣的時候我最自滿，我陶醉在自造的綺麗世界裡，沒有人罵我丟臉，沒有人嫌我缺少男子的力量，更沒有人嘲笑我四不像。我是服裝界的佼佼者，我無所不能，我的靈感源源不絕，大家都為我設計的衣裳喝采。我的學業平平，也不是奇差，勉強過得去，上學不過是畫個卯，該上學的年齡我只好做學生，沒有想到要做別的。讀到中五畢業，爸爸說再讀吧，我說不打算上大學，讀中六只是浪費錢和時間，不如學一門手藝，也許能找到工作。

到裁縫店學藝不用付學費，我給他們當跑腿、打雜、聽使喚等等，沒有薪水，也算物物交換，爸爸接的頭，我不敢問要當多久的小妹才能真正的拜師。爸爸說要有耐心、忍得、勤快，一定能熬出頭。我坐在公車裡，心裡有點忐忑，不能肯定自己是不是熬得住，這一去不是一個月兩個月的事，而是要熬幾年的漫長過程，我聽人說拜師學裁縫要三五年才能出師，有點擔心家裡要負擔我的生活這麼多年。

A城近了，天色也亮得多，朝陽從山後漸露，顯得十分和煦。這會是一個晴天，希望裁縫師也開朗如晴天，不要是那種陰霾嚴肅的類型，無論如何我作最壞的準備，不管遇到怎樣的師傅，我會忍，一如我平常的不出聲，相信不會比在學校更糟。我在舟山路下車，過了交通圈朝西走，裁縫店在新路中段，還要走好一會，還早，我不急，不想遲到，我搭早一班車進城，現在有很多時間慢慢走去，路上車輛漸漸多了，沿路的店舖有些已經開始營業，大部份還緊閉著門，走過做早市的咖啡店，許多顧客坐在露天的座位上吃喝，一陣咖哩麵的香味繞著鼻子，我打了個噴嚏，好像把一早看到黑貓的陰影給噴掉了。我拐進右邊的小路，第一家便是九龍洋服，

店名教人一下聯想到香港的九龍，九條龍，不知這地名是怎樣得來的，也許很久很久以前真的有龍在那裡出現過，店名九龍，也許是取好兆頭，龍是祥瑞之動物，或許在暗示店裡的裁縫有如龍般的厲害，技藝超群，我像進山拜師的小徒弟，敬佛般的虔誠，希望有一天成為武林高手，理所當然要拜名師，如果師傅不怎麼樣，那我學到的也就不怎麼樣，所以我對九龍寄予重望，希望它真的臥虎藏龍，能把我造就出來。

我看店舖已經開了，深呼吸一下就走進去，迎面一陣涼，從外面熱熱的進來，頓感到很舒服，我看到有個男孩子在拖地，就跟他說我是來見劉老闆，來當小妹的，他進到裡間叫道：「劉叔，新來的小妹已經到了。」再出來時他再看我一眼，沒說甚麼，繼續拖地。一陣重重的腳步聲，隨聲出來一位五十多歲的男人，他看見我有點莫名其妙地瞅著我說：「你就是葉凌嗎？」我回答說：「我就是。」他說：「不是說好女孩子的嗎？怎麼來一個小夥子呢？」我囁嚅地回答：「我是女的。」他喃喃的自言自語：「這年頭，男不男，女不女。」然後轉身跟男孩說：「小林，你以後不用打雜了，專心做衣服吧！雜事交給她做。」他讓小林帶我做店裡的雜務，第一天，小林先示範，我跟著做，他說一早來先燒開水泡茶，電壺插上電後就洗杯和茶壺，水開後泡好茶，就去掃地拖地，中午還要泡新茶，煮飯，我一聽就不禁皺起眉頭，我說我不會燒菜煮飯，他笑道：「不用燒菜，只煮飯，我們包菜餡，飯要自己煮而已。」

整個早上我們把裁縫店打掃擦拭得一塵不染，中間小林得縫鈕扣和燙衣，我就在旁觀察，到了中午他教我洗米煮飯。當飯熟時散漫著香味，我才覺察到肚子餓得轆轆亂響，好在菜過一會兒就送來，小林叫我去請師傅們和其他工作人員吃飯，我先到劉叔身邊小小聲說：「劉叔，開飯了。」他，嗯了一聲，繼續縫衣，我就到其他人身邊一個一個地請，只見每個人都沒離開縫衣機，好像不準備

吃飯的樣子，回到小林那裡，他問我怎麼沒叫他們吃飯？我說都請了，沒有人動，小林說大家都在等劉叔，他出去瞄了瞄，回來詭譎地說：「劉叔在考驗妳。」我只好又去請劉叔吃飯，他沒好氣地說：「那麼小聲，誰聽得到！」我靜靜不出聲，他拖開椅子，慢條斯理去吃飯，見他吃飯，其他人才一齊起來，跟著去吃飯。小林也坐下來吃飯，卻沒叫我也來吃，我不敢擅自就座，只好站在灶邊不知該怎麼辦，過了一會兒劉叔跟我說：「妳，幹嘛不來吃飯？」我趕忙拉了一把椅子坐在小林身邊，我說：「劉叔，吃飯。」他說：「陳叔呢？怎麼不叫陳叔？」我連忙說：「陳叔，吃飯。」其實我並不知道哪一位是陳叔，我來到這裡，沒有人給我介紹店裡的工作人員，我只知道劉叔是師傅，小林是跟我一樣拜師來的，其他三個人，後來小林才告訴我陳叔也是正式裁縫師，陳大哥和明大哥是助手。

下午沒多少事做，劉叔教小林上袖子，我閒著就翻看布料樣品，褲料比較少花樣，不外藍色灰色黑色，深淺色調，條紋的和格子的，上衣布料就多了，五顏六色，除了條紋格子，還有各種花色的，做男裝竟也有那麼多布面，我沒料到呢！看完樣品，我開始細看店裡擺著的一匹匹布料，我撫摸布料，有些細緻有些粗糙，聞著不同布料散發的味道，我閉上眼，這種味道有點木頭味夾帶顏料味，我像第一次吸強力膠的少年那樣深深地把布料味吸進肺裡，一股清流緩緩伸延，逐漸充滿全身，我靜靜感受這一波波的舒暢。我願意一輩子浸淫在這樣柔和的味道裡，如果我真能貫徹始終學成裁縫技藝的話，我就能把我設計的服裝從紙上搬到真實的布料上。

「喂，妳睡著了？」

「沒有。」我驚醒，是小林，他說放工了，明天見，我連忙跟大家說明天見，跟小林出到外面，小林取過停在店旁的摩托車，問我要不要他載我一程到車站，我說沒有頭盔，我慢慢走去沒關

係，他便開走，我也快步向車站方向走去，第一天過去，沒有甚麼差錯，劉叔只跟我說了三句話，但似乎並不討厭我，其他人只顧縫衣，也很少說話，這樣很好，我只要做份內的事，沒有人管我。

二

火車路，名符其實的就在鐵道旁伸展，這是一條狹窄綿長的支路，從主幹大道向東開始延伸，相當直的一段一直到鐵道，這一段是瀝青路，沿路有路燈及疏疏落落的大樹，兩旁有英殖民時期遺留下來的小洋樓，整齊有致地排列，乍看來這一帶相當清幽高級，待走近仔細看時，這些小洋樓竟是那麼殘舊，磚牆上斑斑駁駁地長著苔蘚，散放著年久失修的黴味。雖是破落，卻還是住著人家，多是講英語的印度人，他們像是借宿於此，並不打算修護房子，也不在乎房子周圍終年亂長的雜草，經過這一帶時偶爾會看到進出的居民，他們跟房子一樣，渾身帶著陳舊的氛圍，安靜地出入，使人感到一陣涼，彷彿都是從墳墓走出來的魅影，而那些房屋，像都在默哀那逝去的時代。

這段路不長，到了鐵道便終止，過鐵道時有兩道橫柵，火車來時橫柵自動降下欄住鐵道兩旁的車輛，火車經過後又自動上升，車輛又可以自由通行，自火車路越過鐵道，瀝青路變成黃泥路，但仍舊叫火車路，一上這段路氣氛就有了極大的變化，房屋不再整齊排列，而是雜亂無章地隨意佔據各自的地盤，這裡幾乎都是木房子，有的漆成黃色，有的淺藍色，有的沒上漆，保持原木色澤，更有那麼一兩間是浪漫的紫色。如果在空中鳥瞰這一帶，看到的會是繽紛的五顏六色童話般的積木世界，可不是嗎？每間房屋周圍還種滿了花草，不同的季節開放著不同的時花，點綴著每一家，使整個地帶充滿了生氣，這也是充滿聲音的地帶：小孩子特多，不論在白天晚

上，總有小孩子在屋外玩耍，嬉鬧聲在過鐵道時就能聽見。下午沒事就會有婦女們在串門子，東家長西家短的吱吱喳喳。

我的家擠在這些大小不一的房屋中間，前後左右都有緊鄰，因為住得擠，又都是板屋，大家一不小心就互相侵犯隱私，可誰都不太在乎這種侵犯，太習以為常了，我不喜歡這樣你知道我，我知道你，太接近的鄰居關係，流言蜚語，令人煩不勝煩，我的男裝打扮不知被多少人取笑過，在學校裡我沒有朋友，回到火車路一樣沒有朋友，經過和張愛蘭的事件後我每天回到家幾乎都足不出戶，那是在我中學快畢業時的事，張愛蘭住在火車路尾，跟妹妹同班，經常到我家來和妹妹一起做功課，說是做功課，她們嘻嘻哈哈聊天的時候多，有時我也在客廳裡做功課，也跟她們一起聊，媽媽看連續劇的時候我們都忘了功課，圍坐在電視前跟媽媽一道看，張愛蘭喜歡看愛情劇，看到失戀或離別的場景，她總會跟著流淚，她長長的睫毛上停駐著一兩顆晶瑩的淚珠，比劇中的女主角更楚楚動人，她的眼睛不大，單眼皮，頭圓尾長，像長胖的蝌蚪，就是睫毛特別長，讓人懷疑不知是不是貼了假睫毛，她說話時眼睛一眨一眨，睫毛也跟著一扇一扇，常常吸引人去注意她的睫毛而忘了聽她在講甚麼，那一扇一扇的動作觸動了她周圍的空氣，造成一股氣流，彎彎曲曲地蕩開，她整個人就像一個發光的仙女，飄浮在這種氣流中。

張愛蘭知道我會畫畫，每次有美術課的作業她都來求我幫她畫，我說每畫十張就得請我吃一次麥當勞，她一逕點頭答應，我在飯桌上攤開畫紙，她的美術老師有時出一些想像題，我最喜歡這樣的題目，譬如〈快樂的一天〉、〈一個夢〉、〈我的天堂〉等等。我給張愛蘭畫〈我的天堂〉，也不問她心目中的天堂是甚麼樣子，逕自畫我自己的天堂，我畫一個老公公坐在屋簷下縫一件長裙，裙襬被風吹開，就生出另一件長裙，然後又一件，又一件，有長裙有短裙有上衣有長褲……我畫了好多衣服一直飛上天，這就是我的天

堂，無盡無止的飛滿了衣服，只要我有衣服我就是在天堂裡。可是張愛蘭不明白我的畫，她說我在胡鬧。我說：「那你的天堂是怎樣的？妳形容，我幫妳畫。」她喃喃的說：「我不知道天堂是怎樣的，應該有一些天使在那裡吧？然後有很多花，有一朵朵的雲，對了，有清澈的湖水，許多人在上面蕩舟，這就是天堂！」我就幫她畫了她的天堂，她很滿意。她走出門時我喊她：「妳該請麥當勞了，已經畫了十張了。」「好！」她爽快的答應，我們約好時間日期，她也請妹妹一起去。

我們走到鎮上搭公車去A城，一路上談笑，心情很好，那是一個大晴天，太陽老早就爬得半天高，放射熾熱的白光，萬里無雲，裸露的手臂被炙得辣辣發痛，妹妹和張愛蘭各撐一把傘，兩人不約而同都穿T裇褲裙，鬆鬆的棉質衣裙，很清爽。到了A城我們直奔麥當勞，她們兩個排排坐，我坐對面，張愛蘭吃薯條的樣子很可愛，她用食指和拇指捏了一根薯條，沾了茄醬，慢條斯理地細咬，像小白兔吃生菜那樣，薯條慢慢變短，然後消失在她的口中。她一根根的咬嚼，姿態優美得像個貴族小姐，吃過漢堡包我們去逛街，在商場裡鑽進鑽出，她們喜歡看服裝和裝飾品，看過了癮就蹓到另一家，從來不買。我看見張愛蘭撫摸著一條長項鍊愛不釋手，很想買了送給她，但一看價格只得縮手，太貴了，買不起。但我認好那條項鍊，決定等存夠了錢把它買下來，那一天我們玩得很晚才盡興而歸。

我終於存夠了錢，專程進A城把項鍊買了，用個小盒子包裝成禮物，但要把禮物送到張愛蘭手裡卻費煞周章，我不要妹妹也在場，而如果妹妹不在家張愛蘭是不會來的，最後我還是行動了，週末晚上我到張愛蘭家叫她出來，在屋旁把禮物交給她。她狐疑地接過，我說：「拆開來看」。她拆開來看見是那條項鍊，高興的說謝謝，笑著雙眼，我從沒有看過那麼光彩四射的美目，我幫她戴上項鍊，情不自禁的攬住她的肩，當我緩緩擁她入懷時她開始掙扎，我

忘情的擁緊她，她大叫：「妳妳妳幹嘛？放開我！」她掙脫我的懷抱，狠狠地推我，我一個踉蹌跌坐在地上。

過了兩天妹妹怒氣沖沖地回家，見到我就把那條項鍊甩在我臉上，「不要臉，變態！」她惡毒的眼光彷彿兩枝箭把我刺穿，媽媽問她甚麼事，她便嘩啦啦把我找張愛蘭的事向媽媽說，媽媽也用怪異的目光看我，把我看得無地自容，一時不知要躲在哪裡，我跑出家門，把所有的羞恥拋給她們。

三

寂寞是甚麼？寂寞是天上的星星，一顆一顆的散佈，每一顆星和另一顆星距離幾千幾萬光年，你從未看過有哪兩顆星星貼粘在一起，有時它們靠得很近，成一組或成一簇的，但它們永遠不會靠攏在一起，它們不曾親近，不曾互相噓寒問暖。它們各自放著冷光，那冷，寒了它們自己的心，如果星星有心的話。它們在宇宙裡靜寂的瓢浮著，在無聲無光的真空裡孤單了億萬年，偶爾你會看到一顆劃過的流星，它向地球疾落，彷彿就要衝入地球的懷抱，向地球訴說它的孤苦。可是它只能到達地球的圍牆、大氣層外，就自焚化無，終就寂寞地消逝。

寂寞也是流竄在心裡的一股空洞感，你感到無所適從，想找一處停落，然而你尋尋覓覓，從前門走到後門，再從後門走到前門，迎著你的是空氣，你像幽靈那樣穿過它，或許周遭有很多人，你卻像隱了身，沒有人看見你，他們聽不見你無助的吶喊，你像在陽光裡瓢揚的一粒微塵，永遠在空中飛轉，始終沒有塵埃落定的機會。

我在九龍洋服已經安頓下來，接小林的差事現在也駕輕就熟，小林正式拜師，每天要學很多東西，劉叔很苛求，有時小林接一個領子又拆又接的要重做很多次才勉強過關，我常常偷覷小林的進

度,先學各種駁接,袖子、領子、口袋、拉鍊等等,然後才正式學裁剪縫紉,劉叔也開始教我一點簡單的縫紉,我從燙衣開始,慢慢的也能踩縫衣機縫直線縫鈕扣等等。我發現燙衣是件快樂的事,當我燙衣時,完全專注,仔細的撫平每個皺摺,該壓線條的地方我來回巡燙,務必把線條壓得筆直,以前在家不注重燙衣,現在在工作上燙衣感覺卻不一樣,燙衣時我陷入一個自己的世界,外面發生了甚麼事都與我無關,在我和熨斗和衣服之間產生了某種默契,我把熨斗運用得靈活自如,輕巧的在布面上滑行,布面隨著反應,熨斗經過處變得光滑筆挺。我把燙好的衣服掛好,退後兩步欣賞自己的成果,彷彿那件衣服是我親手縫的。

放工時小林問我週末有甚麼節目,我說沒有節目,他神秘地說要帶我去一個我將會喜歡的地方。我問甚麼地方,他說:「去了妳就知道。」到了週末晚上他來載我,摩托車一路開到A城北邊的住宅區,這個地帶我不熟悉,以前沒有來過,來到一間黃色排屋,只見窗簾拉攏,屋前有好幾輛轎車和摩托車,不知裡面有多少人,我跟小林進去,一陣人聲,室內很暗,只看到人影綽綽,有人跟小林打招呼,小林就給我們介紹,他名叫吳德成,一交談就看出他跟小林一樣屬於女性化的類型,小林帶我坐在一個女孩旁邊,就被一個人從後面環腰抱住,那是一個高高瘦瘦的男孩子,幽暗的燈光下仍然看得出長得很俊俏,小林吃吃地笑著轉身跟他擁抱,兩人親暱地摟摟抱抱,我看了覺得耳熱心跳,很不好意思。小林平時規規矩矩,沒想到竟會那樣放浪,而在場的人們看他們倆親熱也彷彿很自然,大家都在講著話,沒有人特別注意他們,我不敢再盯著他們看,轉眼環顧室內,那是一個沒有傢俱的客廳,大家坐在散放在地上的墊子上,地方不大,所以覺得人多,其實才十來人,坐我旁邊的女孩子自我介紹,名叫欣欣,她身邊還有一個名叫玉娟的女孩,陸續又有人過來和我寒暄,大家都很友善,我慢慢也放輕鬆,這裡

有一種氣氛，洋溢著和祥和寬容，每個人都怡然自得，一切都理所當然，我第一次感到被其他人接受，這裡沒有羞恥感，我被感染得也泰然自若，心裡有一份欣慰，好像有了一個歸屬。

有人在角落輕輕唱起歌，聲音低沉帶著隱隱憂傷，唱的是一首英語歌曲，我英文差，平時又從沒聽英語歌，聽不出歌曲的內容，但旋律很好聽，一聽就覺得喜歡。我循聲看唱歌的人，是一個長髮披肩，身穿白長裙的女孩，她坐在檯燈旁，柔和的燈色映照著她的臉，好清秀的一張臉，小巧而挺直的鼻子下有薄而帶菱的小嘴，就是面頰也是小的，她給人的印象就是小，但她不是小女孩，該有二十出頭吧！看不清她的眼睛，因為她低垂著眼彈著吉他，一曲終了，有人叫她：「僑，唱Killing me softly」她斜著頭看叫她的人，我這才看到她水靈的雙眼，眼睛也不大，但很圓，眸子亮晶晶的，讓人立刻聯想到兩顆夜明珠，她唱道：「……以他的手指彈著我的痛苦，以他的詞唱著我的一生，以他的歌輕輕的殺死我……」依稀是這樣的歌詞，我聽著，好像她是在唱著我的身世，好像她洞悉我的苦痛，我漸漸走神，忘了身在何處，彷彿這裡只剩下我和她，有著天荒地老的那種蒼涼感，那晚我沒有和她交談，要到下一次聚會才有機會結識她。

我跟她說我是女的，但寧願自己生作男生，她笑道：「我們同病相憐，我是男的，寧願生作女生。」我很驚訝，問道：「可妳那麼標緻，是天生的嗎？妳是不是已經做了變性？」她說：「沒有，沒錢呀！有錢的話非做變性不可！那是我這一生最大的理想。」她問我，「妳想不想變性呢？」我坦白說：「從來沒有想到這個問題，太遙遠了！」她換了一個話題，問我喜不喜歡讀詩，我說不知道，沒讀過詩。她笑我說：「你在學校裡華文課是怎樣上的？怎麼沒讀過詩呢？」我不好意思地解釋：「我功課不好，上課都在打瞌睡。」她說：「我最喜歡華文課了，尤其是詩詞，可惜上不

了大學，不然我會唸中文系。」然後她低下頭，好像在想甚麼，我問她：「那妳有沒有寫過詩呢？」她抬眼看我，眼中蘊著淚，我以為我說錯話了，趕忙說：「對不起！」她噗哧一笑，說：「沒甚麼，我只是有點難過，沒上大學是個遺憾。」我說：「我從沒想上大學，我不喜歡上學。」她自顧自說：「我想寫詩啊，就是寫不出來，下次我給你帶一本詩集，很好的詩。」我連忙拒絕：「算了，我沒興趣。」她堅持：「你讀了就知道，都是一些很容易懂的短詩。」我不便再拒絕，只好說：「隨妳吧！」

　　她真的帶來一本小書，翻給我看，然後她挑了一首唸給我聽：

　　「我停駐過的夢
　　有些飛走了，有些重重地，
　　掉進湖裡」

　　我等了一下，問她：「還有呢？」她說：「沒有了。」我哈哈大笑，說：「這也叫做詩呀？才三句！」她認真的說：「有詩意就是詩，長短沒有關係。」我接過她的書，書名叫〈毛毛之書〉，作者叫木焱，沒聽過，我問她：「這是一個詩人嗎？」「嗯，蠻有名的。」「是嗎？」我不以為然，我翻開書來看。

　　「我的心
　　搶先我的腳步
　　被庸俗的忙碌
　　絆倒」
　　「前幾天傷寒的東海岸
　　夜夜撐燈照料下
　　好得爆出一窗真實春意」

　　我隱隱約約地感到這些詩的確有點意思，好像一些歌詞，僑問我：「是不是容易讀得懂？」「是有點意思。」她很高興：「你慢慢讀就會感到這些詩越讀越有意思。」她讓我帶回家讀，慢點還沒關係。

　　我越來越喜歡參加城北的聚會，去了幾次就跟大家很熟絡。這段時日我有了期待，希望週末快點到來，去到那裡跟僑談詩聽僑唱歌，感到無比的充實。僑華文好，英文也好，她說那是因為喜歡英語歌曲，從歌詞裡學了不少英文，她又介紹我讀唐詩宋詞，我發現有押韻的唐詩比較容易上口，讀一些絕句，倒也有趣。

　　僑在一家超級市場工作，她平時穿男裝，把頭髮束在腦後，放工後把頭髮放開來，換上女裝，不理會別人的眼光，我問她為甚麼不完全穿女裝，她說公司不準，她正在找新工作，希望能找到一家能諒解她的公司，我給她看我給紙娃娃設計的服裝，她很喜歡，借了去給裁縫師為她縫製，穿上我的設計，她到處替我吹噓，弄得我怪不好意思的。但她的身材太好了，穿甚麼都好看，我的服裝被她穿上，馬上像吹了一口仙氣，顯得無限的優雅，是她把服裝穿出味道來，她常常說等我學會裁縫，要我親手縫製我自己的設計給她穿。

　　我聽小林說過一些僑的壞話，僑很容易愛上一個人，又很容易拋棄一個人，她多情卻不能持久，曾經有好幾個男孩子吃過她的苦頭，我想，她那麼可愛，也許這些人都心甘情願為她付出，多情應該是她的專利。

　　僑約我到悲情咖啡廳吃霜淇淋，放工後我沒有回家，直接到她工作的超級市場等她下班，這是我第一次看見僑穿男裝，就是穿了男裝她走起路來還是嫋嫋婷婷，彷彿一個女性作男裝打扮，她穿了一件大紅T恤配石磨牛仔褲，其實算是中性打扮，現時男女都那

樣穿著，僑說悲情咖啡廳的香蕉船很好吃，晚上還有人唱歌，很有情調，咖啡廳位於公車總站斜對面的一條橫街，店面不大，推開門走進去才看見別有洞天，偌大的廳，擺了天藍色的桌椅，疏落不擁擠，燈色紫藍，好像走入了深海，幽暗同時又閃爍著隱隱約約的天光，僑領我繞過這些桌椅，一轉竟出現另一個小廳，也是藍得沉靜如夢，僑挑了恰在轉角的位置，他說從這裡聽歌最好，看歌者的角度也最佳，有侍者來為我們點了蠟燭，我們各點了一份香蕉船，我發現我們是唯一的客人，就問僑：「這裡生意怎樣？怎麼都沒人？」僑笑道：「這兒生意好得很呢！我們是趁早來佔好位的。」說著就看見一對男女進來，僑向我飛了一眼，說：「你看，那不是來了人嗎？」我一時楞住，她那一瞥好像電殛，不知點擊了我哪一根神經，我感到心裡扭了扭，腦中低迴著她的眼神，「喂，你在想甚麼？」我驚醒，連忙說：「沒甚麼，那女的很美。」她說：「瞧你那麼色迷迷的！」我們同時笑起來，這時侍者送來香蕉船，我先欣賞長盤中的霜淇淋，然後嚐了一口，唔，真香甜，僑垂頭慢慢吃著，她沒有劉海，中分的頭髮瀉在面頰上，半遮著臉，在燈光下有如一尊藍水晶的雕像。

陸續又來了一些客人，很快的已經半滿，本來播放的輕音樂不知何時停了，我聽見叮叮咚咚的吉他彈開來，一個女孩子坐在臺上唱道：「明月幾時有，把酒問青天，不知天上宮闕，今昔是何年……」這首歌我沒聽過，但歌詞似曾相識，好像在哪裡看過或聽過，一曲唱完我問僑這是甚麼歌，她罵我說：「你忘了麼？我不是給你讀過的？水調歌頭嘛！」我恍然大悟，對呀，這是宋詞嘛！是甚麼人把它譜成歌的？僑說：「是鄧麗君唱過的。」我說：「鄧麗君不是死了好久了嗎？她的歌還流行呀？」僑解釋說：「這種歌永遠流行，不會褪色的。」她接著說：「我來點唱一首歌送給你。」她在紙巾上寫了歌名交給女孩子，不久女孩便唱起

來，「Dreaming, hoping, for another try. I've been looking, searching, deeper down inside. And if I lose my way, I'll find another road, 'Cause I can make a change on my own……」我努力聽，旋律很美，歌詞就比較難揣摩，我英文實在差，一曲終了，我們鼓掌，我問僑那是甚麼歌，她說歌名叫「Moving On」，原唱者是Sarah Dawn Finer，她答應把歌詞抄給我，請朋友錄一份光碟給我，我不問她那朋友是男是女，但心裡有點酸溜溜，又有點自慚形穢，我沒有電腦，不能給她錄歌，而我多麼想為她做點甚麼，譬如用摩托車接送她上下班，或寫一些有氣質的詩給她。

四

「……向前走，我必須堅強起來，沒有任何事物能擊敗我，我不會向疑惑低頭。往日已逝，現在我能做我自己，開始為自己而活，我終於如此相信，向前走……」

我不怎樣喜歡情呀愛呀的歌，這首「向前走」很對我的胃口，因為我一路來都在努力做我自己，也不向任何困難低頭，歌手緩慢而有力的嗓子，唱出我的心聲，從沒聽過那麼貼切的歌，每天回家都要聽幾回。慢慢的也會唱了，一到聚會的日子，我總要僑唱一唱這首歌。聽著歌，我的思緒飄得老遠，我的小妹生涯，我與哥哥妹妹的格格不入，我的無名的焦慮，我飄渺的前途，一樣一樣浮現，一股莫名的哀愁湧上來，像霧一樣模糊了眼前的物象。

僑唱完歌，過來挨著我說：「今天我過生日，給我甚麼禮物？」我慌了起來：「唉呀，妳怎麼沒早說，我都沒有準備！」她說：「不需要準備的，跟我來。」她拉了我走到後進，有兩間房間，門都關著。我上洗手間時曾經過這裡，也沒多注意，僑帶我進房，上了鎖，我們面對面站著，良久，她說：「凌，你是我見過

最有性格的男生！」我一聽就崩潰了，這一生從沒人稱讚過我，更沒人承認我的性別，僑令我感到我是真正的男人，我不用逞強，在她面前我自自然然就是一個男生，我蹲下來泣不成聲，僑環抱著安慰我，她柔軟的身子給了我無窮的力量，我感到身體裡有甚麼要爆發，像火山要向上噴，又像瀑布要向下傾瀉，我必須疏發自己，解構自己，我淚眼模糊地在她身上亂鑽，我們熱烈地抱在一起，天塌地陷，洪荒再現……

　　室內很靜很靜，隱隱有談笑聲傳進來，客廳裡有人在說笑話，說完一陣嘩啦笑，有音樂，節奏快的狄斯可有時被笑聲掩蓋，然後又輕盈的飛揚，不在乎人們沒去聽它，它兀自向每個角落鑽，鑽進房間裡，擾亂了靜止的空氣。我聆聽外面的聲音，感到自己離他們很遠，像在外太空聆聽地球上吵吵雜雜的人聲。

　　「謝謝你的生日禮物」僑細聲在我耳邊說，我側過身去把她擁在胸前。我說：「謝謝你給我最快樂的一天。」然後我們默默地相看，她的眸子在半明半暗中依舊發亮，我覺得快樂到能立刻死掉，在她目光中溺死，在她的懷抱中飽滿而死，心甘情願。

　　第二天僑休假，我一放工就到她家，我們又去悲情咖啡館。她問我能不能請一天假，加上每週末的休假，我們有足夠時間去一趟D國，坐車去只要兩個鐘頭，我們可以跟旅行團去。我知道每星期都有旅行團到D國去，那裡東西便宜，太太小姐們喜歡去買衣服，我說我問問劉叔請假，我問她去D國幹什麼？她說：「帶你開開眼界」。

　　我們真的來到了D國，在旅館安頓後僑催我上街，我沒來過D國，走在街上很新鮮，東張西望，僑說先辦正經的，有時間才去逛街，她好像對這地方很熟，帶我穿街過巷，一心一意朝目的地走，來到一條街，很熱鬧，兩旁都是店面，賣的都是一些新潮的男女服裝和用品，也有好幾家音樂行，喇叭播放刺耳的重金屬音樂。我們

進入一家店，我看見店面櫥窗裡擺設了一些藥劑美容霜等物品，到了裡面看見牆上掛了性感的內衣睡衣，架子上有很多擺設，琳瑯滿目，我慢慢看，卻看出了不對勁，這些小擺設都帶著色情味，有在做愛的小人，各種姿勢各種神態都有，又有畫了星座的杯子，代表星座的是裸體的男女，也有一瓶瓶的催情藥，催情香水等等。我們來到更裡面，那兒有裸體的塑膠女人，真人大小，又有各形大小不一的假陽具。我看到這些才曉得這是一間情趣用品店，不禁感到面紅耳赤，拉了僑就往外走，僑不走，她說我們的目的地就是這裡，我不管她，逕自出去，她追出來拉著我說：「凌，你不要害羞，我們需要一些工具才會幸福，你愛我就聽我說。」我不語，我們就這樣站在街邊，天氣很熱，我滿頭滿臉的汗，黏乎乎的很難受，僑一直在勸我，我說：「愛是純情，不是色情！」她很生氣，跺腳說：「你難道不想我快樂？你要我快樂就跟我進去。」我說：「我們回去吧。」她鐵青著臉說：「那我們也不用在一起好了！」說完就撲簌簌的落淚，我一看她掉淚心就軟下來，她話說得那麼重，我怎能放棄她，就是要我死我都要跟她在一起，我終於投降，她擦淚我擦汗後我們又進到店裡，她幫我選了一支陽具，又買了潤滑劑，還買了一張浪漫音樂光碟，她自己買了兩套睡衣，我們才回旅館。

　　憧憬是一件很美好的東西，它跟希望不同，當你帶著希望時你就祈望一個結果，你想希望成真，當沒有成真時你會失望失落，但憧憬不是這樣功利，你憧憬一間美麗的洋房時並沒有想得到它，你只是想，如果這間洋房是我的該多好，你沒有佔有的意思，你只是想，只是欣賞，所以你不會因為沒有它而失望，譬如憧憬一個明星，你也只是不斷想像明星的生活，你始終不偏離你自己的現實生活，而不會進一步去追尋，沒有得也沒有失，你有著美好的想像，卻不會感到失去甚麼，因為無求。

　　我是有憧憬的，我憧憬一間自己的房屋，不用大，小小一間就夠，裡面可以住兩個人：我和僑，一個讓我們雙棲雙宿的天地，我天馬行空的想像我們在一起生活的情形，先要有交通工具，買一輛摩托車，進出就方便多了。要騎車那就得先考駕照，要考駕照得先要有一筆錢，要有錢得先有一份職業……一層層的想，想到自己還沒正式的工作，不禁有點洩氣。但回頭又想，我們還年輕，我們能等，等我出師了，找到一份工的話，說不定有機會在一起呢？不管將來怎樣，我不去強求，也不要帶希望，只是幻想，想到自己陶醉，也很快樂。其實我現在已經夠快樂的了，幾乎每個週末都和僑渡過，有時去城北的聚會，有時我們單獨在一起，只要跟僑在一起我就滿足，心裡總是漲潮，漲得我都差點迸裂。

　　爸爸知道我跟僑走在一起後有些微言，他一如以往的開明，並沒有責罵我，但他在擔心，他問我知不知道後果，我說甚麼後果，他說我們得愛滋病的可能性很大，他不想失去一個女兒，我說我活要活得快樂，得不得病那是命，如果我命不該絕那怎樣都不會得病，如果我命該絕就是不得病也會有別的意外導致我喪生。爸爸說不過我，只是搖頭，媽媽可不像爸爸那麼溫厚，她罵得我體無完膚，甚麼難聽的話都罵出來，口口聲聲不要認我這個女兒，要不是爸爸在，她恐怕馬上要跟我脫離母女關係。哥哥和妹妹更厲害，對我冷嘲熱諷，好像我不是他們的親生姐妹，我不敢帶僑回我家玩，因為擔心哥哥和妹妹對她無禮，僑十分敏感，一點點惡言毒語足以給她很大的挫折感，她在工作處已經受夠排斥，我無論如何得盡力保護她。

　　我和僑，由於遇到阻力，走得反而更近。我們像兩汪小水，先是各自堅苦地掙扎，流過高山峻嶺，好不容易匯合在一處，兩汪小水成了一條溪流，即使聲勢並沒有變得浩大，卻增加了一點流勢，比以前強多了，就有更高的山更頑固的石頭，我們一起闖，有了

伴，感覺完全不一樣，從孤軍奮鬥到並肩作戰，讓人生出一種天塌下來也不怕的勇氣。

五

　　小林出師了！大夥兒出錢請他在A城最高尚的酒店餐廳吃飯慶祝，我問小林有甚麼打算，他說找工作，如果在A城找不到，他會到別的地方找，我說：「那你捨得春霖呀？」他搖頭說：「暫時不能太兒女情長。」春霖就坐在他身邊，聽到我們提他的名字，轉頭問：「我甚麼？你們在說甚麼？」我說：「小林要是到外坡工作，那你怎麼辦？」他聳聳肩說：「大不了我跟去」，說完他把右手搭在小林肩上，小林依偎著他，我很感動，他們的愛情堅固成那樣，教人羨慕，我想到自己跟僑，我們不知能不能跟他們一樣堅守我們的感情，有時我會擔憂自己不夠強壯，不能像春霖保護小林那樣保護僑，我窺一窺僑，正見她也在看著我，不知她是否也在想我們的關係，我最近常常感到我跟僑的確是心有靈犀，我們總在想同一件事，或是不約而同做同一個動作，這樣令我感到很甜蜜，可是同時我會焦慮，生怕失去她，總想每一分鐘都跟她在一起。

　　小林在兩個月後就有了工作，而且是在A城，他跟春霖不必兩地相思，他在一家新潮年輕的時裝工作坊上班，工作坊專門做年輕人生意，門面充滿朝氣，主持工作坊的是個從法國留學回來的青年，想法新，手藝精，吸收了兩個助手，小林就是其中之一，我很羨慕小林，能在那麼好的地方工作，我暗地裡希望等我學成後也能到這家工作坊上班。

　　我在劉叔的教導下已經能獨立畫式樣、剪布、縫製，簡單的西褲我很少必須修改的，劉叔的嚴，我也習慣，剛開始提心吊膽，久了就覺得自己也變得跟他一樣要做到完美無瑕才滿意。我很想給劉

叔看我設計的時裝，但一直沒敢拿出來。我想，他也年輕過，一定也新潮過，既然選了裁縫，肯定對時裝有興趣，只不過現在老了，或許已經麻木了。

我算算日子，跟劉叔學藝已進入第三年，時間過得實在快，我從不會燙衣到現在能縫製西裝，回想起來很沒有真實感，彷彿在做夢。我不知道還要多久才算學成，劉叔曾說過，每個人素質不同，有些人三年就夠，有些人要磨個四五年都還不行。他從沒告訴我我是哪一類，我自己更無從知道自己的素質。只是，我非常喜歡縫紉，打從學踩縫衣機開始，我就像一頭鑽進縫紉的世界，深深沉迷在裡面，人家說如魚得水，真的貼切。只要我縫成一件衣服，那種成就感往往使我自己莫明其妙的激動不已，劉叔會給我做一些難度很高的服裝，難度越高我越躍躍欲試，就像爬山的人，爬上一個高峰就想更上一層樓，要去試更高更險的山峰，失敗的時候我會苦思，想各種改善的辦法，我不怕失敗，只要劉叔給我再一次機會，我就能成功改正錯處，劉叔說要做到百份之九十九不出錯才能稱得上正式裁縫師，沒有人能百份之百完美無錯的，就是他做了四十年還是會出錯，我聽到這百份之九十九的說法就洩氣，我還差十萬八千哩才能達到這個境界，總得再熬兩三年吧？

我們一夥人到海邊玩，天氣很好，藍天白雲，海水清澈泛綠，極目眺望，遠遠的海平線抹上淺淺的紫色，海上散佈著一些淡藍的小島，像剛剛浮上水面的海龜，海風習習，儘管艷陽高照，卻不感到燥熱，只感到清涼爽快。小林他們已經迫不及待的衝入海裡，只見他們赤著上身在水中嬉戲，像一群小學生那樣快樂，不一會兒女孩子們也已換好泳裝下水，只見欣欣和玉娟雙雙在水裡游著，一會兒潛入水裡，一會兒又一起浮上來，游了一陣就回到沙灘上，兩人親親密密地在竊竊私語。僑穿了白T袖藍短褲，詢問地看我，我知道她在等我跟她一起下水，可是我踟躕不前，因為我怕一下水我的

女性身裁就會曝露無遺。我也穿著T袖短褲，T袖一浸水就會貼在身上，我不願意在眾人面前顯露自己，僑喜歡男性，我喜歡女性，現在我們倆都要在水裡打回原形，可怎麼辦呢！欣欣她們不同，欣欣喜歡女性，玉娟也喜歡女性，她們同時展示女性身體，沒有矛盾，只有相互欣賞。

　　僑等了我半響，見我不動，就問道：「我們下不下水呀？」我假裝說：「我不會游泳」。僑說：「怕甚麼，我教你。」我突然莫名其妙懊惱起來，說：「我不下去，妳自己去好了。」一說完我就後悔，僑好像生氣了，頭也不回地向大海跑去，我沒跟去，只在沙灘上坐下來遠遠的盯著她，她跟男孩子們一道游泳，然後他們玩水球，她興高采烈地玩，好像都不會累的樣子。後來大家都上岸吃東西，僑跟男孩子們很親熱，故意不睬我，我默默地在一邊吃，也不去睬她，吳德成過來問我：「怎麼？跟僑鬧別扭了？」我不回答，只聳聳肩。

　　這一整天我悶悶不樂，回程時僑不跟我坐同一部車，她跟約翰換位，坐上春霖他們那部車先走了。我回家，想打電話給她，不知怎麼還是沒有打，低落著就去睡覺了。

　　星期一，我神不守舍地工作，快放工時劉叔問我有沒有時間留十分鐘，我一驚，恐怕劉叔看出我今天不專心做事，放工後戰戰競競地等待被罵。劉叔等大家都走了跟我說：「葉凌，妳覺得自己有沒有資格成為裁縫師？」我不知所措，小聲的說：「不知道」，劉叔又問：「那妳喜不喜歡縫紉呢？」我答道：「很喜歡」，他說：「妳手很巧，又細心認真。我教過那麼多人沒有一個比妳認真的，我在想，其實妳更適合做女裝。」我抬頭不解地看他，他不看我，繼續說：「我有個妹妹是做女裝的，妳願不願意去她那兒學？」我納納地說：「可是我這裡還沒學完。」他看著我說：「我這裡已經沒有甚麼可以教妳了，該學的妳都已經學了，妳是做服裝的料，應該男女裝都會做。」我狐疑的問：「那邊要不要付學費？」「不

用，就跟在這裡一樣。下個星期起妳就可以在那兒開始。」我一下傻了，呆了呆才想起該說謝謝，連忙說：「謝謝劉叔！」劉叔點點頭說：「好好幹，妳有前途。」

我如在夢中走到車站，不能相信這是事實。我已經在劉叔那兒學成了嗎？我有機會學女裝嗎？不可思議！我急切的要跟人分享這份快樂，第一個就是僑。我打電話給她，完全忘了週末海邊的不快，僑到車站跟我會合，我迫不及待地把好消息告訴她，她也感染了我的快樂，興致勃勃的要聯絡大家為我慶祝，我說不要別人，只要我們兩人慶祝，我們身上沒多少錢，不能上西餐廳，便到肯德基。我們吃著雞肉，我一直傻笑，太快樂了，我感到我像破繭而出的蝴蝶，從蛆蟲到蛹，緩慢的過程，再由蛹慢慢成形，最後飛了出來，自由了。我有自由的感覺，雖然還有另一個新階段要我再努力的，我有個預感，學女裝我一定會成功。第一件衣服我要做給僑，那第一件衣服甚至已經開始在我腦中成形，我在紙巾上畫給僑看，她嘻嘻笑，一逕說好。

六

「抱琴開野室，攜酒對情人。林塘花月下，別似一家春。」
「遠上寒山石徑斜，白雲深處有人家。停車愛坐楓林晚，霜葉紅於二月花。」

自從我喜歡上詩詞，每晚一有空就翻著一首一首讀，讀到好詩就跟僑說，有些她很熟，有些她還沒讀到，我就唸給她聽。如果有人能把它們都譜上曲子讓僑唱出來那該多美妙，我找到翻新的鄧麗君光碟，聽她唱唐詩宋詞，總聽不夠，總想聽更多。我們常常逛書店，翻一本本的詩集，卻很少買，現在書都賣得很貴，我沒有收

入，不能買書，常是僑買了我借來讀，讀到喜歡的就抄下來。我生日時僑送了那本《毛毛之書》，我們喜歡用裡面的詩句來比賽，看誰記得多，總是僑背得比我多，我記性沒那麼好，但也把這本書翻舊，我挑了一些能入畫的，做了一些書籤，用畫配詩，做得興味盎然，把書籤送給僑，她喜歡得不得了。我比較喜歡舊詩，比較容易讀，新詩比較難懂，有很多我都不知所云。但即使沒讀懂，我還是試著讀，有一些比較容易的，我也能起共鳴。

> 「你是橫的，我是縱的
>
> 你我平分了天體的四個方位
>
> 我們從來的地方來，打這兒經過
>
> 相遇，我們畢竟相遇
>
> 在這兒，四周是注滿了水的田隴
>
> 有一隻鷺鷥停落，悄悄小立
>
> 而我們寧靜的寒暄，道著再見。
>
> 以沉默相約，攀過那遠遠的兩個山頭遙望
>
> （一片純白的羽毛輕輕落下來。）
>
> 當一片羽毛落下，啊，那時
>
> 我們都希望
>
> 假如幸福也像一隻白鳥
>
> 它曾悄悄下落，是的，我們希望
>
> 縱然它們是長著翅膀」

這首詩我喜歡，淡淡的，卻有濃濃的感情，我不知道為甚麼我喜歡它，總之是有一種氣氛，有一種氣質，讓人感動。寫詩的確要有天份有靈氣，我讀詩時常常羨慕這些詩人，能那麼靈活的利用

文字，表達我沒辦法表達的感情。我常常鼓勵僑寫詩，她那麼喜歡詩，又那麼有才華，只要她用點心思，我完全相信她能寫出很美的詩來。

僑沒寫詩，卻報名參加蒂凡妮選美，D國每兩年舉辦一次蒂凡妮賽美會，分變性組和未變性組，僑說了好幾年，今年終於湊了錢去參加，一報了名就緊鑼密鼓地準備，最要緊的是服裝，我理所當然的為她設計，請我的新師傅劉叔的妹妹劉姐教我縫，僑一共要出三次場，分別穿便裝、泳裝和晚裝，泳裝我們去一趟D國買，雖貴了一點但僑穿上身完全合適，好像量身定做成的，主要的是把她裹得曲線玲瓏，活脫脫一朵出水芙蓉，便裝和晚裝就比較傷腦筋，我花了好多個夜晚畫了揉掉，揉掉了再畫，沒有一件是一百巴仙滿意的，我想著要用甚麼顏色來襯托僑的皮膚，用甚麼款式來突出僑的身材，一天到晚腦子裡旋轉著僑的身影，穿著我想像中的各款衣裙。我拿了許多張設計圖給劉姐看，跟她商量要用哪一張，僑也給意見，衣服是要給她穿的，她得喜歡才可以用，終於決定了各三件，先做好了，讓僑試穿後才作最後的決定。

先去買布料，我預想的布料有些買不到，只好選購坊間有的，我又在款式上作了一點修改。然後開始縫製，我每天在劉姐那兒埋頭縫，劉姐時時指導我，我緩慢卻胸有成竹地一件一件縫，每縫好一件就叫僑試穿，最後我們選定了墨綠的便裝和橘紅色的晚裝，僑皮膚白，墨綠色的泰絲連身裙能襯托她的白，橘紅是暖色，好喚出她的熱情。我們一致覺得一冷一暖的色調能使僑在不同場合發揮不同的風情，服裝決定後我們就找美髮師給僑設計髮型，然後買鞋，化妝品等等。僑存的錢不夠，她找了一個贊助人，是一間鐘錶店的老闆。這位贊助人很慷慨，所有的費用只要開單給他，一切由他付款，而且他不過問我們的開銷和行動，我們很小心用錢，不敢亂花。

　　選美會在D國的海邊城市舉行，首晚是變性組比賽，我們坐在觀眾席上觀看一個比一個嬌美的少女出場，根本不能想像她們曾是男孩子，僑看得很投入，我看見她眼眸裡蘊著淚水，知道她很羨慕這些變性人。可惜我沒有錢，我多麼希望我是百萬富翁，能夠資助僑做變性手術，完成她的心願。

　　次晚輪到未變性組比賽，我在後台打點僑的出場，僑這一組共有二十個佳麗比賽，我窺視其他的參賽者，覺得大部份都有比較粗的輪廓，還沒脫去男性的菱角，像僑那樣秀麗的倒有幾位，都是僑的勁敵，僑抽到第十二號，不太前也不太後，她很緊張，我一直安撫她，跟她說不要太在乎輸贏，純粹當做好玩。

　　第一場是便裝出場，僑終於出場了，她穿著墨綠的裙子：V形領口，開得極深，強調她脖子的線條，腰間裁割橫條裹緊腰身，下襬為半鐘形，長及膝上十公分，領口綴上一顆菱形水鑽，放著冷光，僑在伸展台上款款而行，她轉身時劃一道綠光，清新如春風，沁涼如初雪，她的白皙，她的修長，在舉手投足之間帶出一股綿綿不絕的綠水般的涼意，我這時也緊張起來，生怕她不小心滑倒，還好她優美地走完一圈，完美無失。

　　一回到後台我們沒工夫去注意其他參賽者，我幫僑換泳衣，準備第二次出場，泳衣這一場很重要，每個人的身材不能靠衣服掩飾，都是真材實料亮相，僑要取分就要看這一場，她這方面佔了很大的優勢，因為她天生一副苗條腰身，雖沒有凹凸分明，或豐滿健美，卻很輕巧纖細，她勝在柔若無骨，軟潤如脂，給人一種冰清玉潔的純情印象，我看著她出場，屏氣祈禱她千萬不要出錯，她走這一圈像走了一千年，我的心跳得噗噗響，眼光緊緊地盯著她的背影，好像我的眼光有一道魔力，只要緊盯著她不離開，她就能得勝似的。終於她圓滿的走回來了，我感到我的神經已經繃到了極點，

隨時會繃斷似的，我告訴自己，快了，再一場就完成了，堅持下去，僑需要我的支持，我要鎮定。

我微笑著迎接僑，給她一個鼓勵的擁抱，跟她說她表現得很好，她又緊張又興奮得臉上紅撲撲的，流露出一種自然的韻味。我幫她換裝，一直叮嚀她要自然，不要緊張，就這麼一場了。臨出場時她對我一笑，我點點頭，感到我們真是親近到了生死與共的境地。僑這一襲晚裝，讓她搖身一變，從第一場的清純玉女變成一位艷麗高雅的女人。橘紅色的低胸晚裝，高腰，長裙，裙身由橘紅、橘黃、橙色及杏紅的輕紗層層相疊，迤邐開去。當僑跨步時，裙紗自然擺動，不同的色調相互掩映，便有了火燄正在燃燒的氣氛。僑像從火裡走出來，帶著光和熱，感染了全場，場面更熱烈了。僑不緊張了，走了三場，她走出了心得似的瀟灑，不像在走了，像在飄動，像仙女飛天，她最後終於飄回後台，我們總算鬆了一口氣，現在就等宣佈入圍名單。台前表演著歌舞，後台每個參賽者都在期望自己入圍，挨那段歌舞時間變得十分漫長，好不容易等到司儀宣讀入圍的十位佳麗，我聽到僑的名字，看到她呆在那兒，趕忙扶著她送她到出口，她回過神來，立刻面帶笑容走出去。十位入圍者陸續走完一圈，然後排成一排等待宣佈決賽名單。名單出來，僑成功進入決賽，十位現在只剩五位，最後的一關是口試，也是我最擔心的一關。僑平時很多話，但談的都是歌星、詩詞、小說和時裝，從沒談一些時事或嚴肅一點的話題，我怕她被問到高深的問題，不會回答可怎麼辦？第一位的問題是她的嗜好，為甚麼喜歡它。第二位是僑，司儀問她最關心的是甚麼？她回答說：「我最關心的是文化，因為文化包括了我們的衣食住行，包括了生活、藝術，所以文化很重要，一個注重文化的國家能造就有文化的社會，這表現在人民的公民意識上，譬如上巴士自動排隊，孝親敬老的倫理觀念等等。文化水準高的社會，自由和民主意識也高，就比較不會出現獨裁霸權的現象，

人民比較能互相尊敬，各民族能互相容忍互相包容，就是現在最迫切的環境污染問題，也因文化水準的高低，而有不同的處理方式。」

　　僑答完，我還沒完全捕捉到她這番話的意思，我從沒聽過她談那麼嚴肅的問題，又是公民意識，又是民主意識的，我連文化是甚麼都攪不清楚，我實在怕評判也跟我一樣沒有聽明白僑在說些甚麼，那她就不能得分。我倒希望僑答得比較通俗淺易一點，譬如說環保或父母兄弟姐妹之情等。無論如何，答了就答了，且等待結果，能進入決賽已經很好，前五名，不容易呢。我希望僑得第三或第四名，那我就很滿足了，我相信僑也會滿足。我們早已說好，參賽是想看看僑的實力，我們的目標是進入決賽，現在僑已經進入決賽，我們的目標已經達到，得三名以內的話就是額外增彩。這樣想我就平靜下來，剛才的緊張焦慮慢慢消失，我聽到司儀報告第五名的名字，不是僑，第四名也不是僑，第三名也不是僑，就剩兩人了，僑不是第一就是第二，司儀故意拖延時間留懸疑，我又萌生了希望，如果僑得第一那該多好，我的心又激烈跳動起來，終於報告第二名的名字，不是僑！天！僑得勝了！僑是蒂凡妮公主！我看到僑雙手掩著嘴一副不可置信的神情，滿場喝采鼓掌聲，記者的相機不停閃爍，上屆蒂凡妮公主替僑戴上后冠，其他參賽者紛紛跟她擁抱祝賀。僑的周圍都是人，我站在空無一人的後台看，突然有一種孤寂感，我為僑高興，但同時也妒嫉她有那麼多人簇擁，我要僑只屬於我一人，她身邊人太多，總令我不安，我總怕這些人會使僑疏離我。僑太美太奪目了，我不禁自慚形穢，我是甚麼？我甚麼都不是，我拿不出甚麼來跟僑匹配，想到這樣，我的心往下沉，現在我倒不要僑贏得蒂凡妮公主了！可是我又罵自己，那麼自私，只為自己想。我應該高興才對，僑成功了，她快樂，我應該也因她的快樂而快樂。

　　正在胡思亂想，僑和其他參賽者都回到後台來了。僑一看到我就撲上來擁抱我，我們激動得流淚，又笑又跳，我忘掉剛剛的疑

慮，僑是那麼快樂，我也快樂得不知要怎樣把持自己。那天晚上我們一夜沒睡，我們盡情享受成功的快樂，感受那份充斥著整顆心的暖流，以及我倆愈加深切的感情。

從D國回來，僑不敢太聲張，畢竟這裡不是D國，沒那麼開放開明，我們還是小心為妙。我們的小圈子為僑開一個派對慶祝。僑穿花蝴蝶般滿場飛，她更加明媚更加神采奕奕，我欣賞一件藝術品般看她的一舉一動，一切都那麼美好，使人產生如在夢境的錯覺。如果這是夢，我希望永遠不要醒來，就讓我這樣一直注視這個心愛的美麗如花的女神，直至天荒地老。我有一個預感，由於僑的成功，我們的關係會更進一步，我們的生命也將有所改變，有一種幸福感環繞著我，我這一生從沒有這麼快樂過。

七

劉姐跟我長談。她願意聘請我，在她的裁縫店幫忙，她不給月薪，而以件計算，每件衣服給我抽成三十巴仙。我多做就多收入，少做少收入。劉姐的裁縫店生意不錯，我暗忖每天都有得做，不怕沒收入，便欣然接受劉姐的好意。

我回家告訴爸爸媽媽，他們都很高興。我看爸爸，感到他又老了不少，我希望自己能有足夠的收入，多少幫補家裡一點，爸爸肩上的擔子也可以減輕一些。至少我能賺自己的零用車費等等，爸爸不用再為我操心。晚上我竟睡不著，白天想的都是實際問題，生活和家裡開支之類的事，在夜深人靜時我才想到這意味著我已經學成，不再是學徒，四年多的學徒生涯正式結束，而且不用找工作，劉姐都給我安排了好出路。思潮不斷回溯，從九龍洋服到劉叔的話，從釘鈕扣到裁製完整的西裝，再到縫製女服，學藝的過程一幕幕像影片在我的腦子裡環轉，我像在看別人的往事，沒有真實感。

不像在劉叔那裡學成時的興奮，現在我的感覺是長跑後的乏力，終於到達終點那樣的如釋重負，伏倒在地，身心都耗盡，卻不明白自己究竟是怎樣熬過來的。這算不算苦盡甘來呢？可我又受了甚麼苦呢？其實我是非常喜歡我的學習生活的，與其說苦，不如說是興致高昂，幾乎每天都學到新東西。但此刻我的確感到脫力、虛幻、想休息。可要走的路更長，我這才真正的要開步走，一切才要開始。我翻身側臥，妹妹的呼吸重濁，睡得很沉。我們之間沒辦法溝通，她鄙視我，我很無奈，但我堅決不改變自己，我其實並非不疼她，只是她不給我機會，只好讓我們的關係僵在那裡。我不是沒想過要離開家裡，避開哥哥和妹妹，對大家都好。但是還沒到時機，我必須完全經濟獨立，還要有餘力幫補爸爸媽媽，談何容易！我一定要埋頭苦幹，多賺點錢，劉姐提攜我，我要好好把握機會，好好幹。

僑和小林卻不看好這份工，小林說論件算意味著我要拼命縫衣，才能賺到我心目中的數目，不如領一份月薪，可以慢慢縫，不用趕。我想的卻不一樣，我要趁年輕精力盛時拼命多賺，我不怕苦幹，不怕趕，每個月固定的收入滿足不了我。我跟她們說我試試看，做不來時才跟劉姐再商酌，她不會勉強我的。

自由是一種非常愜意的感覺，我現在感到的就是自由。我要縫多少劉姐都由著我，還有更令我興奮的是開始有人來要求我給她們設計服裝，我能任靈感自由飛翔，一件又一件的設計，做出來的衣服她們都滿意，使我更加自信。隨心所欲莫過於能發揮自己的潛能，能讓想像力升展，我相信自由不只是行動上有自主權，更重要的是在思想方面能任意馳騁，別人不干涉，社會也不來阻礙，只是這可能嗎？我知道一個人是不可能百分之百恣意而行的，但他能在一個範圍內盡量隨自己的意願去做人，只要他的周遭不為難他，在一個程度上他算是自由的。我想我應該是自由的，儘管有人不喜歡我跟僑在一起，有人不認同我的男性傾向，他們也只能排斥，卻不

能阻止我，我不在乎受排斥，只要我仍能我行我素就夠，我不敢要求太多。現在我甚至感到自己是幸福的，多少人失業，多少人生病，多少人失去親愛的人，我有瞭解我的爸爸，有愛我的僑，有提拔我的劉姐，夠了。我有時會無端端擔憂，怕我擁有的太多，會招來怨懟，遭到天譴，對冥冥中操縱著我的命運的那股力量我總帶著敬畏的心理，總怕我一不小心會樂極生悲。

劉姐習慣每天聽電台廣播，我們工作時一面縫衣一面聽歌。這天早上我剛到，就聽到地方新聞報告說警員出動，昨夜逮捕了一群同志。我的心動了一下，但也沒太注意，本地不容同性戀，前年有一位部長被控雞姦下獄，他的妻子聲言冤枉，但沒有人能做甚麼。我想，雞姦這個名詞多難聽，對我們用這個名詞簡直是污辱，我們做錯了甚麼？我們不過相愛，同性和異性有甚麼分別？難道我們的愛就比較骯髒嗎？政府竟把我們的相愛劃為非法，對我們的尊嚴判了死刑。可是我們沒敢抗議，在家在學校，從我們小時候起就教我們要聽從，叛逆就是壞孩子，抗議就是不效忠國家，誰敢擔反判國家的罪名呀！我多羨慕D國，雖只是一界之隔，他們多開放多寬容，如果有一天本國改變政策，讓我們能正常呼吸跟大家一樣的空氣。

下午僑打電話給我說小林春霖和另幾位朋友出事了。我的心又動了一下，忙問甚麼事。僑說他們被關起來了，我就知道是怎麼一回事。我們下了班跟大家在獨立廣場會合，城北的屋子是不能去了，想必有警員或暗探在監視著。大家議論紛紛，被扣留的人不知如何了？今後我們要上哪兒聚會呢？我們一個個六神無主，談到最後大家都沉默下來，廣場上乘涼的人不是很多，我們聚著有一大群，有人向我們投來奇怪的眼光，我狠狠地回瞪他們，總感到他們在幸災樂禍，在鄙夷我們。噴水池兀自吐噴水柱，中央一柱擎天，衝騰著上升到最高點，然後往下落，環繞著中央水柱從池畔往內噴

射著無數小水柱，池中的燈慢慢的變色，水柱們一會兒藍一會兒紅變幻著顏色。池邊清涼，我們的心更涼，僑重重地嘆氣，把我們都感染得更沉重。我們不敢聚太久，到八點多就散開，我和僑在公車總站分手，臨上車時僑凝視我，說：「我們一定不要放棄！」我不明白，問她：「放棄甚麼？」她說：「放棄我們自己。」我鄭重地說：「絕對不放棄！」她點點頭上了車。我搭車回到鎮上，踱回火車路。路上有一些腳車和摩托車來來去去，街燈從大樹的葉隙灑射下來，慘白淒冷，遠處傳來幾聲狗吠，在世界的這一個角落，一切顯得安祥平和，沒有人在乎幾個同性戀人被扣留，也沒有人曉得其他同性戀人是如何的震驚不安。就算同性戀者被趕盡殺絕，也不會有人在乎，更別想有誰打抱不平。為甚麼？？？我有太多的問號，沒有辦法解答。我看騎過去的摩托車，有在外太空看世人的感覺，好像我完全不屬於這個世界。

小林等被家人保出來了。可是小林出來就變了樣，他蒙著頭在被窩裡一直哭，連春霖都沒辦法安慰他。他一面哭一面說：「我骯髒了，我骯髒了」春霖也在一旁流淚。我們再三追問，春霖才告訴我們在扣留所裡看守的警員把小林姦汙了。我們都很氣憤，這麼卑鄙的行為我們一定要告他們。可是怎麼告呢？沒有人能想出個好主意，我們只是一群手無縛雞之力的草民，如何跟警員鬥？小林的父母親一向不喜歡我們，發生了這件事，他們更給我們臉色看，我們只好悄然退出。我們去春霖家，每個人都很沉重，一句話都說不出。我看春霖，一夜間他憔悴了，俊俏的臉瘦了一圈，他的眼眸帶著淚，同時含著仇恨。我擁了擁他的肩，說：「看開點。」他搖搖頭說：「我真恨自己沒有能力救他。」我說：「不要怪自己，在強權之下誰都沒有辦法。」他一直搖頭，不再說甚麼。

第二天我還沒上班僑就來了電話。她抽抽噎噎地說不清楚，我安撫她一陣子後才聽清楚她說：「小林死了。」我說：「甚麼？」

她再說一次：「小林他死了！」我呆在那裡，小林的面容在我眼前浮現，他在劉叔那兒帶我做雜務的情形一幕一幕閃過，他帶我進入城北的圈子種種的情形，他亮如明星的眸子，他和春霖的恩愛等等，他怎麼竟死了？昨天我們才去看他，不可能的。我跟僑說：「誰告訴妳的？妳有沒有聽錯呀？」她說：「欣欣她們在春霖家，春霖要尋死！」我恍惚的跟劉姐請假，恍惚的去到春霖家。春霖癱在沙發上，失神地瞪著虛空，他哭過鬧過，現在脫力落魄，好像離了魂，只剩軀殼，我看到他，才醒過來，小林真的死了！鼻子一酸，眼眶立刻蓄滿淚。我別過頭，怕給春霖看到我流淚。僑過來，我們抱在一起靜靜的流淚。小林是割脈自殺的，我們都後悔沒有留守著他，放他一個人獨自想不開。一切已經太遲，如今是要看守著春霖，不能讓他做出甚麼傻事。

　　春霖堅持要去祭悼小林，我們知道小林的家人不高興看到我們，還是由幾人陪春霖去殯儀館。在停車場就聽到打醮聲，我們走近，昏黃的燈光下小林的弟妹跟著齋公在繞棺木走，法事正在進行中，我們在旁邊等待。殯儀館裡人稀落，空氣凝重，儘管天氣燠熱，仍感到淒風苦雨般的陰冷哀傷。我們到一旁的小桌寫賻儀，突然一個人影撲過來，我的頭一陣劇痛，自然用手去搗，只感到頭上濕溫溫的，眼前卻看到小林的媽媽持著掃把朝我們沒頭沒腦地揮打，一面聽到她聲嘶力竭地罵道：「都是你們害死我兒子，你們賠我兒子命來！」有人拉著我跑，我踉踉蹌蹌地跟著大家跑，上了車回頭看，幾個人拖拉著小林的媽媽不讓她追來，車子驚慌地開離，我驚魂猶定，才感到頭上在流血，大家手忙腳亂的用手帕紙巾幫我止血，他們先送我回家，媽媽幫我洗乾淨，貼了好幾條膠布才止了血。我沒精打采地閉目養神，剛才的事件一遍又一遍地在我腦海中浮現。這幾天發生了太多事，像在夢中一般的沒有邏輯，腦中一片混亂，亂得我頭疼，理也理不清。今後春霖要怎麼過？我們又要怎

樣安身立命？警員會不會又採取行動？我想不出一個頭緒，乾脆不想，倒頭睡覺算了。

八

　　昨夜下起雨，今早出門雨還在淅淅瀝瀝地下，我穿上雨衣騎上摩托車去接僑。下雨騎摩托車不是很寫意，但我仍感到滿足，這是我正式工作後用自己的儲蓄買的第一輛摩托車，得來不易，分外珍貴。以前搭公車，不能那麼常跟僑見面，有了摩托車後我常常去接她上下班，然後要一起去哪兒只要上車就走，方便多了。我工作得很勤，常常加班，劉姐的生意很好，我拼命縫，為了我和僑的將來。我們經常夢想有一天能在一起過日子，兩個人的收入合起來租一間屋子，過我們愛過的生活。僑喜歡逛街購物，有時買一些名牌化妝品和服飾，她的收入不多，現在我的收入迎頭趕上，就幫她付帳。只是她不像我那樣節約，有時我會感到吃不消，我跟她說省省吧，想我們的將來，她就會努嘴罵我吝嗇，她一不高興我就不安，我總想，僑那麼嬌美，不趁年輕打扮更待何時，我也要趁年輕努力賺錢，讓僑得到她以前沒享過的，只要她快樂我也快樂。

　　家裡我也每個月幫補一點，爸爸說不用給家裡那麼多，自己存起來也許將來能自己開店。我說跟劉姐做很好，有安全感，但我沒說我跟僑的計劃。我暗自打算，即使跟僑住在一起，我仍舊要給家裡錢，可能給少一點，爸媽應該能瞭解。

　　我轉進僑住的小巷，在她家門口按喇叭。良久不見僑出來，下車去敲門，她媽媽開門見我就說僑已經走了，是一輛房車來接她的。我只好獨自上路，納罕，不知誰的車來載走她。

　　傍晚雨停了，我因為要加班，就打電話叫僑自己搭車回家。然後埋頭縫衣。我做衣服時是心無旁鶩的，這樣的時候我總感到跟自

己最接近，完全忘掉一切外在，好像自己在跟自己說話。縫衣時也是我最平靜的時刻，腦子裡只有手中的活兒，心連手，手連心。

每晚加班到十點多才回家，週末因為要趕一襲新娘裝，我一整天都在忙。到忙了一個段落，我強烈地想念僑，就到她家去。她見我來顯得有點驚慌，我說：「怎麼？不認得我了？」她乾澀地笑說：「差點就不認得你了，失蹤那麼多天，忙甚麼？」我說：「還不是忙做衣服。來，我們出去逛逛，我還沒吃晚飯呢。」她不情不願地答道：「不出去了，沒心情。」我看她打扮好，像準備出門，哪像她說的沒心情出去。正要問她時聽到有車來到門外，僑眼光閃爍，好像不知所措，我狐疑地探索她的眼神，突然她下定決心似的咬咬下唇跟我說：「我有朋友來了，你改天再來吧！」說完頭也不回地出門上車，車門砰地關上，把我震得心慌意亂。我突然驚醒似的意識到我沒注意僑的動向太久了，久得她開始瞞著我在跟別人交往。莫非她已經變心了？我訕訕然回家，開始等待。我坐立不安地等到十點，大概僑已經回家，就打電話給她。我問她：「妳在哪兒呀？」她說：「在哪兒不用你管。」我心中狐疑，再追問道：「妳回到家了嗎？」她還是說：「不要你管。」我說：「僑，我不該冷落妳，明天我請客我們一起吃晚餐好嗎？」她無可無不可地說：「明天再說吧，說不定你又要加班呢！」我跟她保證我一定不加班，一定準時去接她下班。

隔天我提早去等僑下班。我們到獨立花園吃肉串。僑又恢復對我的嬌呢，昨天傍晚的不自然蕩然無存。我仍不放心，試探著問她：「妳昨晚的朋友我認不認識？」她低聲答道：「你認識的。」我哦了一聲，沒再問。她也靜默，不向我解釋甚麼。我自忖，要是我認識這個人，她總應該讓我們打個招呼，何必那麼鬼祟呢！算了，我甩了甩頭，企圖甩掉我的不快，何必疑神疑鬼呢！我應該信任她對我的感情，我忙著工作，她跟別人出去玩是應該的，我總不

能要求她只跟我一個出去玩。一下子想通了，心情馬上開朗，我問僑：「又設計了兩件衣服給妳，要不要看看？」「好哇。」她高興地說。我把設計圖攤開來給她看，她說下個月有朋友過生日請客，正好可以穿新裝去，我答應儘快把衣服縫好讓她試穿。

我越來越感到自己的局限，衣服縫多了我反而感到似乎走進死胡同，越走越深出不來，縫來縫去都千篇一律，我感到我成了縫衣匠，僵化了。我設計的服裝好像也走到了盡頭，再也沒有靈感設計新花樣。我需要一點刺激，一點火花，我需要突破，不能一直這樣下去。可是要怎樣突破呢？也許我應該去讀服裝設計，到法國或義大利去學習。但這是天方夜譚，我哪有那個錢呢！突破突破突破，我天天在想突破，想得我整個人意志消沉，無心工作。劉姐問我：「怎麼了？有心事？」我嘆了一口氣，知我莫如劉姐。我跟她說：「我感到已經走到盡頭，江郎才盡了。」劉姐笑說：「這表示你有上進，不原地踏步。不要煩惱，這是一個過渡時期，你能再上一層的。」我苦笑，前路黯淡，如何才能再衝刺呢？劉姐要我耐心點熬過這個低潮，她說慢慢的會有新的發展。我知道她有經驗，說的不會錯。

過了幾天劉姐問我有沒有興趣到D國短期進修，不過她不能資助我，只能在我進修的那個月給我一份薪水。我們算了算，這短期服裝設計課程連住宿費共三千元，不貴，我的積蓄沒有那麼多，回家跟爸爸商量，爸爸說我過去一年給家裡的錢他留著沒動，現在正好給我用。我立刻申請，那邊很快錄取我，等他們下個學期開始就能去進修。我第一次離家，既興奮又緊張，我的夢想成真，要去唸服裝設計，雖只是一個月的短期課程，對我而言意義重大。一定要儘量吸收，積極學習，這是我唯一的機會。僑為我高興，同時又對我們將離別那麼久而感到依依不捨。我說才一個月，很快過去，等我回來設計更美麗的衣服給她。

　　我乘火車到D國首都，學院安排我的住宿，派了時間表。這真是速成課程，課排得很緊湊，一整天的課從早上八點到下午五點，人體構造、比例、色調分析、布料分析等等，聞所未聞。我們一組才六個人，上課採取討論方式，老師先給我們資料，自己閱讀後大家聚合討論，有不明白的地方儘管提問，同學間尋求解答，老師在一旁協助我們。我最喜歡的課是畫設計圖，我們各自設計一襲衣服，然後大家給予評審，哪兒好哪兒不好，各人有各人的見解。然後我們分成兩人一組，互相給對方設計便服和赴宴服。縫製成後穿上，再來一個討論會。我感到現在才真正的開竅，原來設計服裝有那麼多法門，有那麼多點要注意的。以前我的設計統統都顯得那麼幼稚，以前我還洋洋自得，現在我才知道自己是那樣膚淺，那樣需要改進。我像海棉般飢渴地把所有的新知識吸收，消化，並希望自己能脫胎換骨，更上一層樓。老師教我們上網看世界各地的時裝表演以及服裝設計網頁，我暗忖，原來電腦有這麼多好處，等回去一定要存錢買一台。有了電腦就會像有了全世界的資訊，永遠跟上潮流，不會再停留在一個階段，我要向前，一直向前走，天天突破。

　　一個月快如火箭，感覺上像只眨了一下眼就過去了。我又回到劉姐的裁縫店上班，但是我彷彿不再是以前的我了，而是一個嶄新的人，全身充滿了精力，有一種蓄勢待發的衝力。劉姐說她要在報紙上登廣告，著重服裝設計，希望招徠更多顧客，好讓我發揮。

　　玉娟約我出去喝咖啡，許久沒見面，我們話很多。談了一個晚上，我看時間不早說要回家休息，這時玉娟卻吞吞吐吐地說：「凌，我約你出來其實是想告訴你一件事。」「甚麼事？」我有點狐疑。她說：「你覺得僑有甚麼不同？」我莫名其妙：「沒有甚麼不同哇。」她接著說：「凌，僑這個月跟一個男人走得很近，你不知道吧？」我的腦轟的一聲像有盞燈熄滅，呆著了。玉娟說：「我是怕你蒙在鼓裡被欺騙。僑的人我是知道的，只是你不知道而

已。」我想到小林曾警告過我關於僑的事，半信半疑地說：「謝謝妳告訴我。」我茫然地跟玉娟道別，心頭很空，沒有憤怒或擔憂，只有一個念頭，抓緊僑，絕不讓人把她搶走。我打電話給僑，她說現在不方便講電話，晚一點她打回給我。我說我不能等，她竟生氣說能不能等由不得我，我還想說甚麼她已經掛斷電話。我心往下沉，莫非她真的有另外一個人？我再按她的手機號碼，但鈴聲還沒響我又按掉，算了，等明天再說。

　　我躺在床上半睡半醒中想，也許這只是夢，明天醒來一切都沒有變，僑將如常和我相愛，根本沒有第三者。我告訴自己不要擔心，這只是一場夢。後來我就做夢，僑把頭髮剪掉，剪成平頭，她穿著西裝坐在評判員席上，而我則長髮披肩，穿著三點式泳衣在臺上賽美，我內心裡很焦慮，要趕快走到後台，可是走到一半卻滑了一跤，跌得個四腳朝天，我又羞又急，恨不得鑽地洞，然後我乍然清醒，自己好好的躺在床上，我呼出一口氣，慶幸這一切都不是真的。瞄了瞄時鐘，五點過一點點，我通常六點起床，五點不上不下，重睡怕睡過頭，又不願意這麼早起床，乾脆賴在床上胡思亂想。自然又想到僑，她說要回電卻沒回，一定是真的生氣了，待會兒去載她上班可要好言對她，只要她還願意跟我在一起，我沒有理由爭風吃醋，無論如何我寧可等寧可拖，她沒提另一個男人的事我也不提，玉娟的話未必可靠。

　　我七點鐘去接僑，她說不舒服今天不上班，請一天病假。我叫她多休息，便自己上班去。中午出去買午餐，太陽高照，熱昏了頭，我沿著店鋪五腳基走，避開陽光。走過一間速食店忽然聽到一串笑聲，很熟悉，自然的轉頭去看，一剎那間我楞住，從速食店出來的人也楞住，笑聲凝固在熱空氣中。那是僑，跟她在一起的是那位贊助人，鐘錶店老闆。我一句話都沒說，轉身就走。我感到一股血衝上頭腦，右眼跳得很厲害。走著走著，呼吸急促，手腳卻冰

冷。回到裁縫店，我坐下來喘氣，劉姐問我怎麼了，我說沒事。我機械性地吃飯，機械性地工作，腦子裡亂成一團，一天不知怎樣過的，做到傍晚，劉姐說我臉色不好，叫我回家休息，不好加班了。這時僑來電說她就在轉角處等我，我便出去見她。

我們站在街邊，僑說：「我必須向你坦白。我需要一個真正的男人。」我說：「為甚麼當初妳找上我呢？」她顧左右而言他：「凌，你需要的是一個真正的女人。」我抗議：「不，我只要妳。」她說：「凌，你聽我說，我不能滿足你，你也不能滿足我，我們還是分手的好。」我嚷道：「我甚麼地方不能滿足妳了？」她說：「各方面，你究竟不是男人。凌，你明白嗎？」我說：「我不明白。」她嘆了一口氣，堅定地說：「我們暫時分開吧！我很抱歉，是我對不起你。」我沒話說，瞪著前方，卻看不見甚麼。我們無言，良久，僑說：「他在等著我，我得走了。你保重。」我目送她越過街道走向停車場，然後消失。我獨自站在街邊，面前車水馬龍，人來人往，一切都顯得繁忙積極樂觀，地球兀自轉動，我的世界完全翻覆，我不著邊際地想：怎麼大家都那麼高興？是不是幸災樂禍？一時心絞痛呼吸困難，我蹲下來，全身脫力，感到累極，只想躺下永遠不要再起來。有路人停下來問我怎麼了，我說沒事，掙扎著站起來，慢慢走開。

僑說我究竟不是男人，比她的變心更嚴重地刺傷我，我不是男人，那我是甚麼？我甚麼都不是，只是失敗得一塌糊塗的四不像！

九

今年的雨季來得早，傾盆大雨一直延續了四五天，木屋裡潮濕陰暗，早早就得開燈，人在屋裡，皮膚也跟空氣一樣潮濕，感到粘乎乎的，十分不舒服。因為下著雨不能開電腦，我無聊之極，抽

了一本書來看。看了兩頁就不耐煩，換一本宋詞三百首。我漫不經心地隨便翻，這半年來一直加班，回家都很晚了，沒有精神看書讀詩，現在翻看宋詞，有一種久別重逢的親密感。「愁腸已斷無由醉，酒未到，先成淚。殘燈明滅枕頭敧，諳盡孤眠滋味。都來此事，眉間心上，無計相迴避。」「古今如夢，何曾夢覺，但有舊歡新怨。」真是人生如夢，這些日子我像在夢遊，整個人像飄在空中腳不著地，沒有踏實感。朋友們在另一個地方又開始聚會，我很少去，工作太忙，而且去了會遇上僑，會勾起一些回憶，更不想去了。倒是僑很大方，看到我去仍舊若無其事地跟我說話，我們仍舊像老朋友般親切。其實我不那麼自然，算強顏歡笑吧！有時我會為自己的表演天才感到驚訝，我裝得天衣無縫，彷彿完全不再在乎僑的另尋新歡，彷彿對她不再存有甚麼特別感情。裝得太辛苦時我就藉加班來逃避，又過著孤單的日子。也只有電腦是我的良伴，一個人常常沉入網際，跟隨時裝界的發展，亦步亦趨，務求追上潮流。現在我設計服裝不用手繪了，有了電腦軟件，可以隨心所欲畫出我的構思。唯一的難題是貨源，布料的選擇不多，我要用的布料很多在A城買不到，得向D國訂購，這樣一來成本就高多了，我在A城發展，而A城只是個小城，衣服價格太高就不太有顧客願意花那筆錢。因此我的設計也有了局限，總得考慮到價格而採用比較便宜的布料。但是小城有小城的好處，只要你有一點功力，有人讚賞你的手藝，消息就會一傳十，十傳百的播出去，幾乎不用怎樣宣傳，自然有慕名而來的顧客。我在A城算打開了一個小局面，有了一群基本顧客，加上零散的一般顧客，生意是越做越好。劉姐請了一位助手來幫忙，我們還是忙得不可開交。

偶爾我會在回家的路上想我的現況。在事業方面可以說一帆風順，我算有遠見，一早就投入服裝界，一步一步走，走長路，卻受益無窮。要不是從劉叔那裡苦學，我的根底不會那麼紮實，今天

的成績，不能不說昭彰，我的野心不大，能在短短的兩年間使劉姐的生意增加四五成，我覺得很滿足。當然還不能自滿，前面的路長著呢，我心底總怕太美好會招致問題或災難，太順利了我反而忐忑不安。就像跟僑的關係，我太幸福了，結果被刺得遍體鱗傷。也許這是天意，我不能魚與熊掌兼得，有了事業就註定要在愛情方面失意。有時我會想，要是能讓我選擇，我會不會選事業？我知道我會選僑。僑是我靈魂與心智上的領導力量，是她在文學和音樂上帶我進入新境界，啟發我對詩文的感受。我不能沒有她。可是我到底是沒有她了，而我存活下來，雖然心是缺了一角。

A城工商總會為老人院籌款，要舉辦文藝晚會，其中安排一場服裝表演，由時裝店報效服裝，劉姐也自願報效五至八件服裝。劉姐說我們趁機宣傳我的設計，因為時裝店用的都是成衣，只有我們的服裝是自己的設計，比較特別。初步決定我們提供五件女裝三件男裝，於是我便開始構思，我設計女裝時想到的模特兒馬上就是僑。我已經熟悉她的身材，做衣服給她穿已經得心應手，現在一設計就自然而然以她為模特兒。我跟她說時她很高興，我又想起她參加賽美時我們同進退的親密時刻，有點惆悵，這次給她設計服裝，是重溫舊夢，我心裡有些酸楚。她現在很快活，她的鐘錶店老闆有很雄厚的財力，經濟上支持她，她索性把工作辭掉，去學歌舞，常常上臺演唱，她說在找人為她譜曲作詞，想灌光碟。要是她跟我繼續在一起的話，恐怕沒有這樣的機會，也許她放棄我是對的，我開導自己，只要僑快樂，我也該感到安慰，愛一個人不一定要跟她廝守，重要的是她幸福。

我給劉姐看我的構圖，劉姐說要設計平常人能穿的，不要太標新立異，我就畫了兩襲連身裙，兩套衣裙和一套衣褲。男裝是三套衣褲加外套。劉姐看了給我一些意見，我修改了後我們便訂購衣料和配件等。我找春霖做我的男模特兒，他一口氣答應了。小林去世

後春霖消沉了很久,但再怎樣都得活下去,時間慢慢把傷口縫癒,春霖年前跟理查走在一起,我看他又恢復了往日的光采,雙眼又有了那種星星般的迷人的神韻。小林泉下有知,也應該放心了吧?

這一晚我加班,九點多開始打悶雷,我便收工趁雨還未下之前回家,十點未到,路上交通已經稀疏,我看看天,黑得像鍋爐,沒頭沒腦地壓下來。天邊時不時出現閃電,在暗空中裂開,隨後來了響雷,騎著摩托車感覺上雷就打在身邊。我加速趕路,後面來了一兩部摩托車,開得比我還快,想必也是趕回家的。那兩部摩托車超過我,突然煞車,我一驚慌忙也煞車,可是他們霍霍然卡在路中間,我車子煞不住,情急之下把車轉入路邊的草叢中。我驚魂尤定,想把車拖回路上,那兩個騎士跑過來,我以為他們要來幫我,就說:「我沒事。」他們不出聲,掩到我身旁,一人一邊就亮出刀子按住我,其中一個說:「錢,拿出來。」我嚇得發抖,在褲袋裡掏了半天都掏不出錢包。他急了,就甩開我的手,自己來掏。拿到錢包他們又看我,問我:「喂,你是男是女?」我不說。他們笑了,「是個女扮男裝的!」然後他們就挾持著我,逼我走入更深的草叢。

我不知道自己是怎樣回到家的。也不知道雨是甚麼時候開始下的。回到家時已經是落湯雞,爸爸媽媽都坐在客廳裡看電視,看到我媽媽說:「快去洗澡,不然會著涼。」我進到浴室,掬了一瓢又一瓢的水往身上猛沖,沖洗了很久很久,然後我看鏡子,在鏡中顯現的是一張茫然的臉,一張失落的女子的臉!我沖洗完就進房睡覺,在被窩裡無聲的流淚,直到天明。

十

劉叔來店裡探望我們。好幾年沒見他,他更老了。他看我說:「妳長大了。」我有點不好意思,對他點點頭。劉姐告訴他關於時

裝表演的事，我拿出設計圖給他看，把我的構想告知，他一逕點頭說好，我想起他說的不可能十全十美，便虛心地問他：「劉叔，有哪些地方需要再改的嗎？」他說：「設計得很好，妳放開去做吧！」我聽了便放下心，只要劉叔說好就一定好，他的話絕對不會錯。劉叔的到來使我精神為之一振，他對我說了一些鼓勵的話，我的信心因此加強了不少。他走後我的心情很愉快，許久沒這樣輕快了，我一面縫衣一面跟著收音機哼調子，劉姐說：「今天吹甚麼風，這麼高興？」我笑笑說：「今天天氣好嘛！」

　　這幾天的確是好天氣，天放晴卻不酷熱，徐徐吹著微風，說不出的清涼舒暢。這樣的天氣最好去郊遊，朋友們說週末要去山裡玩，我有未完的工作，本來不想去，大家一直遊說我，最後我拗不過，便跟他們啟程。我們一行三部汽車向紅土山開去，每個人興致高昂，在車上七嘴八舌地聒噪。我坐在靠窗，側著頭看一路飛逝的景色。水田已經灌滿水，水面映著藍天，幾朵雲悠悠地在天上浮著，也在水面上浮著。田裡有淺紅色的鷺鷥，涉水時天和雲隨著水紋蕩開，像藍綢緩緩在飄動，間中點綴上白色團花。

　　我看著看著，漸漸地目眩，一時感到暈車噁心，不敢看風景了，坐直身子看前方。聽說暈車時最好看前面的路，我拼命看路，還是不行，掩著口向旁邊的人示意要吐，他們趕快叫停車，車甫停下我幾乎是滾出車外，半蹲著把早餐都吐出，吐完再吐，最後好像連五臟六腑都吐出來。好不容易吐完，又上路。我感到肚子絞痛，手腳冰冷，頭皮發麻，往後靠著，閉目養神。終於挨到山下，下車徒步上山，我揹著背包，感到腳軟無力，背包像千斤重擔壓著雙肩。咬緊牙根勉強跟在大夥兒後面努力移動腳步。玉娟和欣欣時不時停下來等我，上到山頭，前面一面瀑布，千軍萬馬地騰騰流瀉，空氣一陣涼，我打了個哆嗦，精神卻好都多了。玉娟和欣欣陪我坐在一塊石頭上，我抽出毛巾當圍巾把身體包住，叫玉娟欣欣不用陪

我，儘管玩去。我看大家玩水，每個人都那麼快樂，他們的歡笑聲沒有感染我，反而使我越來越低落。我一面冷得發抖，一面卻在出汗，百無聊賴，實在很想下山回家去。

這次上山僑沒有來，就是她也來了，對我並沒有甚麼影響，對她我已經漸漸看淡，有她時我很快樂，現在沒有她我還不是一樣生活，也沒再感到缺失，也並非不快樂。我想，失去僑比不上失去工作。沒有僑我有我的服裝設計，這是最重要的。設計服裝是我的夢，我的理想，世界上沒有甚麼比夢想成真更能給我滿足感和成就感。只要能擁有我的夢，失去愛情我不再耿耿於懷。就是被強暴也不能打擊我，我把生命完全寄託在工作上，別的事物我能看淡放下。我感到自己已經分成兩個部份，一個是靈魂，另一個是軀殼，不管軀殼受到甚麼傷害，靈魂依舊屬於自己，依舊無恙。

從山上回來我一直不舒服，頭昏眼花。劉姐叫我去看醫生，醫生說是營養不良，叫我吃維他命和雞蛋。時裝表演日期逼近，我還沒縫好要報效的衣服，有點心急，就加倍的吃維他命丸，也不顧頭暈，拼命趕工。

又過了兩個星期，頭更暈了，還心跳加速，我開始有點擔心，又跑去看醫生。這次醫生給我驗血驗尿，然後他跟我說恐怕是懷孕了。我一驚，不肯相信，要求再驗一次。驗過第二次尿他說確實是懷孕了，就介紹我去看一個婦產科醫生。

不該發生的事發生了，不該產生的後果產生了。看完醫生我沒有回裁縫店，也沒有回家。我騎著摩托車在街上亂兜。不知不覺的開到城北，繞到我們以前聚會的房屋，我慢慢經過那間屋子，第一次來這裡的情景湧現，僑唱著歌，木焱的詩，小林。這一切都已經湮沒，遙遠得像前世。我又開到九龍洋服，已經過了下班時間，店門緊關，我回憶在這裡渡過的日子，我想，那時是多麼無邪多麼無憂呀！我兜到很夜才回家，整晚無眠。怎麼辦？我要做媽媽了。這

是絕對不可以成真的事，我怎能當人的媽媽呢！想到自己的體內要孕育一個孩子就噁心，更何況這是一個孽種！噁心噁心噁心！當我挺著大肚子到處蕩，我的男性形象就完全瓦解，我不甘願打回原形做一個女人。而且我要怎樣向家人說？事情發生後我沒說，現在才來說已經太遲。只有一條路；打掉它！可要去哪兒打呢？

我不敢找A城的婦產科醫生，坐火車到B城。B城我不熟，搭計程車到一間婦產科醫院。掛了號在候診室等。已經坐了五六個女人，都有隆起的肚子，她們看我的眼光有點怪異，我裝著若無其事，心裡卻很不自在。輪到我進入診療室，是一位老醫生，站起來跟我握手請我坐下。他的眼光溫和，微笑著問我有甚麼事，我便老老實實地把自己的情況跟他說了。他沉吟了半響，然後和藹地要我先回去三思幾天，如果堅決要打胎可以再回來預約。我拖著腳步去搭火車，自從知道懷了孕，立刻感到身體突然加重，重得走路都辛苦。

我沒有回去預約。心裡卻有了一個堅決的打算。

把最後一件裙子縫好，我叫僑晚上來試穿。她還是那麼風華絕世，還是那麼充滿自信。試衣時她在鏡前一旋轉，像一團火炬，身上散發一陣幽香，我聞到就曉得她換了香水，不是我喜歡的玫瑰露。我泡了咖啡我們對飲，像以前一樣親近。僑的興致很高，一逕說話，我抿嘴貪婪的細聽她的聲音。我說：「僑，唱一次Moving On好嗎？」她不肯，說：「那樣老的歌還唱呀，我唱最新的This is my Life給你聽。」也不管我抗議，她就唱起來。我沒聽進去，只怔怔地注視她。端詳她的眼她的嘴她的整張臉，把她深深的印在心裡。

晚上的火車路一如平常那樣靜穆，從後段村子再沒有車輛出來，只有一兩部零星的車子和摩托車趕著越過鐵道回到村子。已經快十點了，我沒騎摩托車，信步走出村子。站在鐵道旁我回頭看這

個我出生長大的地方。隱約聽到各家傳出來的電視節目聲。我站在黑暗裡看村子的燈光，看久了閉眼，眼前依舊點點亮光。我沿著鐵道走，漸漸的沒有泥路，只長滿雜草，我索性登上鐵軌，平衡著身子一步一步走，小時候我們常常這樣在鐵軌上走，甚至跑。走了一段我坐下來。看星星。四周蟲聲唧唧，晚風習習，星星們跟以前一樣孤寂，世事變遷無常，只有星星不會變，它們永遠孤獨，跟我一樣。遠處有汽笛聲，是十點的末班火車。我在鐵軌上橫躺下來，心靜如水。我回想僑賽美的一點一滴，那是我一生最快樂的時刻，也是我一生的轉捩點。我擁有過僑，擁有過快樂，我滿足了。心中唱起那首難忘的Moving On：

"I´m moving on, nothing will break me down。

I will not give into doubt

Those days are gone, I can be who I wanna be

Start living my life for me

I believe that finally I´m moving on………"

語言文學類　PG0482

霓裳曲
——扶風短篇小說集

作　　者／扶　風
責任編輯／林千惠
圖文排版／陳湘陵
封面設計／陳佩蓉

發 行 人／宋政坤
法律顧問／毛國樑　律師
印製出版／秀威資訊科技股份有限公司
　　　　　114台北市內湖區瑞光路76巷65號1樓
　　　　　電話：+886-2-2796-3638　傳真：+886-2-2796-1377
　　　　　http://www.showwe.com.tw
劃撥帳號／19563868　戶名：秀威資訊科技股份有限公司
　　　　　讀者服務信箱：service@showwe.com.tw
展售門市／國家書店（松江門市）
　　　　　104台北市中山區松江路209號1樓
　　　　　電話：+886-2-2518-0207　傳真：+886-2-2518-0778
網路訂購／秀威網路書店：http://www.bodbooks.com.tw
　　　　　國家網路書店：http://www.govbooks.com.tw
圖書經銷／紅螞蟻圖書有限公司
　　　　　114台北市內湖區舊宗路二段121巷28、32號4樓
　　　　　電話：+886-2-2795-3656　傳真：+886-2-2795-4100

2011年05月BOD一版
定價：270元

國家圖書館出版品預行編目

霓裳曲:扶風短篇小說集 / 扶風著. -- 一版. -- 臺北市:
　秀威資訊科技, 2011.05
　　面;　公分. -- (語言文學類 ; PG0482)
　BOD版
　ISBN 978-986-221-676-7(平裝)

857.63　　　　　　　　　　　　99022922

讀 者 回 函 卡

感謝您購買本書，為提升服務品質，請填妥以下資料，將讀者回函卡直接寄回或傳真本公司，收到您的寶貴意見後，我們會收藏記錄及檢討，謝謝！如您需要了解本公司最新出版書目、購書優惠或企劃活動，歡迎您上網查詢或下載相關資料：http:// www.showwe.com.tw

您購買的書名：_____

出生日期：_____年_____月_____日

學歷：□高中 (含) 以下　　□大專　　□研究所 (含) 以上

職業：□製造業　□金融業　□資訊業　□軍警　□傳播業　□自由業
　　　□服務業　□公務員　□教職　　□學生　□家管　　□其它_____

購書地點：□網路書店　□實體書店　□書展　□郵購　□贈閱　□其他

您從何得知本書的消息？

　□網路書店　□實體書店　□網路搜尋　□電子報　□書訊　□雜誌
　□傳播媒體　□親友推薦　□網站推薦　□部落格　□其他_____

您對本書的評價：（請填代號　1.非常滿意　2.滿意　3.尚可　4.再改進）

　封面設計____　版面編排____　內容____　文／譯筆____　價格____

讀完書後您覺得：

　□很有收穫　□有收穫　□收穫不多　□沒收穫

對我們的建議：_____

_____

_____

_____

11466
台北市內湖區瑞光路 76 巷 65 號 1 樓

秀威資訊科技股份有限公司 　　收

BOD 數位出版事業部

....

（請沿線對折寄回，謝謝！）

姓　　名：＿＿＿＿＿＿＿＿＿　年齡：＿＿＿＿　性別：□女　□男

郵遞區號：□□□□□

地　　址：＿＿＿＿＿＿＿＿＿＿＿＿＿＿＿＿＿＿＿＿＿

聯絡電話：(日) ＿＿＿＿＿＿＿＿＿＿　(夜) ＿＿＿＿＿＿＿＿＿＿＿

E-mail：＿＿＿＿＿＿＿＿＿＿＿＿＿＿＿＿＿＿＿＿＿